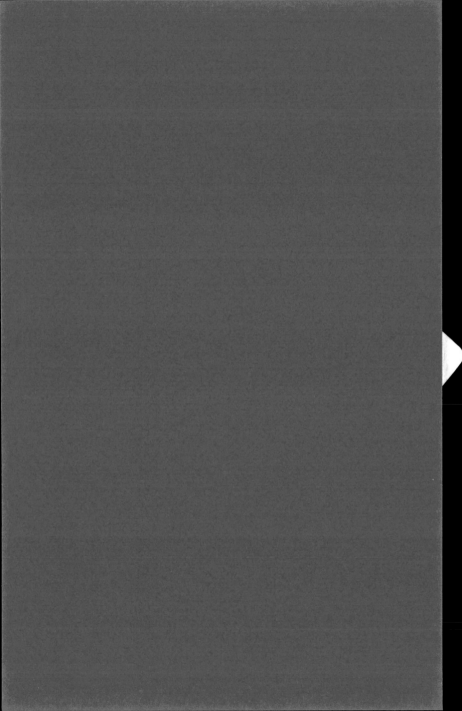

魔導師は平凡を望む

25

エルシュオン
ミヅキの保護者。親猫扱いされるイルフェナの第二王子。あまりに高い魔力と敵に対する容赦のなさから魔王と呼ばれている。
ルドルフ
ゼブレストの王。親しみやすい性格からミヅキの親友になる。
香坂御月
(コウサカ ミヅキ)
気がついたら異世界にいたドSな女性。異世界人の魔導師という立場故、問題に遭遇しやすい。周りからは鬼畜魔導師と恐れられる。

アルジェント
淡い金髪に緑の瞳を持った美形騎士。ただし、『自分より強い者に苦痛を与えられることに悦びを感じる』という変態。
クラウス
長めの黒髪に藍色の瞳を持った美形騎士。
ただし、魔術にしか興味がなくミヅキに職人扱いされる。
聖人
バラクシンの教会に所属する聖職者。ミヅキについてこれるほど意外にノリがいい。
アグノス
ハーヴィスの第三王女。
ある事情で常人とは少し異なる思考を持っている。
登場人物紹介

目次

プロローグ

——ゼブレスト・王城にて（ルドルフ視点）

「ああ、良い天気だな」

空を見上げ、俺は眩しさに目を細める。澄み切った空は雲一つない快晴。その蒼はこれから訪ねる予定の友人——イルフェナの第二王子エルシュオンの瞳を思い起こさせた。

今回のイルフェナ訪問。実は、そのエルシュオンからの招待なのである。

ゼブレストも漸《ようや》く落ち着きを見せ始め、暫《しばら》く続いたミヅキが関わった様々な事件も無事に解決したことから、『久しぶりに直接、会わないかい？』という、お誘いが来たのだ。

勿論、それは俺個人に宛てられた手紙の文面であり、『イルフェナの第二王子』が『友好国であるゼブレストの王に向けた手紙』は、もっと堅苦しい言葉で満ちていた。立場上、これは仕方がないと思う反面、俺個人としては……その、かなり寂しいのだ。

俺はエルシュオンをかけがえのない、大切な友人と思っているのだから。

苦しい時に支え、時に叱咤《しった》してくれた、兄のような友人。それが俺にとってのエルシュオン。

アーヴィも保護者という立ち位置でいてくれたが、どうしたって身分が邪魔をする。特に、俺と父の確執があった時は突かれる要素を極力減らすため、『配下』という姿を徹底させていた。

当時の俺にもその必要性は判っていたが、家族愛とは縁がない状況から、どうにも寂しく感じてしまっていて。アーヴィ達もそれに気付いていただろうから、随分と彼らを困らせてしまったのだろうと、今でも思っている。

エルシュオンはそういった事情を全て理解した上で、俺に接してくれていた。いくら友好国であろうとも、他国の王子。本来ならば、親しく付き合うことはあっても、叱咤することはない。勿論、他人の配下を叱責することとも。

友好国との関係を考えたら、そのようなことは論外だ。それ以前に、あの当時、俺は父王に疎《うと》まれている真っ最中。そういった意味でも、俺に関わるべきではなかっただろう。事実、俺と友好的に接してくれたのは第二王子のエルシュオンであり、イルフェナの未来の王たる王太子殿ではなかったのだから。

俺が王になることが決まっている――父の思惑はともかく、俺が継承権第一位であることは事実なのだ――以上、本来、友好を深めるのは次世代を担う者同士のはず。年齢的なことを理由にしてはいたが、イルフェナは将来的にどうなるか判らない俺と距離を置くことを選んだのだと思う。

その選択に思うことはない。国を第一とする以上、それは当然のことなのだから。

ただ、そんな中で俺と親交を深めてくれたのがエルシュオンだった。いくらエルシュオンにも事情があるとはいえ、俺は手を差し伸べてくれたエルシュオンに感謝してやまない。

そして、エルシュオン同様に俺の味方をしてくれたのが、エルシュオンの傍に控える幼馴染《おさななじみ》二人。彼らは公爵家の人間なので、二人が味方をしてくれたからこそ、俺とエルシュオンは親しく付き合うことができたのだろう。

ミヅキのように柵《しがらみ》がないわけではなく、敵も多かったエルシュオン。生まれ持った魔力による威圧に誰よりも傷つきながら、手を差し伸べた者に対しては、絶対に裏切らない。

だから……俺はミヅキが懐くのは当然と思っていた。ミヅキの懐きっぷりを不思議がる者達もいるが、俺からすれば納得だ。ミヅキは誰が守ってくれているか気付けないほど愚かではないし、義理堅い一面も持っている。ゆえに、エルシュオンの手駒となることを厭《いと》わないし、勝手に動いて状況の改善を図ったのだろう。

野良猫の忠誠はまさに『どれほど恩を受けたか』が基準なのである。警戒心の強い自己中娘が懐くのは、『そうするに値する出来事があったから』なのだ。

だからこそ、安易にミヅキを利用できると考える奴の話を聞く度、俺は乾いた笑いが浮かぶ。

何故、『世界の災厄』を名乗ることを許されている奴が、奉仕活動をすると思うのだ。

本人も自己中どころか、外道・鬼畜・化け物といった認識を否定していないだろ!?

セイルやアーヴィあたりも慣れたもので、毎回『愚かですね』とバッサリ斬り捨てている。身内という括《くく》りに入っている俺達からすれば、『期待する方が間違っている』という一言に尽きた。そもそも、ミヅキでなくとも厄介事を引き受け、更には悪役を担ってくれる奴など、滅多にいない。

そこまで考えて、俺は改めて自分の幸運を噛み締める。今や、俺はエルシュオンやミヅキと個人的な信頼関係を築いていると認識されている。俺個人がそう思っているだけではなく、『他国からもそのように認識されている』のだ。ゼブレスト王としても、これは重要なことだった。

ミヅキに他国の問題解決の場に呼ばれまくったのが原因だが、そういった場で特別な親しさを強調してくれたのはミヅキとエルシュオン。……あいつらのことだから、今後、俺が外交の場に出ることを考えて、わざとそう見せていた可能性があると疑っている。

——あの二人は、いつでも俺の味方をしてくれた。その信頼が揺らいだことは一度もない。過保護な兄と姉に守られているようで些《いささ》か情けないが、同時に嬉しく思うのも事実だった。

もしもエルシュオンが兄だったら、どれほど俺は誇らしく思っただろう？
ミヅキと俺が双子だったら、悪戯《いたずら》を仕掛けるように、二人で父王に反逆しただろうか？

どちらもありえないことだと判ってはいるが、二人に守られる度、そう思ってしまう。特にミヅキは気が強いから、俺以上に父上と殺《や》り合う姿が容易に思い浮かぶ。皆が『ミヅキは双子の姉のようだ』と噂するのは、俺自身がそう思っていることも原因なのだろう。

「楽しそうですね、ルドルフ様。やはり、久方ぶりにエルシュオン殿下にお会いできることが嬉しいのですか？」

「当然だろ！　ミヅキは比較的遊びに来てくれるが、エルシュオンも、俺も、そういうわけにはいかないしな。魔道具を通じて会話はしていても、俺はやっぱり直接会いたいよ」

素直に肯定すれば、セイルは笑みを深めて頷いた。セイルも昔から俺の傍にいた一人……俺の置かれていた状況を知っているからこそ、つい浮かれてしまう心境を理解してくれるのだろう。

「ミヅキもイルフェナに居ればいいのですが……」

「まあ、そこは運だろ。……保護され、隔離されているはずの異世界人が、『居ないかもしれない』ってのも妙なんだけど。隔離とか監視って、何だろうな？」

そう、普通はおかしい。だが、すでに誰も――他国の人間でさえ、ミヅキが勝手に『散歩』に行くのを止めなくなっていた。勿論、事前にエルシュオンに許可は得ている。だが、たま〜に保護者の許可なく出かけていくこともあるため、エルシュオンとしては頭が痛かろう。

「まあ、ミヅキですから。居なくても、そのうち帰って来るでしょう」

「……。それもそうか」

『ミヅキだから』で済ませる俺達も大概だが、親猫が居る以上、黒い子猫はきちんと帰って来る。その際、獲物とかお土産を持ってくることがあるだけだ。なに、猫には珍しいことではない。

「じゃあ、行くか」

「はい」

心なしか、セイルの表情も明るい。笑顔で迎えてくれるだろう友人達を想い、俺の口元にも笑みが浮かんだ。

第一話　牙を剥くのは人か、世界か

——バラクシン・教会にて（聖人視点）

知らされた内容に、私は深々と溜息を吐《つ》いた。傲慢な教会派貴族達の姿を知っていようとも、その更に上をいくだろう傲慢《ごうまん》さに、開いた口が塞《ふさ》がらない。

「……そのようなことがあったのですか。いやはや、傲慢な方もいらっしゃるものですね。王族との繋がりさえ、ご自分に都合よく利用されるとは」

「まあ、実家は次の王太子となる方の最大の後ろ盾であり、その家の跡取りは殿下の側近候補だからね。だが、キヴェラ王も裏では色々と考えていらっしゃったようだよ。今回は唐突な茶番であっただろうに、随分と手際が良かったから」

呆れる私に、ライナス様は苦笑を返すのみ。詳しいことを語らないのは、私が聖職者という『政《まつりごと》とは無縁であるべき者』だからだろう。『知らなければ、関与することもない』……それもまた、我らにとっての守りとなる。私が知り得る情報の選択は、陛下達に任せてしまった方がいい。

その前提があってなお、この一件の詳細は私に伝えられた。しかも、今回の一件の部外者であり、かの魔導師に呼ばれただけのライナス様でさえも得ることができた『情報』だ。キヴェラが意図して他国の者達にその情報を得させた可能性も否定できまい。

キヴェラ王は本当に、問題のある者達をただ野放しにしていたわけではないのだろう。今回、予想外の騒動を起こされはしたが、そのお蔭……とあの魔導師の介入によって、ほんの少し動く時期が早まっただけではなかろうか。

と、言うか。今回の元凶達は、情報収集能力に難があり過ぎではないかと思っている。


何故、あの凶悪な生き物に喧嘩を売って勝てると思うのだ。

あの魔導師は正真正銘の災厄……自己中極まりない外道だぞ？


そもそも、問題の発端となったご令嬢は一つ勘違いをしている。彼女が虐《しいた》げてきた人々は基本的に、常識を持っている『（性格・能力的な意味で）一般人』。間違っても『化け物』やら『外道』、『非道』といった単語とは無縁のはずだ。

貴族である以上、多少の傲慢さを民間人へと見せつけることはあるだろう。だが、それはあくまでも『貴族として黙認される程度』という域に止まっていたに違いない……罪に問われてはいないのだから。相手が貴族だったとしても、格下相手ならば許されてしまう。

……だが今回、騒動の発端となった公爵一家が相手にしたのは『あの』魔導師を筆頭に、『化け物』呼ばわりされる者ばかり。魔導師以外にも一国の王、それも先代と争って今の地位を築いた『強者《つわもの》』が、キヴェラを含めて二人もいるじゃないか。彼らが無能など、あるはずがない。

他国としても、キヴェラの出方が判らないから腫れ物に触るような扱いをしていただけであり、間違っても『令嬢やその実家を恐れたわけではない』のだ。

政に疎く、基本的には情報を得ているだけの私ですら、これくらいのことは判る。問題のご令嬢は相当甘やかされたか、頭の出来に問題があったかの、どちらかにしか思えなかった。

ただ……私達にはその原因とも言える要素に、非常に心当たりがあった。

「令嬢のご両親……特に母親は元王女、ですか。その、こう言っては何ですが、私は彼女が全ての元凶のように思えてしまいます。子にとって母親はある意味、絶対の存在。幼い頃より、母親が溺愛という名の檻で囲い、常識を歪《ゆが》め、無自覚のままに娘を自分の同類に仕立てたならば……と。そう思えてならないのです」

「……」

俯きながら本音を零《こぼ》せば、ライナス様も苦い顔になった。私達が共に思い出しているのは、フェリクス様のこと。母親に都合のいい情報ばかりを吹き込まれ、王籍を外れるに至った『悲劇の王子』。今は穏やかに暮らせていようとも、彼が失ったものは多い。

「フェリクスのことは我々の罪だ。あの子をカトリーナから引き剥がし、守ってやるべきだった。母と共にいるのが幸せと思い、選択を誤った」

「民間人であれば、それは正しい認識ですよ。いえ、一般的にはそう考える方が普通でしょう。貴方《あなた》様方の派閥から見れば、望まれない側室から生まれた、正当な血筋と敵対しかねない王子……母が我が子を守るならば、そちらで守られていた方が安全です」

フェリクス様の状況は、陛下より包み隠さず教えられた。勿論、陛下ご自身の後悔と共に。

今は和解したと言っても、結果的に彼らは道を違《たが》えてしまった。教会預かりとなったフェリクス様が穏やかに過ごされているのが救いだが、ご家族と距離ができたのは否《いな》めない。

その原因となったのが、フェリクス様の母であるカトリーナ嬢。

愚かな母親は自分の都合のいいように息子を育て、絶対の味方としたのだ。

「土台となる認識が歪めば、全てが違って見えてしまう……。それが皆様方の擦《す》れ違いを生んでしまった。フェリクス様は伴侶を得、権力争いから外れたことにより、母親による刷り込みから逃れることができました。そこまでして漸く、気付けるものなのです。周囲に賛同者ばかりでは、そのご令嬢も気付くことなどできないでしょう」

もっとも、フェリクス様の場合はご自身の善良さや一途さがあってこそ、変わることができたのであって。性悪にしか思えない、問題のご令嬢が変わるかは怪しいが。

問題のご令嬢は自分の意思で己が立場を利用し、相手を貶《おとし》めていたという。ならば、己が愚行に気付いたとしても、それは『喧嘩を売ってはいけない相手が誰か』という程度であり、精々がキヴェラ王を怒らせないようにするだけだろう。反省など、望めるはずはない。

私が口にしなかったことを察したのか、ライナス様は苦笑しながら頷《うなず》かれた。

「まあ、な。だが、身内贔屓《びいき》というわけではないが、彼女ではフェリクスのように反省はしなかったと思う。今は各国での絵本の営業を終え、震えながら家に引き籠もっていることだろう。『キヴェラ王の庇護下にない』……それを各国で嫌というほど突き付けられただろうからね」

「ああ、やはり見世物にする以外にもそのような理由が？」

「ああ。『キヴェラ王の姪姫だから恐れた』のではなく、『キヴェラ王が姪姫の味方をする可能性があったから、迂闊《うかつ》な態度を取れなかっただけ』だと、彼女達に自覚させる意味もあったそうだよ。

……魔導師殿の提案だそうだ」

「そうでしょうね、彼女ならばそれくらいはやるでしょう」

やはり、あの魔導師が原因か。相変わらず、陰険な。

「あと、夜会に来られなかった友人達が待ち構えていたらしい」

「友人……守護役達以外にも、彼女に付き合える奇特な人がいるのですか？」

「さ、さあ？　魔導師殿の交友関係はよく知らないが、守護役以外にも友人はいると思うぞ？　我が国ではヒルダと仲が良いようだ。ヒルダは非常に真面目な性格でね、彼女達の営業態度を見かね、厳しく指導していたな」

「営業指導？　他国の方は何を？」

「……」

「……」

気まずげに、ライナス様は視線を逸らす。そんな姿は『言わずとも察してくれ』と言われているようで……嫌でも、営業先の彼女達がどんな目に遭ったか判ってしまう。

そもそも、各国で待ち構えているのが『魔導師の友人』だ。あいつと友情を築けるような輩《やから》なら、此度《こたび》の一件とて似たような感情を抱いているはず。性格も良いとは言えまい。

しかも、魔導師という特殊な立場ゆえか、ミヅキは妙～に高位貴族やら王族といった者達と繋がりがある。ならば、元凶達に『お小言』（意訳）を言える立場である可能性が高い。

と、言うか。

今回、同類どもが派手に遊んでたのかよ⁉　お友達（＝同類）が増殖してるじゃねーか！

……などと思っても、顔にも口も出さずに沈黙を。私は聖職者であり、目の前の人物は王族。お互い、醜態を晒《さら》すわけにはいくまい。寧《むし》ろ、詳細なんて知りたくない。

先ほどまではただ呆れていた元凶達を想い、密かに同情する。そりゃ、どんなに強気な奴らだろうとも反省するに違いない。性格矯正とまではいかないだろうが、最低限『上には上がいる』ということを学んだはずだ。それが一人や二人ではないことを含め、身の程を思い知ったことだろう。

そして、今更ながらにそこに気付いたとしても、すでにキヴェラ王の庇護はない……いや、寧ろ、キヴェラ王から疎まれている可能性の方が高いと思い至れば、今後に不安しか覚えまい。

「ま、まあ、今となっては過ぎたことだ」

「そ、そうですか」

咳払いをして、無理矢理この話題を終わらせるライナス様。私とて空気の読める大人なので、野暮《やぼ》な追及などしない。人間、触れてはならないことが多々あるのだから。

そして、ふと気になっていたことを思い出した。それもまた、魔導師に関係することなのだが。

「ライナス殿下。教会の歴史は古く、様々な記録が残っていることをご存知ですか？　先日の『大掃除』の際、少々、気になる内容のものを見つけたのですが」

唐突な話題と敬称の変更に、ライナス殿下は訝《いぶか》しげな顔になった。だが、『気になる内容のもの』という言葉から何かを察したのか、表情を改める。

「ああ、知っている。こう言っては何だが、修道院預かりとなる者達もいるからね」

それは『問題を起こした者』というだけではない。『表に出せぬ者』という意味も含まれる。言い方は悪いが、王族とは『そういったことが起こり得る階級』なのだ。

王族や高位貴族はそれなりに数が限られてくる。婚姻には当然、一定以上の身分が必要になってくるので、選択の余地があまりない場合も多い。

政略結婚の駒として他国との繋ぎとなるか、自国で相手を見つけることになるのが当然とはいえ、大陸が荒れていれば王家の血を他国にもたらすことが危険視される場合もあった。

その場合は必然的に、自国内で身分の釣り合う相手を見つけることになるのだが……そういった相手はどこかで王家と血が繋がっているのが普通。結果として、生まれながらに何らかの不都合――『血の淀み』と呼ばれるもの――を抱えているか、先祖返りが生まれる確率が高かった。

「『血の淀み』、とも言いますね。仕方がないこととはいえ、お労《いたわ》しい」

「それ以外にも、先祖返りの場合もあるだろう。どちらかと言えば、『血の淀み』の方が問題だがね。少なくとも、能力のみが表面化した先祖返りは話が通じる可能性が高い」

愁いを帯びた顔で語るも、ライナス殿下が危惧《きぐ》するのは『血の淀み』が出た場合だ。確かに、と頷く私とて判っている。実際、そちらの方が遥かに問題を起こす場合が多いのだから。

「エルシュオン殿下のように魔力が高いだけならば、まだいい。だが、先祖返り達は特出した才覚を持つだけでなく、特殊な思考を持つ場合もある。問題を起こすまで、優秀な人物として認識されることが大半だ。『血の淀み』を受けた者達はそれに加えて、精神に問題を抱えている。……ただ、信奉者のような者がいる場合も多く、排除も、隔離も、一苦労だと聞いている」

才能ある高位の者に惹かれる者は多く、心酔している彼らにとっては素晴らしい主なのだ。『問題点は忠誠を誓う配下達が補えばいい』などと言い出されてしまった場合、元からその才能を惜しむ声もあり、現状維持に落ち着いてしまう。

……が、そう上手くはいかないのが世の中であって。

なまじ優秀な者が『自分だけの価値観』に生きていると、どうしたって問題は起こってしまうのだ。守護役にも言えることだが、傍で支える者達にもそれなりの才覚が必要なのである。

「善悪の区別がつかない者、特定の物事に異常な拘《こだわ》りを持つ者、自分だけの価値観を重要視する者……状況は様々だが、共通するのは『他者の言葉を受け入れにくい』ということだな。納得させられればいいが、それ自体が一苦労だ」

「確か、加減が判らない方とかもいたそうですね」

「ああ、『鉄の正義を持つ者』とか言われていた人物だな。罪は償うべきだが、状況に応じた慈悲をかけることもある。彼にはそれが判らず、いかなる事情があろうとも処罰を徹底した。結果として、冷徹さばかりが浮き彫りになって恨みを買い、殺されたな」

確かに、正義を貫くのは良いことだろう。だが、その対象が人である以上、已《や》むに已まれぬ事情という場合もある。その場合にかけられるのが特例措置――所謂《いわゆる》『温情』なのだ。

かの人物にはそれが判らず、罪を犯した者は等しく罪人として扱った。少しは慈悲を見せるべきだという周囲の声に全く耳を貸さず……いや、『理解できなかった』のだ。

『優秀だが、扱いづらい』。それが先祖返りが危険視される傾向にある理由。『血の淀み』を受けた者はそれに輪をかけて取り扱いが難しい。だが、上手く利用した成功例も当然、存在した。

「教会の記録に、かつて『聖女』となった方がいたとありました。彼女は非常に高い魔力を持ち、癒しの術に優れていたそうですが、人のために使うことをしなかったそうです。正確には『そんなことをする必要性を感じない方だった』そうですよ」

他者のため、神より与えられた能力を使って国に貢献せよ……と言われたところで、素直に納得できるはずはない。まず、神の存在を証明してみせろと言われるのがオチだろう。

……だが、誘導次第である程度は何とかなってしまうのだ。

「ですから、当時の教会上層部は『聖女』という存在に仕立て上げたそうです。『その類稀《たぐいまれ》な癒しの術は、貴女様《あなた》が聖女である証《あかし》』と言い聞かせてね。実際、彼女の癒しの術は他者より遥かに優れていました。……これは魔力の高さが原因でしょうね。それもあって、教会の言い分を徐々に信じるようになったそうです」

「それは上手くいったのかい？　それだけで信じるとは思えないが……」

半信半疑といった感じのライナス殿下に一つ頷き、私は更に話を続けた。

「決定打は信者達の存在ですよ。癒しの術を受けた信者達は挙《こぞ》って、彼女を聖女と称えました。神からの啓示としていた教会上層部の言葉、本人の才能、そしてそれを後押しするような人々の存在……それらが相まって、彼女は自身を聖女と思いこんだのです」

一度思い込ませてしまえば簡単だったろう。何せ、『神の啓示』とやらを彼女は直接聞くことができないのだから。教会派が存在するバラクシンだからこそ、教会からの言葉に影響力がある。

これらはある意味、洗脳と誘導を行なったようなものだ。当時の教会としては、『引き取った厄介者に居場所を作ってやった』というところだろうか。まあ、それも間違いではないのだが。

「なるほど、どうりで特に問題にならないわけだ。人々を癒す存在になったのなら、余計な問題は起こすまい。教会の後ろ盾も強力だし、些細な『問題』が起きても、握り潰せる。聖女殿はさぞ、慎ましやかで善良な一生を送ったことだろう。……で？　それの何が気になるんだ？」

本題を促すライナス殿下に、私は目を眇《すが》めた。懸念で終わればそれでいい。だが、その情報を持つ者として、ライナス殿下の耳には入れておくべきと判断した案件を。

「ハーヴィスの第三王女殿下のことはご存知ですか？」

「ハーヴィス？　確か、サロヴァーラの隣国だったか。いや……バラクシンとは交流がないし、私自身がこれまで外交にろくに携《たずさ》わってこなかったからな。正直に言えば、聞いたことがない」

困惑気味に記憶をたどるライナス殿下は、それでも首を横に振った。……やはり、私が偶然知った『これ』は隠された情報だったか。

「かの王女殿下は『血の淀み』を受けた者、もしくは先祖返りです。彼女は非常に美しいため、『精霊姫』と称されているとか」

「……？　その割には名を聞かないな？」

「ハーヴィスにとって重要なのは『健康な体であること』、『美しい容姿をしていること』、そして『政に一切携わっていない』ということだからかと。見た目だけは噂通りですし、子を産めれば問題ないと判断され、生かされているのでしょう」

酷い言い方だが、『血を残せればいい』という判断が下されたと考えるべきだ。つまり、『第三王女は何らかの問題を抱えているため、表に出ない』。情報の少なさは、ハーヴィスが閉鎖的な国であることだけが原因ではあるまい。ライナス殿下も知らないならば、意図的に隠されている。

「先ほどの聖女への誘導の話。王女の乳母は誰かからそれを聞いたらしく、教会へと教えを乞《こ》うたのですよ。彼女の現状はその賜《たまもの》……欲深いかつての教会上層部ならば、他国の王女との繋がりができることを喜び、隠されるべき自国の恥だろうとも、情報を提供したでしょうね。私が見つけたのは乳母からの感謝の手紙とやらですよ」

これです、と一通の手紙を差し出す。時間の経過を匂わせる封筒を受け取ったライナス殿下は、訝りながらも手紙へと目を通した。

「『御伽噺《おとぎばなし》に依存させた』？　どういうことだ？」

「御伽噺には心優しい姫君が沢山登場するでしょう？　ですから、彼女達に準《なぞら》えたのでしょうね。『貴女はお姫様なのですから、優しくなければいけません』、『お淑《しと》やかで、皆の憧れとなるような存在なのですから』……このあたりのことを言って聞かせたのではないかと」

「ああ、確かに本物の王女だからね。御伽噺の中の王女と彼女の立場を混同させ、そう演じるように仕向けたのか」

乳母としては、美しい王女にまともな人生を歩ませたかっただけだろう。物語に登場する王女――所謂『お姫様』――に成り切らせてしまえば、問題行動をとることもない気がする。

「ですが、その手紙にはこうも書かれているでしょう？　『王女は自分の世界が壊れることを酷く嫌がる』と。王女が割り振った配役にある人が『相応《ふさわ》しくない行動』を取ると、排除しようとするようです」

その『排除』がどの程度のものなのかは判らないが、王女の目に入る範囲にはいないだろう。彼女の周囲には理解者のみが集められ、彼女のための世界を作り出しているのだから。その世界を壊すような存在など、要《い》らないのだ。

「だが、上手くいっているのだろう？　教会としては責任を感じるのかもしれないが、所詮《しょせん》は他国のこと……わざわざ話題にする必要があるとは……」

「必要があるかもしれないのです！　問題が起これば、無関係では済みませんよ⁉」

ダン！　と力一杯、拳《こぶし》をテーブルに叩き付ける。驚くライナス殿下には悪いが、そうなってしまった場合、教会……もっと言うなら、バラクシンが責任を問われる可能性もある。いや、それ以上に拙《まず》い事態になるかもしれないのだ。

切っ掛けは……教会に暮らす幼い孤児達の無邪気な一言。

『お姫様には王子様がいるんだよね』

丁度、乳母からの手紙を発見した直後だったことが災いした。無邪気な幼子《おさなご》の言葉に、私は血の気が引いて行くのを感じたのだ。

……。

何故、乳母は気付かなかったのだ……『物語のお姫様』という立場に混同させるならば、将来的には『物語に出てくるような王子様が必要』ということに……！

「確かに、婚姻相手という意味では間違っていません。ですが、王女の婚姻相手、もしくは想い人ということは、他国の王族になるはず。何故《なぜ》、自国の高位貴族にしておかなかったのか！」

「いや、御伽噺にそこまで現実味を持たせる必要はないだろう」

冷静に突っ込むライナス殿下が憎い。

「それに問題のある王女ならば、王家で飼い殺さないかね？　力のある大国ではないのだから、他国に迷惑をかけるようなことにはならないと思うが」

「王女にその判断ができればいいですね？　悲恋を前提にして、他国の王子を『決して結ばれない、恋い焦がれる相手』とやらに当て嵌《は》めていたらどうします？」

「……思うだけなら、自由ではないかと」

さすがに否定できなかったらしく、視線を泳がせるライナス殿下。実のところ、私とて、王女が他国の王族と結ばれるなんて思ってはいない。寧ろ、『勝手に想い人認定された人物がいること』が問題だと思っていた。

「……。彼女は自分の世界にそぐわない存在を許しません。当然、勝手に自分の王子様に認定した人物もこれに該当するでしょう。『王子と結ばれないこと』が問題ではないのです。『王子の役を課した者が御伽噺、もしくは自分のイメージから外れること』が問題だと言ったら？」

「⁉」

さすがにヤバさが理解できたのか、ライナス殿下が顔色を変えた。だが、問題はそれだけではない。あの幼子達はそれはもう容赦《ようしゃ》なく、私の心を抉《えぐ》ってくれたのだから。

『なんで王子様って皆、金髪に青い瞳なの？』

そう、何故かはよく判らないが、物語の王子様は割と『金髪に青い瞳』である。気品がある色というか、煌《きら》びやかなイメージを持たせる色だからなのか、とにかくやたらとその配色が多い。

……で？　その場合、『狙われる王子様』とは誰だ？

「金髪に青い瞳……物語に登場する王子は大抵、この配色です。顔を合わせる可能性があるガニアは周囲が全力で外すとして、キヴェラも同様でしょう」

「ふむ、意外と両方が揃う王子は多くないな。キヴェラもまず、ありえないだろう」

そもそも、現実的に考えたら『物語に登場する王子様』なんているはずがない。御伽噺もそのあたりはかなり大雑把《おおざっぱ》なので、王女は見た目で選んでいる可能性が高かった。

「いらっしゃるじゃないですか。金髪に青い瞳、配下達に慕われ、優秀で、美しい王子が」

「は？」

「しかも、ここ一年ほどでイメージが劇的に変わりましたよね」


――エルシュオン殿下、条件にピッタリじゃないですか。


「魔王殿下と呼ばれていた頃は、『美しく有能だが、恐ろしい王子』とか言われていたはずです。国同士の距離もありますし、魔力による威圧とて、肖像画では判らないでしょう」

孤独な美しい王子なんて、いかにも物語に登場しそうなキャラではないか。本人はともかくとして、肖像画は喋らないのだ……威圧も、厳しい言葉もないなら、まさに理想的な配役だと思う。

ライナス殿下も私の懸念が理解できてしまったのか、非常に顔色が悪い。間接的とはいえ、教会が関わっているのだから当然か。

「理想的な配役だったのに、今や、親猫扱いされてるんですよ？　イメージが崩れるどころではないでしょう。しかも、魔導師殿がじゃれる姿が目撃されているんです……誰が『恐ろしい力を持つゆえに孤独な、美しい王子』と思うと？」

「う……」

私が知っているエルシュオン殿下は、自己中外道娘の保護者だ。御伽噺の王子様は説教したり、頭を叩いたり、人を引き摺《ず》ったりしないだろう。

威圧があろうとも、きゃんきゃんと喚くミヅキの相手をするエルシュオン殿下の姿を見れば、誰だって生温かい笑みが浮かぶ。『馬鹿猫の躾《しつけ》、お疲れ様です』という想いと共に。

「まだ何かあると決まったわけではないが……」

「警戒するに越したことはないでしょうね。いっそ、王女が死んでくれればいいのですが」

「おおい、君は聖職者だろう⁉　いくら特大の負の遺産が見つかったからといって、極論に走ることはない！　落ち着け！」

「エルシュオン殿下に何かあった場合、あの魔導師とエルシュオン殿下の忠臣である騎士達が牙を剥《む》くんですよ⁉　すっぱり原因を殺ってしまいたいと思っても、許していただきたい！」

「それは怖いが、君の行動力も私は恐ろしい！　彼らに情報を流す程度なら、私がやっておく……いや、だから何故、本を手にしてるんだ？　君はそれであの男を殴り倒してなかったか⁉」

証拠が何もない以上、他国の姫君を疑うことなんてできないのだろう。だが、どうにも私は嫌な予感がして仕方なかった。その理由の一つが……『異世界人の味方をしたこの世界の者は、長生きできない』という噂。

これは『異世界人を利用しようとする輩に邪魔者認定されるため』だ。ミヅキの場合、エルシュオン殿下は最後の良心にしてストッパー扱いをされているため、大丈夫だとは思う。

だが、私はグレン殿から聞いたことがあるのだ……『陛下は儂《わし》を庇護したことで、より多くの敵を作る破目にもなった』と。悪いことも間違いなく起こるのだ。しかも、それは異世界人が功績を得れば得るほど、最も身近な存在を危険に晒す。

『世界に影響を与える異世界人』という括りなら、ミヅキもグレン殿と同じはず。エルシュオン殿下がアルベルダ王と同じ守り方をしているならば、無事である保証はない。

何より、私は聖職者としてこうも考えていた。

『神は異世界人がこの世界に影響を与えることを、お許しになっていないのではないか？』と。

神の御心《みこころ》を知ることはできないが、異世界人はこの世界の部外者たる存在。謂《い》わば、土足で世界の流れを踏み荒らしている——良い結果になったことは問題でなく、異世界人が勝手に介入したことに対するもの——ようなもの。

その存在に怒り、この世界の住人を使って排除を試みたとしても不思議はない。異世界人は——本来、この世界に存在するはずのない『異物』なのだから。

異世界人がこの世界に影響を与えることを可能にした人物達、その最たる者は其々《それぞれ》の庇護者。

彼らを、その所業を、神がお許しになっていなかったのならば——

ライナス殿下に羽交《はが》い絞《じ》めにされながら、私は猫親子と称される二人を案じた。もしも神の試練が二人を襲うならば、どうか誰も失うことなく乗り越えるように、と。

グレン殿とウィルフレッド様という前例があるのだ、不可能ではないのだろう。何より、私自身が――聖職者にあるまじきことだが――二人の勝利を望んでいる。

どうか、この予感がただの考え過ぎであるように。今はただ、そう願った。

第二話　幸せな人生とは　～とある愚かな乳母の場合～（アグノス乳母視点）

――このお方を必ず守ってみせる。


それが私の役目なのですから。姉のように慕った方の遺した、大事な大事なお姫様。

乳母を任された時はとても誇らしく、必ずやその期待に応えてみせると一人決意しました。その気持ちに偽りはなく、今もそれは変わっておりません。

ですが、男性優位のこの国において『側室から産まれた王女』とは、有力貴族との繋がりを得るための駒。それだけはどうしようもありませんでした。

好いた方との婚姻が許されぬことはお気の毒ですが、それは王家に生まれし者の義務。それ以前に、身分に相応しい暮らしというものがありますから、『王族との婚姻に釣り合う身分の家』以外での生活に耐えられるはずもないのでしょう。

まして王女ならば、自由に生きることなど不可能と言ってもいい。王子と違って学ばれるものも、行動範囲も、知り合う者達さえ、両陛下の管理下にあると言っても過言ではないのですから。

——全ては、余計な知恵を付けさせせぬため。

……いえ、こういった言い方は良くありませんね。自由を知らなければ、今の状況に納得するしかないのです。手に入らぬものを中途半端に教えてしまうより、初めからそれらのものを『教えない』。これもまた、愛情ではあるのでしょう。

荒れた時代において、自国内での結束は必須。時には政略結婚の駒として他国へと嫁がれる方もいるようですが、我が国は内部の足場固めを優先したと聞いております。元より、部外者を受け入れにくい気質もそれを後押ししたのやもしれません。

ゆえに、他国との縁を結ぶ機会も少なく、王家の血はそれなりに『近い』家々に受け継がれて参りました。そして、その家々から王家の皆様は婚姻相手を選ぶことも多く。

結果として、他国よりも遥かに濃い血を保ったまま、今日まできてしまったのでしょう。

私がお仕えしたお嬢様とて、その影響を受けておりました。侯爵家のご令嬢としてお生まれになったお嬢様はとても美しく、お心も優しい方でしたが……その代わりとでも言うように、お体が弱かった。

子を産むことを求められる女性にとって、虚弱であることは致命的です。お子ができない可能性もありますが、ご本人とて、出産に耐えられるか判らないのですから。

お嬢様は『家の役に立てぬ』と、ご自分の欠点を憂えていらっしゃいましたが、ご家族が責めたことなど一度もございません。心安らかに、ただ穏やかに暮らしていければいいと、そう願っておられました。

……そのように素晴らしい方ですから、誰の目にも留まらないはずはなく。

お体の弱さを考慮し、正妃こそ無理と判断されましたが、側室として王家と縁を結ぶことになりました。お嬢様も陛下――当時は王太子殿下ですが――のことは慕っておられたようですから、お家のためになることも含めて『幸運』と言ってしまっても宜しいでしょう。

――ですが、やはりお嬢様のお体は出産に耐えられる状態ではなく。

身籠《みごも》られてより、我が子の誕生を心待ちになさっていたお嬢様は。……我が子に己が命を与えたかのように、そのまま亡くなられてしまいました。

医師からは『命の保証はできない』と苦い顔で断言され、お嬢様ご自身も何かしら感じ取るものがあったのでしょう。産み月が近づくにつれ、信頼のおける者達へとお子様のことを頼むようになりました。勿論、私にも。

『貴女はずっと私の味方だったわ。だから、貴女にこの子の乳母を頼みたいの』
『貴女も、貴女の子も、この子の一番の味方になってくれるのでしょう?』
『だから』
『貴女に託すわ。私の大事な、大事な愛《いと》しい子ですもの』

『どうか、この子に【幸せな人生】を』

お嬢様に我が子の性別が判っていたとは思えません。ですが、ご自分亡き後、『亡くなった側室の子』という立場が決して楽なものではないことだけは悟っていらしたのでしょう。

幸いにも、ご正室が王子をお産みになられましたが、それもまだお一人だけ。お嬢様が王子をお産みになられた場合、その才覚が兄王子に勝ってしまえば、争いの火種となりかねません。お命とて、狙われてしまうでしょう。

ですから……お生まれになったのが女児と知った時。お嬢様に味方していた者達は揃って安堵《あんど》したのです。『最悪の事態だけは免れた』と。

それでも、安心はできません。お嬢様の願いである『我が子の幸せな人生』。それを叶えるため、私達は周囲への警戒と対処を怠《おこた》らぬよう努めてまいりました。


我らが姫様……アグノス様。銀の髪に淡い空色の目をした、美しい王女様。

お嬢様によく似た顔立ちは美しく、その淡い色彩も相まって、儚《はかな》げな印象を抱いてしまいます。

幸い、お嬢様のようにお体が弱いということはないようです。

――そう、『お体』は。

美しく健やかに成長されるアグノス様は……『血の淀み』を受けた方でした。まるで、お嬢様がその素晴らしさと引き換えに、脆《もろ》いお体をしていたかの如く。アグノス様は血の濃さによって引き起こされる狂気を、その身に宿していらした。

それでも数年は全く気付かなかったのです。子供特有の残酷さ、そして王族や貴族だからこそその傲慢さなどは、珍しくありませんから。大きな問題を起こさなかったことも一因でしょう。

ですから……気付くのが遅れてしまった。

『アグノス……様？　そ……その小鳥は……』

『だって、私の髪を乱したのですもの。卑しい生き物如きが私を害するなど、【許されないこと】なのでしょう？』


不思議そうに首を傾げるアグノス様には、罪悪感や悲しみなど浮かんではいませんでした。死した生き物に対する、嫌悪感すら見受けられません。だからこそ、判ってしまった。

その手に握られ、血塗《ちまみ》れになっていた小鳥は、すでに生きてはいなかったのです。そうしたのは……アグノス様ご自身なのだと！

同時に思い至ります。アグノス様の仰《おっしゃ》った『許されないこと』。それは先日、アグノス様を狙った賊を切り捨てた騎士の一人が口にした言葉でした。

あの当時から、アグノス様には信奉者とも言える者達がおりました。幸薄い姫君への庇護欲、忠誠……誰もが少しは抱く感情でしょうが、そういった者達は少々、その気持ちが強過ぎる。

それもまた、アグノス様の魅力の一つではあるのでしょう。魅了された者達は嬉々《きき》として、アグノス様に跪《ひざまず》くのですから。勿論、自らの意思で。

私としてもアグノス様に忠実な者は多い方が良いと、特に問題視はしておりませんでした。そんな彼らからすれば、主たるアグノス様を害そうとする輩など、許せるはずもございません。

彼らとて、余裕があれば賊を拘束するのでしょうが、あの時はアグノス様の目前にまで賊の刃が迫っておりました。辛うじて間に合った騎士はアグノス様の目の前で賊を切り殺し、怒りと共に先ほどの言葉を口にしたのです。

ゆえに――アグノス様は彼らの言葉と行動を『学習』し。

それを常識の一つとして『覚えてしまわれた』。

『血の淀み』だけでなく、アグノス様には先祖返りの影響も多少はあったのでしょう。一般的に先祖返りは『過去、存在した種の特徴が表面化する』と言われていますが、それが良い方向に作用するとは限りません。アグノス様は記憶力の良さや学習能力の高さが『血の淀み』に合わさった結果、あの状態なのですから。

先祖返りだけだったなら、アグノス様は『優秀な王女』となったのでしょう。ですが、『血の淀み』とは狂気の片鱗《へんりん》。ろくに善悪の区別がつかない者が何らかの優れた才を持っていたならば、悪意などなくとも問題を引き起こしてしまいます。『惨劇を前に泣き喚くこともしないとは、さすが古き血を持つ王女殿下』……そう褒めてしまったことも良くなかったのかもしれません。

傍に控えていた侍女が即座に『それは間違いですよ』と諭しましたが、アグノス様はまるで癇《かん》癪《しゃく》を起こしたかのように激昂《げっこう》され、手が付けられないほどになったのですから。何より、諭した侍女を憎しみの籠もった目で見るようになり、完全に敵として認識してしまいました。

私達は焦りました。アグノス様の今後を左右するような問題を前に、私達はあまりにも無力だったのです。

　ですが、そう簡単に他者を頼るわけにもいきません。襲撃は亡き側室の一人娘たるアグノス様の存在を疎んだ者が居るということなのです。誰が敵か判らない以上、アグノス様が不利になるような情報を迂闊に漏らすことはできませんでした。

　まして、アグノス様には『血の淀み』の影響が出てしまっているのです。元から『そのような状態』なのか、それともあの襲撃が切っ掛けになったのかは判りませんが、このままでは権力争いに関係なく、アグノス様のことを排除しようとする者が出ることは確実です。

　かと言って、下手に一度根付いた『常識』を否定しようとすれば、アグノス様に拒絶されてしまうでしょう。諭そうとした者は排除され、二度とお仕えすることは叶いますまい。

　……。排除しようとするだけならば、まだマシなのでしょう。当時のアグノス様は幼く、人を本格的に排除するだけの力はお持ちではなかったのですから。

　ですが、このまま成長された暁には、どうなってしまうか判りません。これはアグノス様の評価だけでなく、私達自身にも危険が迫るということを意味します。

　王族にとっての『排除』とは、『その存在を亡き者にする』という意味もあるのです。

　いえ、この際、私のことはどうでも良いのです。重要なのは『アグノス様のことを第一に考え、時には諫《いさ》める者が居なくなってしまう』ということ。優先すべきはアグノス様……最も憂《うれ》うるべき問題は、アグノス様の将来のことなのですから。

危険視される『血の淀み』、その危うさから醸《かも》し出される不可思議な魅力。その影響か、アグノス様には美しさだけではなく、人の心を掴《つか》む不思議な魅力がございました。ある種の魅了、と言ってしまってもいいかもしれません。

そのような人物が己が世界のため、その『正しさ』を維持するために、邪魔な者達を排除する。……ありえない未来ではございません。アグノス様に無条件で従う者達がいる以上、悪い予感で済ませるわけにはいきませんでした。

私は何とかできないものかと、あらゆる伝手《つて》を使って調べました。幸いにも、『先祖返りによる異能』や『血の淀み』を持って生まれた者の中には、真っ当に人生を終わらせた方も存在するのです。ならば、可能性はゼロではありません。

そして……私はバラクシンの教会に残されていた聖女の記録に、希望の光を見つけたのです。

それは誘導とも、洗脳とも言える方法でしょう。ですが、その措置を施すことによってアグノス様が穏やかに生きていけるならば、それは救いではないでしょうか。

その後、私が選んだのは『御伽噺の【お姫様】とアグノス様を混同させ、物語の姫君のような性格になってもらう』という方法でした。

『アグノス様も王女……【お姫様】なのです。ですから、御伽噺のお姫様のように誰に対しても優しく、弱き者達を労らなければなりません』

『ほら、物語の中の王女様方は優しく、美しいでしょう？　アグノス様もその一人なのですよ』

――結果として、私の目論見《もくろみ》は成功し。アグノス様の評価は『多少危ういところはあるが、美しく優しい王女』というものに落ち着きました。特に民間からの受けは良く、王家がそれを利用することを思い付いたゆえの判断でしょう。

アグノス様には元より野心などございませんので、『時々起こる不都合』にさえ目を瞑《つぶ》れば、『精霊姫』と称されるほどに美しくて優しい王女は、良い駒のように思えたのかもしれません。

……。

ですが、私は不意に不安に思ってしまうのです。

近しい者達にとって『精霊姫』という呼び名は、『どこか現実を見ていない様子のアグノス様』という意味も含まれます。民間にはそのような話は流れませんが、それは極一部が知る事実なのです。正しくは『虚《うつ》ろの精霊姫』なのですから。

そして何より、アグノス様は相変わらずご自分の世界が壊されることを許しはしない。日頃は『御伽噺のお姫様』を演じていらっしゃるので問題はないのですが、ご自分の世界、もしくは価値観を違えた場合、激しく拒絶されるのです。

それでも……そういった面を恐れていたとしても。私が頭《こうべ》を垂れ、お守りしたいと思うのはアグノス様なのです。私もいつの間にか、アグノス様に絡め取られてしまった一人なのでしょう。

……ですから、アグノス様。

『どうか、そのまま箱庭で幸せな夢を。【幸せな人生】を』

伝わるかは判りませんが、掠《かす》れた声で最後にそう呟《つぶや》きます。もっと貴女様にお仕えしたかったのですが、病に侵されたこの身ではそれも叶いません。

私の亡き後も、皆が貴女様をお守りするでしょう。ですが、それでも足りずに破滅へと向かわれるならば……私を『悪役』になさいませ。『全ては愚かなる乳母の罪』と。

それで貴女様の名誉が守られるならば、私は本望にございます。お嬢様とのお約束とて、果たせたような気がするのです。

……ああ、とても眠い。私にも永い眠りにつく時が来たのでしょう。

アグノス様。私の大切なお姫様。美しくて残酷な、狂気を秘めた『精霊姫』。

どうか、最期の時までご自分に振られた『役』を演じられますように。

第三話　幸せな人生とは　～とある王子の思い出と独白～（エルシュオン視点）

――『お労しい』
――『お可哀想に』
――『ああ、でも、なんと恐ろしい……！』
そういった言葉に慣れたのは何時《いつ》だったろうか。随分と昔のような気もするし、ほんの数年前だった気もする。そう思うほどに、その言葉は常に私に向けられていた。

私が生まれながらに持っている高い魔力。その影響により、無意識ながらに周囲に与えてしまう威圧。意味も判らず脅えられる日々の理由を知った時――私が抱いた感情は……『諦め』だった。

『人は誰しも、多少なりとも魔力を持っています。そのせいか、殿下の高過ぎる魔力を無自覚に脅威と認識し、恐れてしまうのですよ』

告げられた理由は、私自身にはどうしようもないものであって。

私に対して脅える人達にとっても、どうしようもないものであったから。

だから……誰かを恨むことはなかった。『誰にとっても、どうしようもないこと』であり、『努力でどうにかなるものではない』のだから。

……だけど。


だけど、私が『諦めた』のは、『威圧、もしくはその影響をどうにかすること』だった。


私がそう思うことができたのは、幼馴染であるアルジェントとクラウスのお蔭だろう。彼らにも威圧は感じ取れただろうに、二人は私の傍を離れることをしなかったのだから。

幼いながらに平静を装っていたのか、私に悟らせることだけはしなかったのかは判らない。だが、それでも『傍に居ることは不可能ではない』と、幼い二人は証明してみせたのだ。

『私達が【仕えたい】と思ったのはエルです』

『知り合う機会がないだけで、そう思うのは俺達だけじゃない』

二人はただ傍に居たわけではなかった。将来的に忠誠を誓うと……自分達の未来さえも捧げてみせると言い切ってくれた。その言葉に、どれほど救われたか判らない。

そうは言っても、二人とも高位貴族の子息であり、所謂、有望株と言われる存在であって。

将来的に婿入りが可能――彼らは揃って三男なので、政略結婚の駒に成り得る――なこともあり、私を恐れる者達から『色々と』言われていたようだ。

勿論、それは『貴方達の将来を案じて』という、建前によって固められたものばかりではないだろう。本当に、彼らを案じての言葉もあったはずだ。

……家柄も良く、将来有望な二人が私を主に選べば、苦労することなど判りきっている。彼らがその人生を潰さないため――こういった言い方もどうかと思うが、事実だと思う――の『忠告』。

王族は私一人ではないのだから。

二人は私の前でそういったことを一切口にしなかったが、自然と私の耳にも入って来る。正論と思い、私も彼らにそう勧めると、返って来たのは……『怒り』だった。

『一体、どなたがエルにそのようなことを吹き込んだのでしょう？』

『自分達が有望株と称する【公爵子息】に、嫌われる覚悟があったようだな』

『それ以前の問題ですよ。王族であるエルに対し、そのようなことを言うのですから』

『それもそうだな。そいつらこそ、何様のつもりだ』

……一つ言い訳をさせてもらうなら、私は決して告げ口をしたわけではない。断じて違う。

なのに、何～故～か二人揃って、そのような言葉を口にする者達へと怒りを燃やしたのだ。ま、まあ、平然とそういったことを口にするあたり、それが事実であったとしても、王族に対する不敬ではあるのだけど。

その後、彼らは『将来有望な才覚を持つだけでなく、プライドも高い公爵子息だった（意訳）』と証明してみせた。私に対する周囲の認識が変わったわけではないが、平然と口にする者は居なくなったので、まあそういうことなのだろう。

結果として、彼らは私の同類――『怒らせたらヤバい』的なもの――のような認識をされるに至り。『幼くとも、彼らは【実力者の国】と言われるイルフェナの高位貴族なのだ』と、周囲に知らしめる結果となった。

ここはイルフェナ、通称『実力者の国』。高位貴族は身分に相応しい才覚が求められる。幼かろうとも、実家込みの実力があれば『それなりのこと』はできてしまうのだ。

一体、裏で何をしたのか非常に気になるところだが、二人がそれを語ることはない。成長した彼らの性格を見る限り、それはそれは容赦なくえげつないことをしたのだろうが、当時の私は二人を案じるだけだった。

自分のことだけで手一杯だった当時の私に、被害者達――多分、この言い方で合っている――を思い遣る余裕などなかったことも被害を拡大させた一因だろう。

……。

すまない。当時の私は本当に、善意で二人に告げただけだったんだ……！

よく考えれば、私に付き合っていけるような幼馴染達が『普通』であるはずがない。威圧のこともあるが、二人は私を『己が主』と口にしていたじゃないか。

そんな言葉を口にする以上、二人はすでに覚悟が決まっていたに違いない。寧ろ、彼らの覚悟を軽く捉えていた私の方に非があるだろう。


子供だろうとも、すでに主を定めた騎士（予定）。彼らは予行演習とばかりに、将来の主たる私への悪意を蹴散らしてみせたのだ。『それが当然』と言わんばかりに！


善意で二人へと忠告していた者達はそんな姿を見て、彼らへの口出しを止めたに違いない。それは勿論、彼らの誠実さや忠誠を疑う行為を恥じた……というだけではなく。

シャルリーヌ曰《いわ》く『【色々と】諦めたのでは？』だそうだ。

『私はあの子達を、その在り方を応援致しますわ。殿下ならば、あの子達の良き飼い主になってくれると思いますもの』

『いくら優秀でも、己が道を遮《さえぎ》るだけで牙を剥く犬など、危険極まりない存在ですわ。愚かな方達は手を噛まれて、初めてそこに気付いたのでしょうね』

『あの子達が懐く方がいらっしゃるなら、その方に面倒を見てもらえば宜しいのです。主と認めているならば、凶暴な犬だろうとも良く言うことを聞くでしょう？』

『私としては、結構な駄犬だと思うのですが……殿下、どうか宜しくお願い致しますわ』

まだ成人前だったシャルリーヌは、ころころと笑いながらもそう言い切った。……弟達を駄犬扱いすることも凄いが、仮にも王族である私へと丸投げする彼女も相当だ。

後に『猛毒令嬢』だの、『毒夫婦の片割れ』などと言われる彼女の『あの』性格は、この頃から大いに発揮されていたのだろう。貶《けな》しているのか、認めているのか判らない微妙な表現は、今なお健在である。

今にして思えば、シャルリーヌは私を弟のように可愛がってくれていた一人……アル達に対し、『よくやった!』と褒めてやりたい心境だったのだろう。ただ、それを表立って口にするのは憚《はばか》られたため、『扱える方に、世話を丸投げしては?』と言うに留めたのだと思う。

……。た、多分。弟達の暴走に呆れたとかではないと思いたい。

だが、そこは未来の猛毒令嬢……いや、『実力者の国の公爵令嬢』シャルリーヌであって。当然、それだけで終わるはずもなく。うっそりと笑うと、探るような……けれど、どこか真剣な目をして更に続けた。

『あの子達を狂犬にするも、忠犬にするも、主たる殿下次第でございます』

『弱ければ、淘汰《とうた》されるのみ。それは我が国だけではなく、自然の摂理ですのよ』

『あの子達が捧げる剣が恥となるか、誉《ほまれ》となるかは主次第。ただ守られるばかりでは、他者に認められることなどあり得ませんわ』

厳しい言葉は、弟であるアル達のことを気にかけてのもの。そして、それ以上に私への忠告だった。『いつまで周囲に目を向けないつもりだ!』と、遠回しに私を叱り飛ばしたのだ。

私が立ち止まっている間も、周りは常に変化していた。それはアル達が『ただの幼馴染』から、『私の配下』へと己が立ち位置を定めたことも含まれる。シャルリーヌに突き付けられて、私は初めてそれを自覚した。漸く、二人の覚悟の重さを思い知ったのだ！

恥ずかしながら……本当に情けないことながら、私はシャルリーヌの言葉に目が覚める気持ちだった。それまでは『私が何を言われても仕方がない』と思い込んでおり、アル達を気遣ったのも『私に巻き込まれることはない』という想いから。

主と言ってもらった私自身が、彼らの忠誠と覚悟を否定したのだ。これでは二人に怒られ、シャルリーヌに呆れられても仕方がない。善意で二人の将来を案じる者とて、出るだろう。『あれが主では未来はない』と。

そう思われたとしても、当然だ。ここは『実力者の国』なのだから。

要は、私自身の覚悟が決まっていなかっただけのこと。私は努力もしないうちから諦め、周囲の声に流されるままだった。抗《あらが》うことさえしない『弱者』など、誰だってお断りだろう。

自覚してからは、私自身がよりいっそうの努力をすることが全てとなった。言い換えれば、『それしか道がない』。それがアル達の評価を落とさないようにする唯一の方法なのだから。

彼らの主となる未来、そしてこの国の王族としての未来。その双方を叶えるためには、他の道を歩むことを考えるべきではない。いや、それ以外の道など潰すべきなのだ。

成人前ゆえに見逃されている状況に甘んじたままでは、いつか私自身が周囲の声に潰される。魔力による威圧が原因で外交がろくにできない以上、それ以外の面で認められねば『王族として在る意味がない』。

厳しいようだが、私がアル達の主としての道を選択した以上、それが最低条件だった。生まれ持った魔力はどうしようもないのだから。（使い方はともかくとして）才能溢《あふ》れる彼らを腐らせないためには、私自身が表舞台に立てるようでなければならないだろう。

私が欲しいのは『友』であり、『信頼できる配下』であり、『共に堕《お》ちる道連れ』ではない。

どんな道であろうとも二人は付いて来てくれるだろうが、私は彼らに恥じない立場でありたい。

そんな想いがあったからこそ、二人が私の傍を離れても努力し続けられたのだと思う。

アル達が騎士としての道を選んでいる以上、当然、何年かは私の傍を離れなければならない。それは騎士となるために必要なことであり、アル達も素直に受け入れただろう。

――だが、私の覚悟が決まっているのといないのとでは、状況が全く異なってくる。

二人が離れたことを幸いとばかりに、私に再び悪意を向けてくる者達とて居たのだ。アル達がそれを察していないとは思えず、常に彼らに心配をかけてしまっただろう。

そして……それはアル達だけではなかった。

『ねぇ、エル。もしも貴方がこの状況に耐えられないなら、家を興して、どこかの領主になるという未来もあるのよ。それも一つの選択なの』

たった一度。本当に一度だけ、王妃である母から言われた言葉は重く、愛情に満ちていた。

本来ならば、王妃が口にしてはいけないことだったはずだ。それでも母は私を案じ、自分が全ての責任を負う覚悟でそう提示してくれた。

もしも私がそれで揺らぐような態度を見せれば、その後も選択肢の一つとして残されたのかもしれない。だが、私は即座に首を振って否定した。……否定『できた』。

『いずれ、アルとクラウスが傍に来てくれるので、私は王族としてここに居ます』

『二人に恥じぬ【主】でありたいのです。この程度のことで逃げていては、その望みは叶いません。私を主に選んだ彼らの期待に応えることが私にとって一番の目標であり、【救い】なのです。何より、私自身がそんな未来に納得できないのですよ』

笑みさえ浮かべて告げることができたのは、『傍に居る』と言ってくれた者達が居たから。それ以上に、彼らの主として相応しく在ろうとした私自身の努力があったからだろう。

冗談抜きに、アルとクラウスは私に人生を捧げてくれたのだ。『国』ではなく、『私という個人』を主に選ぶとは、そういうことなのだから。幼馴染ゆえの親しさとか、同情で選べることではないし、二人がその言葉の重さを理解していないとも思えなかった。

私にできることは『己が努力すること』だけ。他者から向けられる悪意や脅えた視線、様々な負の感情……そんなものを気にしている暇などない。『その程度のこと』じゃないか！

私の覚悟を聞いた母は安堵の笑みを浮かべると、そのまま話を終わらせた。そして二度と、その話題を口にすることはなかった。母なりに納得した、ということだろう。

それからも色々とあって、アル達は私の傍に居る。

『宣言通り、貴方の騎士になりにきました。まさか、別の方に仕えろとは言いませんよね？』

『俺達はエルの騎士となる。お前の両隣は俺達の場所だ、誰にも譲らん』

そんな言葉と共に、二人は当たり前のように私の傍に控えてくれた。苦笑一つで受け入れられたのは、離れていた間に培《つちか》われたものがあってこそ。

何より、私を主に選んでくれたのは二人だけではない。私自身の努力を知り、全てを承知で私を主に選ぶと言ってくれた者達も居る。

その賑やかさに驚きつつも、私は己の選択が間違っていなかったことを実感していた。気付かずとも、私を見てくれていた人は居たのだと……そう確信できた。

そして現在――私達の仲間には賑やかで破天荒な、異世界産の黒猫が加わった。

「で、この魔道具を借りたんですよ。凄く微笑ましい猫の親子の映像なんですって」

「へぇ……近衛達からも勧められた、ねぇ？」

好奇心を隠しもせず、魔道具を操作するのはミヅキ。アルとクラウスも話には聞いていたらしく、私達の背後から興味深そうに見守っている。


なお、ここは私の執務室である。間違っても、遊戯室などではない。

それをぶち壊したのが、唐突にやって来たミヅキだった。『クラレンスさんから【エルシュオン殿下達と見ては？】って、お勧めされました！』という言葉と共に、手にした魔道具を見せたのだ。

『クラレンスのお勧め』という言葉に、危機感を抱いたのは私だけではないだろう。単なる猫の映像如きを、『あの』クラレンスが勧めるなど……正直、想像がつかないのだ。

ぶっちゃけると、怖い。『確かに、拷問シーンとか言われた方が納得できますよね』などと、口を滑らせたミヅキは正直過ぎると思うが。

そして始まった猫の映像は……意外にも、普通に微笑ましく思えるものだった。

「これ、親の方は貴族の飼い猫だと思うけど……子猫の方は何か違うね？」

「えーとですね、元々飼われていたのは成猫の方だけで、子猫の方は雨の日に、その猫に回収されてきたんだそうです」

「回収……」

「雨音もあって、人間は気付かなかったらしいんですが、猫の方は鳴き声が聞こえたんでしょう。外に出せと暴れ、戻って来た時には子猫を銜《くわ》えていたそうですよ」

何とも優しい猫である。わざわざ雨が降る中を探し回り、子猫を保護してくるなんて。

映像に目を向けると、茶色の猫が同じような色合いの子猫の毛繕《づくろ》いをしている。子猫も懐いている様が窺《うかが》えるので、パッと見は親子に見えなくもない。

「母猫はどうしたんだい？　これくらいの大きさなら、親や兄弟が傍に居るものだと思うけど」

不思議に思って尋ねると、ミヅキは困ったような顔になった。

「庭を探したらしいんですが、この子一匹だけだったんですって。その後、母猫が戻る気配もなし。

多分、間引かれて母猫に置いていかれたんじゃないかと」

「ああ……。野良ならば、そういうことも珍しくはないからね」

非情と思うよりも、納得してしまう。まともに育つか判らない弱い子を捨て、強い子のみを育てるなんて、人間でもあることなのだから。

寧ろ、私も選択を誤れば、どこかでひっそりと暮らす『弱い子』になっただろう。目立たなければ危害を加えられることはないが、存在さえも忘れ去られるような……そんな存在に。

思わず暗い思考になりかけた私を現実に引き戻したのは、アル達のどこか楽しげな声だった。

「実に覚えのある光景だと思いませんか？　ねえ、エル？」

「そうだな、俺達にとっては馴染みのある姿だ」

にやにやとした笑みに、再度、映像へと視線を戻す。映像の中で子猫は親猫に叱られたのか、前足で叩かれていた。まあ、それでも軽く叩いていることが判るので、苛《いじ》めているのではなく、子猫を躾《しつ》けているのだろう。

ついつい、隣に座っているうちの馬鹿猫へと視線が向くのも、仕方がないことだと思う。

……ミヅキ。君が抗議する姿、映像の中の子猫にそっくり。きゃんきゃん喚くところとか、実によく似ている。

なるほど、私達を猫親子と称した者達は良く見ている。確かに、子猫の抗議はミヅキが喚く姿に重なって――

「その成猫は『雄猫』だそうですよ」

「え」

「名前は奇しくも『エル』なんだと。ちなみに、ある近衛の実家で飼われている。子猫は『ミヅキ』と命名したらしい」

「ほう」

ジトッとした目を向けるも、二人は楽しげにするばかり。対して、ミヅキは何も知らなかったらしく、「わぁ、偶然！」とはしゃいでいる。

ミヅキ？　君、賢いんだから、子猫の名前が自分から取られたって気付こうよ？　『エル』の方は本当に偶然だろうけど、子猫の方は明らかに君を意識した名前だろう⁉

「エル、そう怒るな。これだけ見れば、ただの愛猫《あいびょう》自慢じゃないか。まあ……この映像を見た後、お前達を知っている奴らは一様にこう思うらしいぞ？　『この遣り取り、どこかで見た』と」

「な⁉」

「見慣れた光景ですからねぇ。貴方達との類似点に気付くなり、何故か、この映像が多くの人へと回されたそうで。『猫親子』として認識されるのが早かったのも、これのお蔭らしいですよ？」

つまり、この映像を意図して流出させた『誰か』の思惑通り、私達は微笑ましい生き物として認識されたわけだ。私でさえ『似ている』と思うくらいなので、印象操作はたやすかったことだろう。わざわざ教えるあたり、この二人の性格も大概だ。

「まったく……！」

呆れていいのか、気恥しいのか、よく判らない。ただ、自分が知らない間に行なわれた裏工作――これも裏工作に該当するだろう――に感謝する気持ちも当然、ある。

これは間違いなく、私とミヅキへの好意から行なわれたものだろうから。私が自覚する以上に、私達は好意を向けてもらえていたらしい。

「失礼な！　誰が愛玩動物だ」

人としてのプライドがあったらしく、ミヅキが憤慨した声を上げる。

「私は獲物を狩って来るし、お手と待てができますよ！」

……人としてのプライドはどうした、馬鹿猫。君は仮にも魔導師であるはずなんだが。

「憤《いきどお》るのはそこなのかい、ミヅキ……」

「重要なのはそこだと思う。役に立つもの、私」

「自分で言わないの！」

ペシッと叩けば、ジトッとした目を向けてくる。そんな私達を見て、アルとクラウスがとうとう笑い声を上げた。

「ははっ！　本当にそっくりですね、貴方達は！」

「この映像の使い方に気付いた奴は、実に有能だな。くく……いいじゃないか、人間版猫親子で」

「君達ねぇ……！」

呆れてみせるも、アル達にはきっとそれが振りだとバレている。共に過ごした時間が長いからこそ、こんな一時にずっと憧れていたことくらい、お見通しのはずだ。

『くだらない話題で笑い合う、仲間達との一時《ひととき》』。それは私にとってはとても難しく、何年もの辛い時間と努力の果てに得ることができたものだった。

だから……『今』があるためにしてきた努力を自覚しているからこそ、こう言えるのだろう。

――その全てをもって、『幸せな人生』であると。

第四話　幸せな人生とは　～とある国の人々の場合～

『狂気を宿す姫の場合』（アグノス視点）

『貴女様は【お姫様】なのですよ』

『ですから』

『誰にでも優しくせねばなりません』

『……ほら、ご覧なさいませ』

『物語に出てくる姫君達は皆、【とても優しい】でしょう？』


そう言いながら、乳母は私に沢山の絵本を見せ、多くの物語を語って聞かせた。繰り返される乳母の言葉は、深く私に根付いていく。

それは幼い頃から、乳母に言われ続けた言葉。……まるで呪いのように、私は『そう在らねばならない』と、彼女は絶えず言い聞かせた。

彼女の声はとても心地良くて、優しい響きを持っていた。私へと向けられた慈しみを感じ取ったゆえに、そう思えたのでしょう。

侍女達が口々に言う。『お可哀想な王女様』と。

騎士達が恭《うやうや》しく頭を垂れる。『我らが守りし精霊姫』と。

どうしてなのか尋ねたら、『我らにとっては、事実なのです』と返された。だから……だから私はそれが『正しいこと』だと思ったの。

――そもそも、私は自分の何が『可哀想』なのか判らなかった。

お母様のことなど、覚えているはずもない。だけど、誰もが『とても美しくて、お優しい方だった』と口にするから、きっとそれは『正しいこと』なのでしょう。

だって、乳母もそう言っていたのだから。

私にとって『何より正しい彼女』が、心から称賛していたのだから。

『素晴らしい方だった』と語る乳母の表情はとても誇らしげで……彼女が心底、そう思っていることが理解できた。

乳母は私によく言った。『亡きお母様のような方におなりください』と。

彼女が最も素晴らしいと感じる存在……今は亡き、私のお母様。亡くなるまで私を慈しんでくださったという、愛情深く美しい側室。

だけど、私にはそれがどういうことか判らなかった。

私にお母様の記憶はない。姿こそ、肖像画で知ることはできるけれど……話したことなど、一度もないのだから。

皆に聞いても、彼らは、彼女達は、口々に同じことを語るだけ。

――『とてもお美しい方だったのです』

――『大変優秀でありながら、驕《おご》ることもございませんでした』

――『誰にでもお優しい方でした』

……。

それは具体的に『どういうこと』だったのかしら？　私は『お母様のような人にならなければいけない』のでしょう？

乳母に尋ねると、彼女はちょっと驚いて。そして、困ったような顔をして。やがて、どこからか沢山の絵本を持って来て、私に読み聞かせるようになった。

そこから読み取ったのは……『弱い者には優しくしなければならない』ということ。

王族である以上、私は強者に該当する。だから困っている人、弱い人には『手を差し伸べなければならない』。物語に登場する多くの『お姫様達』だって、民には優しくしていたもの。だからきっと、それが正しい。

同時に、『お姫様』は沢山の人に守られ、敬われる存在だと思った。私を殺そうとした賊を切り殺した騎士は言ったもの……『そのようなこと、許されるはずがない！』って。

強い口調で、厳しい言葉で、『私を害する者は悪だ』と。皆もそれに賛同していたから、私はそれが『正しいこと』だと思ったわ。

だから……私は、私の邪魔をする者達が嫌い。

私が『正しく在ろうとすること』を、邪魔をする全てが大嫌い！

乳母だってよく口にしていたもの……『どうか、【幸せな人生】を』って。それがお母様の望みだからって。最期まで私を案じ、愛情を向けてくれた乳母の一番はお母様だったけれど、私のこともちゃんと愛してくれていた。だから、私は彼女の願いを叶えたい。

そう決めてからはずっと、ずっと、努力してきたわ。『皆が望むような姿』こそ、私のあるべき姿なのだから。それはきっと『正しいこと』なの。

私は『御伽噺に出てくるようなお姫様』でいなければならないわ。それが乳母や皆が望んだ、私の『幸せ』なのでしょう……？

それなのに時折、『私の幸せ』を壊そうとする人達がいる。私を困らせる人が出てしまう。

「今のあの方は、御伽噺の王子様には相応しくないもの。……要らないわ」

決して結ばれない、美しい王子様。御伽噺に出てくるような金の髪に青い瞳の、とても優秀で孤独な王子。

肖像画でしか見たことはないけれど、物語のように慕うには十分だった。だって、本当に『御伽噺に出てくる素敵な王子様』そのものだったのだから。

なのに……なのに、あの方は変わってしまった。御伽噺に出てくる王子様ではなくなってしまっ

た！　それなのに、彼の周りはそれを良いことだと思っているんですって。

許せない……あの方は『御伽噺に出てくる王子様』でいなければならないのに。

許せるはずがない……私の世界を壊すなんて！


だから、壊すことにした。御伽噺にだって、不幸な死を遂げる王子様はいるでしょう？　『お姫様の想い人』という立場が嫌なら、新たな役割を振ってあげる。

悲劇はその主役が美しいからこそ、皆の涙を誘う。優秀だからこそ、その存在が失われることを惜しまれる。

あの方をそんな悲劇の主役に見立てて、私は恋い焦がれる王子を失った姫として嘆きましょう。

……そんな『お姫様』も、物語には登場するのだから。

「ねぇ、私のお願いを聞いてくれる？」

私のお願いを聞いてくれる人は沢山いるわ。私がずっと『御伽噺に出てくるようなお姫様』だったからこそ、私に跪いてくれるのよ。それこそ、私が『正しい』証。

……ねえ、お母様。こんな私は『幸せ』なのでしょう？

時折、騒がしかったり、痛ましい目を向けられるのは煩《わずら》わしいけれど、その原因を消してくれる人達を得ることができたのですもの。だから……『これまでの生き方は正しかった』のでしょう？　きちんと『御伽噺のお姫様』になれているでしょう？

貴女が最も信頼を寄せた乳母が示してくれた在り方だもの。間違っているはずはないわよね？

私は貴女の願い通り、『幸せな人生』を送るのよ。それが貴女にしてあげられる唯一のことであり、私にとっての幸せなのだから。

そうでしょう？　お母様……──

※※※※※※※※

『とある従者の場合』（とある従者視点）

『我らは産まれた時より、隷属する人生が決まっていた』

──諦めきった口調と表情で諭したのは、祖母だった。

大陸の端に位置する国『イディオ』。大陸の中では最も古き国であると同時に、先の時代に栄えていた種族を滅亡へと追いやったというのが自慢の、差別が根強く残る国。

この話を聞く度、俺の胸に湧くのは『呆れ』だった。……差別を正当化するためなのか、あまりにもイディオは自国を美化し過ぎている。

そもそも、かの種族の衰退は自業自得と言えるようなもの。

いくら種として高い魔力を有していようとも、それだけでは後進達に負けるのも当然だ。彼らは強く在り続けるための努力を怠り、自分達よりも魔力の劣る後進達を見下し続けたのだから。

先の時代に栄えていた種族の者達は魔力こそ高かったが、新たに作り出すことは不得手。

新たな術式を生み出す才を持つ者達に追い越されるのは、『当然の結果』。

要は、魔力の高さのみを重視し、他者の努力を軽んじた結果なのだ。それを認めず、他者と手を取り合うことを拒んだ果てに、かの種族はじりじりと滅亡への道を歩んでいった。

今となっては、地図にも載らぬ地にひっそりと暮らすのみ。……もっとも、それは純血の者達に限るが。彼らはイディオの人間以上に閉鎖的で、差別意識が強いのだ。『血が穢《けが》れるなど、許されない』とばかりに拒絶し、蔑《さげず》む。

かの種族の排他主義は相変わらずで、他者と血を混ぜた者を認めない。同族の血を引いた者が大陸中に居る今なお、純血を守る彼らだけが『尊い血を受け継ぐ者』であり、『不純物』など認めはしない。彼らにとって『不純物』は恥であり、間違っても自分達の同類とは思わないのだ。

限りなく好意的な解釈をするのならば、『誇り高い』とでも言うのだろうか？　傍《はた》から見れば『敗者の強がり』でしかないものであっても、古《いにしえ》より変わらぬ在り方を貫くことが血を繋げていく糧《かて》——ある種の精神的な支え——となるならば、意味があるのだろう。

……少なくとも、俺達よりはマシだろうから。

イディオはかの種族と最も争ってきた国——他国のように、受け入れることを良しとしなかったことも大きいと思っている——であり、当然、互いへの憎しみも大きかった。

互いに譲らず争えば、自然と国は疲弊する。そのためイディオ国内には王族・貴族への不満が湧き、その不満の受け皿とされたのが、戦《いくさ》によって得た虜囚《りょしゅう》達だった。

虜囚と言っても、そこには巻き添えになった民間人も含まれる。通常ならば国同士の遣り取りで解放されるのだろうが、かの種族は『敵の手に落ちた者など要らぬ』とばかりに虜囚となった者達を切り捨てたのだ。

こうなると、イディオにおける虜囚達の扱いは底辺を極める。……ここで殺されていれば、そこで終わっていたのだろう。そうならなかったのは、ある『善良な』イディオの王の言葉だった。


――『虜囚達を隷属させ、居場所を与えよう』

最悪なことに、魔法の応用などはイディオの魔術師の方が上だった。だからこそ、隷属させることが可能だったのだ。……いくら魔力が高かろうとも、解呪を行なえなければ意味がない。

この『温情』は受け入れられ、虜囚達は自分達ばかりか、その子孫達までイディオに隷属させられる未来が決定したのだ。

『居場所がない』という言葉も、当時ならば正しかったのだろう。時代の移り変わりとも言うべき情勢に多くの国は疲弊し、厄介事を抱え込む余裕などなかったのだから。

まして、自分達とて争っていた国の民。他者を認めぬかの者達の頑なさは熟知しており、良い感情などなかったことも一因だった。

それ以上に、他人事である。一体、何を虜囚達と引き換えにするというのか。たとえ誰かが救援を口にしようとも、賛同など得られるはずもない。

そして、虜囚達はイディオの民として扱われることとなった。と言っても、『受け入れてくれたイディオに感謝し、生涯尽くす』と、制約魔法によって無理矢理に誓わされてのことだったが。

あくまでも『善意によって、忌《い》むべき者達を受け入れた』のであり、奴隷ではないと言いたかったのだろう。たとえ虜囚達の意思を無視した、明らかに他国に対しての建前だったとしても。

その後も、子が産まれる度に制約を施し、隷属させられ続け。元より、イディオの民であった者達は彼らを使うことが当然となった。

そうして時は流れ……俺が存在する現在となった。その頃には俺達の一族は隷属することが当然となっており、誰もが諦めの表情を浮かべ、日々を誰かに従って生きるのみ。……それ以外の生き方を許されないのだから。

自由を知らないからこそ、それを得ようと足掻《あが》く者はいない。子孫までも隷属させた背景にはそのような思惑があったのだろう。

……そう、俺とてそんな風に生きる一人だった。

転機が訪れたのは、ハーヴィスのある貴族の暗殺任務の時。思わぬ反撃を受けて失敗し、傷を負ったまま木陰に隠れていた俺は、あの方――アグノス様に出会った。

『あら……貴方、怪我をしているのね』
『すぐに手当てをしましょう。大丈夫、手当てをするだけよ』

色素の薄い儚げな容姿に見とれていた俺は当初、それが自分にかけられた言葉などと思いもしなかった。だって、仕方ないだろう？　俺達は使われるのが当たり前で、怪我をしようとも気遣われたことなんて皆無だったのだから。

任務の失敗を叱責され、暴力を振るわれるのが『いつものこと』だった。成功しようとも、それは同じ。優しい言葉なんて、かけられた記憶はない。

『ああ、そんなに警戒しないで。貴方は私のお客様よ』

怪我のせいで身動きが取れず、睨み付けるばかりの俺に……アグノス様は自ら手当てをしてくださった。侍女達の止める声も聞かず、不審者でしかない俺のために……！

後に、俺は彼女が『精霊姫』と呼ばれる王女だと知った。美しく優しい、亡き側室の一人娘だと。同時に、自分が彼女の所有となっていることも聞かされた。どんな対価を支払ったかは判らないが、イディオはあっさりと俺の身柄を引き渡したらしい。

まあ、俺に暗殺を命じた負い目もあったのだろう。下手なことを喋られてハーヴィスに抗議されるよりも、王女の所有物として献上してしまった方が責任は転嫁できる。

そもそも、他国の人間を客という形で保護し、その挙句に『欲しい』と言い出したのはアグノス様。『無茶を通す以上、拙いことには目を瞑れ』とでも言ったのかもしれない。

だが、結果として俺はアグノス様の所有となり、以前からは考えられないほど、自由に満ちた生き方ができるようになったのだ。

——その時、俺は決めた。何があろうとも、アグノス様に尽くすと。

それは俺だけでなく、アグノス様に保護された者達全てが思うことだった。アグノス様が『虚ろの精霊姫』と呼ばれる存在であり、『血の淀み』の影響を受けている方であることも知っている。

だが、それが何だと言うのだろう？

俺を助けてくれたのも、望まぬ隷属から解き放ってくれたのも、優しくしてくれたのも、アグノス様だけだったじゃないか……！

重要なのはそれだけだ。『それが可能だった奴』はいても、『実際にやってくれた奴』はアグノス様だけだった。恩を感じて、何が悪い？

アグノス様の望みが正しいか、正しくないかは、どうでもいいことなのだ。俺が主と定めるアグノス様が満足するならば、それでいい。アグノス様が笑ってくださるならば、俺はどんなことでも遣り遂げてみせよう。


世界から悪と罵《ののし》られようと、知ったことじゃない。

国が傾こうとも、重要なのは『アグノス様の望みを叶えること』だけなのだから。


「ねぇ、皆。……私のお願いを聞いてくれる？」

「喜んで」

だから、この『お願い』がどういう事態をもたらすかなんて、どうでもいいことだ。ろくに学のない俺に難しいことは判らないし、そもそも『主の命は絶対』と教え込まれている。

その未来がどういうものであろうとも、俺はアグノス様の傍に控え、願いを叶え続けるだけ。

それが破滅の未来であったとしても。……アグノス様が真実、俺を憐れんでくれたのではなかったとしても後悔はない。

唯一、差し伸べられた優しい手であったことは事実なのだから。俺にとっては、それが全て。

心から主と呼べる存在に出会えた。それはきっと、『幸せな人生』と言えるものなのだろう。

第五話　番外・幸せな人生とは　～コルベラの姫は微笑む～

――コルベラ王城・とある一室にて（セレスティナ視点）

キヴェラでの夜会より帰国し、その後に来た絵本の営業の一団を次の目的地へと送り出した後。

私は父上――コルベラ王より呼び出され、此度の報告を行なっていた。

勿論、帰国した直後にある程度のことは報告済みだ。今回の呼び出しはそれ以上のこと……要は、一連の流れを通して、再度の報告と私自身の見解を求められている。

私は未だ、政に携わっていない。だが、将来的にそういった立場を望むならば、日々の成長を求められるのは当然のこと。

この報告とて、その一環だ。状況・情報を正しく認識できるか、その根拠となるものを説明できるか。『父』ではなく『王』への『報告』なのだ、疑問点などは容赦なく突かれる。……それもまた、父上の優しさではあるのだが。

自分が聞く側だった時はその難しさ、責任の重さが判らなかったが、今では難なく報告をしていた者達の有能さに頭が下がるばかり。個人の感情を抜きにしての報告とは中々に難しい。

だが、同時にやりがいを感じてもいる。此度のこととて、兄を派遣するという手もあったのだ。政に関わっていない私よりも、兄上の方が遥かに判りやすく、的確な報告ができたはず。

それでも私に任せたのは、私が守護役の一人であることと……私自身が成長を望んでいるからだろう。『重要なのは魔導師殿だけではない。関わることを望まれた者達の遣り方を間近で見るだけでなく、学び取ってこい』と、父は私を送り出してくれたのだから。

「何度聞いても信じられなかったが……かの『営業の一団』を知った今ならば、納得だ。戦狂いの遺した傷は根深く、キヴェラは今代においても自浄を行なわねばならない状態であったのか」

「それもできるだけ自然に見えるように……ですね。リーリエ嬢は勿論のこと、アロガンシア公爵家は誰一人として断罪される展開を危惧しておりませんでした。これは別行動をとっていたご子息達が距離を置いたためと思われます」

報告を受けた父上は怪訝《けげん》そうな表情になるも、即座にその理由に思い至ったらしい。

「子息達は揃って王家寄りであったな。なるほど、彼ら自身の意志で見限ったか」

「おそらくは」

肯定すれば、父上は深々と溜息を吐いた。

「キヴェラ王とて、このような結末は望んでいなかっただろうな。子供達には次代を支えてもらい、公爵家は正しい在り方を取り戻す。ある意味、その願いは叶ったが」

「どうにもならなかったのが、リーリエ嬢でしょう。愚かな両親に囲い込まれてしまえば、他者は中々手が出せません。こう言っては何ですが、自分の立場を利用することはできていたのです。教育次第で、キヴェラの次代を支えられるような逸材になったかと」

もし、リーリエ嬢が兄達と同じ教育を受けていたら？

傲慢さはあれど、立場を活かして立ち回れるような存在だったなら？

ルーカス殿はリーリエ嬢のことを『狡賢《ずるがしこ》い』と言っていた。ろくな教育を受けていないのに、その評価なのである。無能ならば、そんなことは言われまい。

そもそも、彼女は泣きもしなかった——意図的に浮かべた涙は除く——ではないか。方向性はともかく、最後まで足掻く気概だけは持っていたのだろう。

だが、そう思っていようとも、私は先ほど思い浮かんだ可能性を口にしない。それは勿論《もちろん》、リーリエ嬢に対する憐みからではなかった。

「リーリエ嬢とて、自分の居場所がなくなるのは困るのです。他国への歩み寄りを公言した王に従い、王の姪という立場を活かして政略結婚の駒となっていたならば……」

「脅威、であろうな。此度のようなことがなければ、迂闊な真似はできん。いくら嫁いでいようとも、キヴェラ王の後ろ盾を持つ令嬢。その影響力、発言力が皆無とは言いがたい」

思わず、父上と共に黙り込む。今回の一件は完全に予想外のことではあったが、他国はとんでもない『厄介者』を抱え込む未来を回避したと痛感して。

何せ、此度の決着は『リーリエ嬢が愚かだった』、『キヴェラ王が覚悟を決めた』という二点が多大に影響している。そこに国を問わず人脈のあるミヅキが加わったことにより、他国には『キヴェラ王の側に付く』という選択肢が提示された。キヴェラ王とて、傷が最小限で済むならばとばかりに、ミヅキと手を組むことを選んだじゃないか。

もしもアルベルダでの一件が隠されたままだったならば……今後も被害は拡大し、『キヴェラはやはり何も変わらない』と、他国から認識されたであろう。そもそも、無関係の国はアルベルダの一件を知る権利などない。

「魔導師殿がどう思っているかは判らんが、先のキヴェラの敗北と連動する形で、我らは『災難』を回避したな。キヴェラが変わる切っ掛けとなったのも、此度の決着を導いたのも、魔導師殿だ。……魔導師を名乗る者は侮《あなど》れん、ということか」

「ミヅキはそこまで考えていないような気がしますが……」

「ああ、魔導師殿が全てを画策したという意味ではない。魔導師殿の成したことを『利用する』のは我らだからな。だが、魔導師殿が関わることで、選べる道が間違いなく増えている。それを『侮れん』と言っているのだ。存在自体がこの世界に影響を及ぼす、と」

「……」

確かに、と父上の言葉に同意する。そもそも、ミヅキがキヴェラを敗北させていなければ、キヴェラ王がその考えを変えることなどなかったのだから。

キヴェラ王が『他国に歩み寄る』という決断を下していなければ、他国を混乱させる目的でリーリエ嬢を送り出す可能性とてあっただろう。

リーリエ嬢が賢く、野心を抱いていれば、王の意志に添う形で他国を混乱させたかもしれない。政略結婚の駒にしろ、王家に忠誠を誓う悪役にしろ、彼女に何らかの役目が与えられる可能性はあったのだ。偶然が重なった結果とはいえ、よくぞそんな未来を潰してくれたものである。

ならば、『良き未来』から零れたリーリエ嬢は何が悪かったのだろう？

「サロヴァーラのリリアン王女はやり直す未来を掴めました。ですが、リーリエ嬢に『そんな未来はやって来ない』。この違いは……」

不意に思い浮かんだ疑問を口にすれば、父上は面白そうに笑った。

「それは勿論、魔導師殿の敵か否かということであろうよ。『世界の災厄』に牙を剥いて、無事で済むと思う方がおかしい。それにな……セレスよ、お前とてそれは同じなのだよ。お前もまた、『魔導師殿がもたらす選択肢を選び取った者』ではないか」

「！」

父上の言葉に、はっとする。そうだ、私とエメリナも自らミヅキの手を取った……『ミヅキの差し出した選択肢を選び取った』！　あの場所からの逃亡が可能になったのは、レックバリ侯爵がミヅキに頼み込んでくれたからだ。それがなければ、私達は今もキヴェラに居ただろう。

「その未来を選んだのは……もっと言うなら、お前が魔導師殿と知り合うことになったのは『何』が原因だ？　あの魔導師殿は恐ろしいが、情がないわけではない。お前が国のためにキヴェラに嫁いだからこそ、魔導師殿の友となる今があるのであろう？」

「それは……。ですが、私が王女である以上、政略結婚は当然のことでしょう。あの時、皆は私のために抗うと言ってくれました。その言葉があったからこそ、私は絶対に皆を失えないと思ったのです。私一人の犠牲で皆を守れるならば、本望だと」

コルベラは皆が助け合って生きているせいか結束が強く、『見限る』ということはあまりない。距離を置いたり、対峙《たいじ》するにしても、そうしなければならない理由がある場合が大半なのだ。というか、内部で争っていては国の存続さえも難しくなってしまう。苦難の時を共に過ごしてきたからこそ、仲間意識が強いということもあるのだろう。


だからこそ、『縁談を拒否してもいい』と言われた時、覚悟が決まった。

私の未来がどれほど苦難に満ちようが、祖国を守ったという自負があれば生きていけると。


皆が選ぼうとした道は本来、決して選んではいけないものだった。それを敢えて口にし、私を守ろうとしてくれた。そこまでしてもらえる王女がどれほどいるというのだろう？　世間では『悲劇の王女』であろうとも、私は間違いなく『幸せな王女』だったのだ。

ルーカス殿の置かれた状況を聞いたからこそ、余計にそう思うのかもしれない。ミヅキと仲良さげな姿には唖然としたが、それでも随分と印象が変わったと思った。

それは今回の一件でキヴェラを訪れた際、ルーカス殿から謝罪されたことからも窺える。


『今更だとは思うが、あの時はすまなかった。貴女を父が寄越した従順な駒と思うあまりに嫌悪し、辛い目に遭わせてしまった』

『王族の誇りを踏《ふ》み躙《にじ》る数々の行ないが許されるはずはないと承知しているが、けじめとして謝罪させてほしい。……すまなかった』

そう言って頭を下げるルーカス殿に、私もまた、彼を『祖国を脅したキヴェラの王族』としてしか見ていなかったと思い出した。エレーナやルーカス殿に気に入られようとした者達の所業はともかく、ルーカス殿自身が私にしたのは『嫌悪の視線と冷たい言葉』のみ。

言葉では何と言おうとも、実害は皆無だった。そもそも、稀に姿を見せていた騎士の目的は私達の様子見であって、何かをされた覚えもない。力では絶対に勝てないにも拘《かか》わらず、だ。

『謝罪を受け取ります。……そして、私にも謝らせていただきたい。貴方を曇った目で見ていたこと、本当に申し訳なかった。コルベラに王女を要求したのはキヴェラ王であって、貴方ではない。私に嫌がらせをしていたのも、愚か者達の独断だ。その全てを貴方のせいにするなど、できようはずがない。こちらこそ、話し合いの一つもせずに申し訳なかった』

ルーカス殿は驚いていたが、私にも切っ掛けは必要だった。思い込んだまま目を曇らせれば、いつかは此度のアルベルダの貴族達――キヴェラを恐れ、リーリエ嬢の我儘《わがまま》を通すことになった原因――と同じことをする。そんな確信があった。

こんな風に思えるのも全てが過去になったからであり、何より、私自身が成長したからだと思う。被害者意識を持ったままでは、私はいつまでも『お可哀想なセレスティナ様』なのだ。そんなことでは、『友人達』と対等に付き合えるはずもない。

ルーカス殿からの謝罪も、その時の私の対応も、父上には伝えている。それを踏まえて、父上は『お前も魔導師殿がもたらす選択肢を選び取った者だ』と言ったのだろう。

……だからこそ。

「父上。私はかつての決断が間違っているとは思っていません。この国に帰って来た時は安堵しました。キヴェラと争う可能性が遠ざかったことを喜びました。ですが……今は少し退屈なのです」

「ほう？」

どこか面白そうに、父上が先を促す。そんな父上に対し、私は晴れやかに笑った。

「『可哀想な王女』などどこにもいないのに、私はその噂に甘んじていなければならないのです。……ですが、ただ無駄に時を過ごす気はありません。私は『魔導師の友人』として、表舞台に立ちたいのですから」

今は多くのものを学ぶ時。『セシル』ならば、王女にはできない様々な経験ができるだろう。

何より、努力をしているのは私だけではない。サロヴァーラの未来の女王に、バラクシンの公爵令嬢といった面々もまた、ミヅキやティルシア姫と対等になりたい人々なのだ。

そして……もう一人、目標にすべき友人がいる。

強くて、綺麗で、ほんの少し素直ではない自慢の友人……エレーナ。

孤独や醜聞、身分による嘲《あざけ》りでさえ、彼女の歩みを止める枷《かせ》にはなりえなかった。

それはミヅキやティルシア姫も同じだ。彼女達はいくら泥を被ろうとも、必ず望んだ結果に辿り着く才覚と強さを持っている。それどころか、時には被った泥さえも己が一手に変えて使いこなす。
彼女達に比べれば、私は知識や経験以前に、その覚悟ができていない。それを裏付けるのが、キヴェラの後宮に居た頃のこと。屈辱的な時間ではあったが、あれが私の甘さを自覚させる切っ掛けになった。あの出来事がなければ、私は今も誰かに守られる『お子様』のままだったろう。

人質同然の婚姻だと思っていたこともあり、私は部屋に閉じこもっていた。周囲の者達から向けられる悪意が煩わしかったことも本当だが、私はそれを捻《ね》じ伏せる努力もしなかった！

そんな状態ならば、いくら王女であろうとも嘗《な》められて当然だ。悪意を向けてくる者達を増長させたのは私にも原因があったと、今ならば判る。
その後も何だかんだと動いてくれたのはミヅキであり、私自身は何もしていない。守護役になった今とてミヅキからの『お誘い』に縋《すが》るばかりで、私自身が自発的に動いたことはなかった。
これではミヅキや他の守護役達とて、同列に扱うことなどしないだろう。それを私は不満に思っていたけれど、思い返せば、単なる子供の我儘に過ぎなかったのだ。

だから……私は今度こそ、彼らに認めてもらえる存在を目指そうと思う。

王女である以上、自己犠牲を強いられる時が来るかもしれない。だが、そんな状況であろうともエレーナのように全てに勝利し、高笑いしながら冥府《めいふ》へ下りたい。足搔けるだけ足搔いて、使えるものは何でも使って。これ以上はないほどに頑張ったならば、私はどんな結果であろうとも受け入れることができる気がする。

……。

まあ、そこまでの間にミヅキが何かしそうな気がしなくもないが。

私が晴れやかな気持ちで終わりを覚悟するほんの一瞬の間に、全ての結果を引っ繰り返す。それがミヅキという人間であり、世間に恐れられる所以《ゆえん》なのだ。

――常識の通じない自己中娘は不可能をあっさり可能にして、人の心をへし折るのだから。

「私が最も優先するのはコルベラです。それが私の誇り。そのためならば王女という身分や人脈……魔導師の友人であることさえも利用しましょう。悪女と呼ばれても、構いはしません。この国の者に悪《あ》し様《ざま》に言われようとも、私自身がその決意を忘れず、望んだ決着に辿り着ければいい」

「それは魔導師殿から学んだのかね？」

「他にはティルシア姫とエレーナですね。私は本当に、友人に恵まれました！」

笑って頷けば、父上は満足そうに微笑む。その笑みに、私は自分の選択が間違っていないことを悟った。……ああ、私は確かに成長しているのだ。そう実感し、私の口元にも笑みが浮かぶ。

あの時、キヴェラに抗う力を持ち得なかったことを呪い、悔しさに嘆いた者達が居ることを知っている。私はそれを嬉《うれ》しく思うと同時に、彼らに消えない傷をつけてしまったことが悲しかった。

だが、その果てに私の成長があるならば……幸せがあるならば。いつかは笑って話せる思い出になるのかもしれない。過ぎた災難に安堵するだけでは終わらず、未来を見据えて前を向く。『次はもっと上手くやってみせる』という決意と共に、更なる成長を目指すのだ。

そんな未来が来ることを、どこか確信している自分がいる。『幸せな王女』はこれからも、幸せな人生を歩むのだから！

第六話　考察と暴露は午後の一時に　其の一

――アルベルダ・王城の一室にて

ローザさんの一件――と言っていいか判らないが、発端はそれだった――が一応の決着を見せ。状況の確認と報告を兼ね、私はウィル様とグレンの元へと呼び出されていた。

ぶっちゃけますと、打ち上げです。皆、よく頑張った！

なお、クリスタ様がこの場に居ないのは、仕事とぶち当たったからである。本人、物凄く悔しそうにしていたらしいので、今度は彼女も参加できる時にお茶でもしようと思う。

……。

っていうか、クリスタ様が担当する『お仕事』って、これからが本番なんだけどね！

言うまでもなく、それはローザさんの新たな婚約への下準備。絵本が出回って、話題満載の今だからこそ、クリスタ様自ら『薔薇姫の元ネタとなった令嬢は私の親友でして云々《うんぬん》』といった感じに、根回しをしているのだ。

これで更に『薔薇姫』への興味を煽《あお》り、付加価値を宣伝すれば、新たな婚約者候補が現れる日も遠くないだろう。今回の一件を踏まえれば、『婚約破棄』という醜聞――被害者であっても、令嬢にとっては醜聞なのだ――を抱えていようとも、おつりがくる付加価値が期待できるもの。

『ローザを悲劇の令嬢になど、させませんわ！』

クリスタ様は貴族階級に絵本への興味が広がる中、力強く言い切った。彼女とて王女なので、『婚約を破棄された令嬢』が辿る末路――釣り合う年齢の異性が居ない可能性や、不良物件を押し付けられる可能性――を案じているのだろう。

勿論、私とてそれは同じ。不幸に見舞われてなお、優しさと労りを忘れないお嬢様には、是非とも幸せになってもらいたい。本当に良い人なんだもの、ローザさん。

最悪の場合、私が他国に『薔薇姫様の元ネタの令嬢に、相応しい縁談ない？』と聞こうと思っていたりする。これはその国にとっても良い宣伝効果が期待できるので、悪いことではないだろう。

「ご苦労だったな、魔導師殿」

仕事で遅くなるらしいグレン――どんな仕事なのかは知らない――を待ちながら、ウィル様は苦笑気味に労りの言葉をかけてくる。それには勿論――

「うふふ、物凄く疲れました」

即答。ええ、今回はマジで疲れましたよ。だって、他国への根回しってほぼ、私一人がやってたんだもの……！　裏方として、大活躍ですよ！

ただ、こればかりは仕方ない。アルベルダは『婚約破棄における当事国』であって、絵本のことは別問題。元ネタがあの婚約破棄の一件であっても、娯楽方面の商売に発展させたのは『魔導師』と『キヴェラ王』だ。

責任者を混同している人が多いけれど、二つのことは別物なのです。だから、絵本に携わる商人達はキヴェラとイルフェナ限定。アルベルダは入っていない。

元婚約者な近衛騎士の実家の一件は、私個人が『気に入らない』と思ったからなのですよ。ローザさんやグレンのこともあるけど、それ以上に『魔王様の庇護下にある商人達に、何してくれてんじゃ！』という感じ。

婚約破棄の延長線上にあった、『被害を被ったイルフェナの商人達』。彼らのための『個人的な報復』なのです。絵本の製作とは関係なし。

商人さん達は過去を振り返らず、イルフェナとキヴェラの共同事業に参加してくれただけ。

私じゃあるまいし、お貴族様に復讐なんて、考えるはずないじゃないですかー。（笑）

……。

いいんだよ、それで。その怒りを絵本の製作にぶつけ、商人達は二国による共同事業を成功に導いたんだから。今後、その認識が事実として知られるようになるだろう。

寧ろ、私の共犯と見られる可能性があるのはアルベルダであ～る！　思うところがあったアルベルダが婚約破棄の詳細を私にばらし、それを絵本に使わせてもらいましたからね！　なお、この情報提供の主犯はアルベルダ王なので問題なし。最高権力者って素敵。

「あ～……その、苦労を掛けたな。まあ、楽しめたようで何より……と言っておこうか」

「それ、魔王様に言ったら微妙な顔されますよ？」

「くく……俺はそれだけしか言えないだろう？　我がアルベルダの願いはあくまでも、『勝手な婚約破棄によって迷惑をかけてしまったイルフェナの商人達に許してもらうこと』なのだから。魔導師殿に愚痴《ぐち》という名の情報提供をしたのは、あの家の横暴な態度を不快に思っていると知って欲しかったからだ。キヴェラ王の決定にも、異を唱えるつもりはない」

「……」

苦笑しつつ、『世間にとっての認識』を口にするウィル様。それを事実と認めるような言葉に彼が望むことを察して、私は肩を竦《すく》めた。

ウィル様は私が記録の魔道具を所持していることを知っているからこそ、あえて『アルベルダにとっての事実』を口にしたのだろう。言うまでもなく、それはイルフェナに伝わることを期待しての行動だ。

今回、アルベルダは最初に謝罪と称し、クリスタ様をイルフェナに送っている。

ゆえに、改めてアルベルダから使者を送る必要など『ない』のだ。

アルベルダからの謝罪を受け取って、イルフェナは事を収めている。そして、問題となった婚約破棄《はき》――ただし、見下されたことは根に持っている――は王であるウィル様が許可を出した。

つまり、アルベルダはこの件について文句を言ったり、報復はできない。『絵本の出版や、リーリエ嬢達の断罪』という案件に関しては、傍観者的な立場だと言えばいいだろうか。

リーリエ嬢やアロガンシア公爵家に纏《まつ》わる『あれこれ』（意訳）はあくまでも『ぶち切れた魔導師&キヴェラ王の所業』であり、イルフェナにとっては『その二人が持ち掛けた共同事業に携わっただけ』。当然、アルベルダは無関係です。絵本の事業にも交ざってないしね。

勿論、突かれた時用の言い訳も打ち合わせ済みさ。

絵本に携わる商人達が、婚約破棄の一件で迷惑を被った者達だけど？

――彼らは元から、魔導師が世話になっている商人と繋がってました。その縁です。

魔導師が勝手なことをしているようだが、野放しにしたイルフェナに責任はないと？

――キヴェラ王が主犯ですが、何か？　私、お手伝い。保護者に許可も取りましたけど。

アルベルダの協力なしに、『薔薇姫』の物語は無理じゃね？

――クリスタ王女と『個人的に親しくなった』魔導師が、被害者からも直接お話を聞きました。

以上、『イルフェナとアルベルダが画策したわけじゃないよ！』な言い訳三連発。画策したのはキヴェラ&魔導師（個人）なので、嘘を言っているわけではない。

アルベルダが溜飲《りゅういん》を下げることになったのも、イルフェナが新たな事業を始める切っ掛けを得たのも、キヴェラ王と魔導師がはしゃぎ過ぎた結果です。そのついでに、キヴェラがアロガンシア公爵家への断罪を行なった……というのが現実だ。

キヴェラでの夜会における私は、場を盛り上げるエンターテイナーにして進行役。

人々は勘違いしているようだが、私の役割はその程度。断罪はキヴェラ王のお仕事だ。

我ら、遊び心を持つ者ですもの……キヴェラの最高権力者が共犯である以上、『ただ叱るだけで済ませるか、ボケェ！　これまでの罪も纏めて清算してくれる！』という方向になって、他国も巻き込む大規模な『茶番』になっても不思議はないでしょう？

守護役達も『キャッキャ♪』とばかりにはしゃいでいたので、とても楽しんでくれたと思う。

……。

その後、イルフェナでは正座でお説教だったけどな……！

私や守護役達の行動を、魔王様は予想済みだったたってことですね！　イルフェナ勢に加えてセイルも一緒だったのは、ルドルフから『どうせ、はしゃぎ過ぎてるだろうから、説教を頼む』と頼まれていたから、らしい。

自分が行けなくて、拗ねた……ということはないだろう。多分。

「そこは大丈夫だと思いますよ。リーリエ嬢達が夜会で盛大に自滅してくれたのと、今回の一件はキヴェラ王主導ということが知れ渡っていますから」

「ほう？」

言い切れば、ウィル様は面白そうに目を細めた。

「アルベルダは夜会参加を『辞退』していましたからね。それに加えて、絵本の内容がアレですよ。『アルベルダは断罪に無関係です』なんて言わなくても、『互いに気まずい思いをするから不参加にした』って察してくれるでしょう。その上で、グレンと仲が良い私がキヴェラ側の人間として参加している。個人レベルならばともかく、国同士は和解済みにしか見えませんって」

「それは何よりだ。こちらとしても、すでにキヴェラ王から謝罪を貰っている以上、改めて抗議する気はない。キヴェラ王にはまだまだ強くいてもらわねばならんからなぁ」

満足げに頷くウィル様もまた、キヴェラ王の重要性を判っているらしい。キヴェラ王が必要以上に腰の低い様を見せ、キヴェラ内から反発を受けることは避けたいようだった。

「ま、何にせよ、魔導師殿を巻き込んで正解だったな！　個人的に広い人脈を持つ魔導師殿が情報を拡散し、各国を巻き込んでくれたお蔭で、アルベルダが下手に勘繰《かんぐ》られることはあるまいよ。国同士が険悪になっても困るしな」

「あはは！　今回のことは本当に、元凶達だけが悪いって感じですもんね」

冗談抜きに、それに尽きる。ただ、リーリエ嬢がちょっと欲を出して『アルベルダを見下す』なんてことをしてくれたので、話が大きくなってしまった。

他国への歩み寄りを公言した王を戴《いただ》く国の公爵令嬢（王の姪）が、それをやっちゃ駄目だろう……自国の王の言葉を真っ向から否定する行ないじゃん！

ま、そんなわけで。キヴェラ王の姪姫様の態度から、キヴェラへの疑惑――本当に歩み寄る気はあるのか？　など――が湧いてしまったのだ。キヴェラ王がぶち切れたのも、それが一番の原因だと推測。私の参戦要請とて、これが原因だろう……歩み寄りの賛同者ですからね、魔王様。

「キヴェラ王は今後を見据えた歩み寄り計画の第一歩を、速攻で潰されかけたからな。元より、キヴェラ王はかの国の王族らしく苛烈な性格だ。一度腹を括れば、即実行だろうよ」

どこか呆れたように、しみじみと語るウィル様の姿に、私は『キヴェラ王が先代を追い落とした』ということを思い出した。『戦狂い』とまで呼ばれた、好戦的なキヴェラの先王……そんな生き物を力業で追い落とす奴が大人しいとか、絶対にないわな。

そして、それはウィル様にも該当する。『王位の簒奪者《さんだつしゃ》』なんて呼ばれている以上、継承権上位の候補達を力ずくで蹴落としているはずだ。穏便《おんびん》に引いてもらったならば、こんな風には言われまい。それなりに強引な手を使った結果、流された悪評じゃないのかね？

「そういえば、アルベルダもキヴェラと似たような状況でしたっけ」

「まあ、な。だが、幸いにも先代の王女が俺の味方をしてくれてな」

「じゃあ、その王女様が今のアルベルダ王妃様ですか？」

聞きながらも内心、首を傾げてしまう。その割には、ウィル様が色々と言われているような。王女の婿に収まったなら、簒奪者という表現はおかしい気がする。

すると、ウィル様は意外そうな表情になり……すぐに何かに思い至ったのか、納得するように頷いた。うん？　私、何かおかしなことでも言ったかな？

「そうか、魔導師殿はエルシュオン殿下と距離が近いからな。他の王族、特にエルシュオン殿下を抑え込めるような立場の者達は、魔導師殿と距離を置いているのか」

「へ？　確かに、魔王様以外のイルフェナ王族とは殆ど顔を合わせませんが……」

「魔導師殿が異世界人である以上、国には監視の義務がある。後見人が個人的な感情に流されても、他の王族が適切な判断を下すのさ。保護国になっている以上、厳しい目で見る者も必要なんだ」

「なるほど」

ただ、王様には騎士団長さんが色々と報告しているだろう。騎士寮に食事に来る近衛騎士達とて、私の様子見をしている気がする。

だが、ウィル様はにやりと笑うと、私にとっての爆弾発言をかましてくださった。

「あのな……俺を支持してくれた先代の王女は、今のイルフェナ王妃だぞ？」

「……え？」

「つまり、エルシュオン殿下の母親だ」

「マジで⁉」

――実は一度だけ、王妃様にお会いしたことがあるんだよねぇ。

わざわざ会いに来たとかではなく、女性騎士であるジャネットさんの所で偶然……という感じ。

見た目はかなり若く、私は魔王様に訂正されるまで、姉上様と思っていた。

ちなみに、それを聞いた時、ご本人は楽しそうに肯定していたり。気さくで、ちょっとばかりお茶目な人（予想）なんだよね、イルフェナの王妃様って。

「……お茶目な人なんですね、王妃様って」

「待て、何故、視線を逸らす⁉」

「一度だけお会いした時に、あまりに若いお姿だったので、姉上様と勘違いしまして」

「ああ、彼女は魔力が高いからなぁ……。魔力が高いと、老けにくいと言われているな。ただ、エルシュオン殿下の魔力の高さは自分が原因だと、昔は色々と悩んだみたいだぞ？」

「その場では誤魔化され、後から魔王様に訂正されるまで、ずっと騙《だま》されていたんですが⁉」

「……。心に余裕ができたんだよ、許してやってくれ」

そう言いつつも、ウィル様はそっと目を逸らす。……おい、小声で「やっぱり、性格は変わらなかったか」って聞こえるのは、どういうことだ？

ジトっとした目で見ていると、ウィル様が苦笑しながら頭を撫でて来た。

「魔導師殿にはあまり関われないし、偶然会えたことではしゃいでしまったんだろう。だが、今の話を聞いて安心した。……ずっとエルシュオン殿下を気にかけていたからな」

「あ～……母親として責任を感じると？」

「まあ、な。それに加えて、祖国から逃がされた状態だったからな」

『祖国から逃がされた』という事実に軽く驚いていると、ウィル様は自嘲気味に笑った。

「情けない話だが、当時の俺に守ってやる余裕がなかったんだよ。しかも、父親から政略結婚の相手を決められたら断れない立場。……本人がどう思おうとも、愚王の力になってしまうのさ」

「王女とか令嬢って、結婚に自由がないですからねぇ……」

気の毒だとは思うが、彼女達の階級では『それが普通』。手本となるべき王女がそれに逆らうなど、できるはずがない。そんな人を逃がすなんて、ウィル様も思い切ったことをしたものだ。

思わず、アルベルダの当時を想い、目を伏せる。……が。

シリアスなのはそこまでだった。

ウィル様はどこか遠い目になりながら、更なる爆弾発言をしたのだ！

「それで悩んでたら、グレンが『イルフェナに協力を頼んで、逃がせ！』って言い出したんだよ。『愚王への言い訳なら、ちゃんと考えてあるから！』ってな」

「は⁉　グレン⁉」

何をしたんだ、赤猫よ。

「『まず、イルフェナに協力を頼んだ上で、あちらから縁談の打診をしてもらう。愚王には【手元に置いておくつもりだった王女をイルフェナ王家に嫁がせるのだから、産まれた子をこちらにも一人寄越せ】と言わせ、イルフェナ王家、それも直系の血が手に入ることを餌として吹き込む』」

「なるほど、『イルフェナ王家の血を持つ子が手に入る』なら、自分の息がかかった子が王になる未来もあり得る、と。確かに、頭の足りない野心家ならば釣れるかも」

だが、それは『イルフェナ王家に跡取りが居ない状況』でなければならない。そうでなければ、他の王族達が暗殺されてしまうかもしれないじゃないか。

正直なところ、イルフェナがそれに気付かないとは思えなかった。今よりも不穏な情勢だったからこそ、他国の王族との婚姻には慎重になる気がする。

「それ、協力を求めた段階で断られませんか？　イルフェナはそんな思惑なんて、速攻で見破るでしょう？　断られる未来しか、想像できません」

「だから、グレンは『イルフェナに協力を頼む』と言ったんだ。アルベルダ側が王女の縁談を受けるための条件を付けるだろうから、イルフェナ側には『その条件を飲みつつ、【第一子は跡取りなので、それ以降の子にしてもらいたい】』と言ってもらうと。正当な言い分だし、さすがに愚王も文句を言えないだろう？」

うん、それなら文句は言えないね。『第三子以降』と言えば『そこまで子ができるか判らない』と文句を言ってくるかもしれないが、本来はスペアとなるはずの第二子も養子候補ならば……まず、文句は言えないだろう。

「……で？　イルフェナ側からの条件は？『アルベルダ王』ではなく、『ウィル様達』に協力した以上、イルフェナにもメリットがあったんですよね？」

「勿論。表向きの理由にもあった『対キヴェラへの同盟』は、双方共に欲しい繋がりだ。その場合、うちの愚王じゃ頼りにならないと、イルフェナは見ていたらしい。だから……協力への条件が『俺が四年以内に王になること』だった」

「ええ～」

ウィル様はさらりと言っているが、当時、これはかなり難しい条件ではあるまいか。王女を逃がすためとはいえ、愚王は自動的に『イルフェナ王太子妃の父』という立場を手に入れてしまったことになるのだから。

当然、ご機嫌を取ろうとする輩が湧くだろうし、次代の王の椅子が益々魅力的に見えてしまう気がする。争奪戦が激化しますぞ、間違いなく。

「ちなみに、四年経っても俺が王になれなかった場合、王太子妃は『第一子を出産の際、体を壊した』という理由をつけて、徐々に表舞台から遠ざかる計画だった。勿論、二人目の子供も作らない。

……俺が王にならなかった場合、アルベルダとの約束が重い枷になるんだよ」

「まあ、国同士の約束事ですからねぇ」

『愚王個人とのお約束』ではなく、『二国間での決め事』。王女の婚姻が認められたのは、それを利用できるのが愚王一人ではないからだ。

つまり……ウィル様が他の継承者達を排除した背景には、イルフェナの王太子妃となった王女や、その子供達を守るという事情があったと。


そりゃ、簒奪者呼ばわりされても、他国は問題なく付き合うわけですね！

野心から王位を狙ったわけじゃないし、約束を守って実力を示してるもの。


なるほど、それで今のイルフェナとアルベルダは比較的親しいお付き合いができているのか。クリスタ様に対する、魔王様の態度も納得ですよ。血縁者であることに加え、全く知らない仲じゃなかったんだね。

惜しまれるのは、クリスタ様があまり魔王様の威圧に慣れていないことだろうか。だが、こればかりは慣れが全てなので、他国の王族であるクリスタ様には厳しいかも。

……その時、ふと引っかかるものを感じた。

「ん……？　二人目以降の子供を作るためのタイムリミットあり……？」

首を傾げた私に、ウィル様は楽しそうに笑った。

「ああ、やっぱり気付いたな。グレンがいなければ、俺は提示された時間内に王位に就くことは難しかっただろう。ちなみに、俺が王位に就けた最大の功労者はグレンだ。……グレンがいなければ、第二王子であるエルシュオン殿下は産まれていなかった可能性がある」

「⁉」

赤猫……イルフェナのことなんて欠片《かけら》も考えていなかっただろうに、恐ろしい子……！

お前、魔王様誕生の鍵を握っとったんかーいっ！　って言うか、魔王様がいなければ、私は『災厄の魔導師』確定じゃね？　あらやだ、グレンってばこの世界の救世主⁉

「はは、何年も会えなかった弟分の成長に驚いたか！　どうだ、うちのグレンは凄いだろう！」

ウィル様は上機嫌でグレンを褒めている。それ以上に、弟分であるグレンを自慢していると言った方が正しいか。そんな姿は誰が見ても立派に親馬鹿……いや、兄馬鹿だった。

……。

すっげぇ楽しそうですね？　ウィル様。その性格、イルフェナの王妃様とちょっと似てませんかね⁉　確かな血の繋がりが、物凄～く感じられるんですが⁉

第七話　考察と暴露は午後の一時に　其の二

衝撃の事実をウィル様から聞いた後。

……私はウィル様による『俺の弟分自慢』を、ただひたすらに聞いていた。何故だろう、話を聞いているだけなのに、ちょっと疲れてきた。

「……ってことがあってな。いやぁ、策を仕掛けたのがグレンだって知った時、奴らは凄い顔をしていたぞ！　あれは傑作だった！」

「……。さいですか」

多分、ウィル様はこれまで語る相手に恵まれなかったのだろう。グレンは異世界人ということを隠していた――隠さなくなったのは、私が来てからだ――ので、こればかりは仕方ない。

と、いうか。実のところ、私もグレンの過去には少し驚いていたりする。

グレンは覚悟を決めた後、本当〜に容赦なくやらかしたらしい。これは加減が判らなかったというより、冗談抜きにタイムリミット――『四年以内にウィル様が王位に就く』という、イルフェナから提示された条件――が迫っていたせいだと思われる。

そもそも、ウィル様とて『情けない話だが、王女を守ってやる余裕がなかった』と言っていたじゃないか……これ、ウィル様自身も命の危機と隣り合わせだったということじゃね？

そこに投下されたのが、私達ギルド面子《メンツ》によって教育された異世界産の赤猫。

拾ってもらった恩返しとばかりに、飼い主の敵に盛大に祟《たた》ったのだろう。

ウィル様から『グレンは【魔導師殿達の教育の賜だ】と言っていたぞ』という証言があったので、グレンは私達の教えを忠実に実行したらしい。

仲間どころか、時にはウィル様さえもビビらせる策の数々は間違いなく、私を筆頭に『保護者を自称する駄目な大人達』の影響だ。赤猫は存外、私達の教育を覚えていてくれた模様。

だって、『中途半端な情を見せるな、敵に容赦をするんじゃない。綺麗事を言わず、邪魔者は排除し、最後に笑うのは自分だけと知れ！』ってグレンに教えたの、うちのギルドだもん。

全員が成人済みだからこそ、『重要なのは正義よりも、人生を勝ち抜く賢い立ち回り』という方向で一致していた。善意やら、正義といった綺麗事だけで幸せになれるなら、犯罪者なんて存在しない。世の中には、理不尽なことが満ち溢れていますからね！

上機嫌なウィル様に生温かい目を向けつつ、『当時の私達、グッジョブ……！』と感慨に浸っていると、ウィル様は穏やかに微笑んだ。

「まあ、魔導師殿達がグレンに色々と教えておいてくれて助かったよ。異世界人の中には『自分の世界とこの世界の常識の差を理解できない』って奴も、一定数は存在するしな」

「ああ……貴族の考え方と、民間人としての考え方に差があるようなものですか」

「まあ、な。仕方ないとは思うし、ある程度は周囲の理解もある。だが、声高に主張するようでは反感を買う。もしもグレンがそんな奴だったら、俺とて庇《かば》えなかったと思う」

なるほど。グレンはそういったことが殆どなかったから、『得体の知れない子供』と思われはしても、異世界人であることを疑われなかったのか。子供にそんな判断などできるはずがない、と。

グレン自身も周囲を冷静に観察できる子だろうし、擬態は完璧だったわけね。

「もっと褒めてくれてもいいですよ？　『よくぞ、あの状態に仕立てた！』って！」

今までのお返しとばかりに胸を張れば。

「あ、うん。それは凄いと思うが、常識的な部分を残しつつ自分のものにしたのは、グレン自身の努力の成果だと思う」

「何故」

「グレンは魔導師殿ほど破天荒じゃないからな。そっくりだったら、別の意味で目立つだろうが」

さらりと私をディスりつつ、暗に『うちの子はまともですので』とばかりに否定された。……おのれ、あくまでも弟自慢に拘るか。

ジトッとした目を向ける私に明るく笑うと、ウィル様は穏やかな表情で続けた。

「感謝しているのは本当だ。あの当時、俺が願っていたことは全て叶った。正直なところ、犠牲者を出さずに代替わりするなんて無理だと思っていた。……これは他の側近達も覚悟していたことなんだけどな、やっぱり誰も犠牲にしたくはなかったんだ」

「……」

力業での代替わりがどれほど大変かなんて、私には判らない。ウィル様とて、自国の恥とも言うべき内容をわざわざ口にしないだろう。そこに同情されるような内容が含まれていたとしても、ウィル様は言い訳をしない気がする。

それでも今、こうして私に話しているのは……本当に、グレンのことを感謝しているからだと思う。ウィル様は私を、元の世界でのグレンの保護者代表のような感じに捉えている節があるから、誠意を見せてくれたと言ってもいい。

「俺達とて足掻いた。グレンだって、泥を被らなかったわけじゃない。だが、俺達だけでは命を落とすような事態を、グレンが肩代わりしてくれたからこそ、『全員が生き残った』」

「グレンだからこそ、生き残る術があったと？」

「ああ。グレンの情報はほぼ知られていない上、完全にノーマークだったからな。地位もない、自分を守る強さもない、だけどグレンは他者の裏をかく賢さを持っていた。……庇護される立場でありながら、俺達にとって重要な戦力になってくれたんだ。今の魔導師殿のようにな」

懐かしそうに語るウィル様の目に宿るのは『信頼』。そこに後悔が見られないのは、現在の状況に満足しているからだろう。

魔王様は未だ、私に仕事を任せることを悩んでいる時があるっぽいので、これぱかりは共に過ごした時間が物を言うのかもしれない。まだまだ庇護される『お子様』枠なのだ、私は。

「だからこそ、こう思う。……『異世界人とは、【何】なのか』と」

「……え？」

聞き返せば、ウィル様は感情の読めない笑みを浮かべていた。

「俺もな、グレンのことがあったから色々と異世界人について調べたんだ。まあ、基本的には魔導師殿も知っている通りだよ。この世界の住人に知識を与える存在……という感じだな」

「ああ、基本的にはそれしかできませんからねぇ」

物凄く戦闘能力が高いとか、魔法の術式を考案する才能があるなら、国に戦力という形で貢献することができるかもしれない。だが、これは本当にレアケースだ。即戦力が必要といった状況でない限り、確実な味方とは言えない異世界人を自軍には組み込むまい。

だって、普通は各国が騎士団を抱えているじゃん？　それに、この世界には魔法だって存在する。当然、国は優秀な魔術師達を抱えているだろう。そもそも、いくら戦闘能力が高かろうとも、信頼がなければ警戒されるだけですぞ。

ただ、異世界人の高い戦闘能力を脅威に感じて処刑……という事態は、明らかな反意を見せない限りないだろう。こう言ってては何だが、異世界人の討伐はそれほど難しくはない。

生きている以上、疲労するし、空腹にだってなる。そのまま戦い続けるのは不可能だ。数で押されれば、どれほど戦闘能力が高くても絶対に負けるもの。

つまり『戦闘能力が高かろうとも、個人である以上、危険視される可能性が低い』のだ。戦闘経験のある騎士や魔術師だったら、これらのことに気付くだろう。

なお、これは戦闘スタイルを問わずに該当する。個人が化け物並みに強かったとしても、それで無双できるのはゲーム内くらいです。現実では、体力的にも不可能に近い。

魔法で抑え込みつつ、体力をじりじりと削って長期戦に持ち込めば、間違いなく勝てるぞ？　異世界の武器があったとしても、弾切れやメンテナンスといったものに対応できなければ、すぐにガラクタと化すだろう。体へのダメージだって蓄積していく。

あのジークだって『魔物を傷つけることが可能な武器がなければ、逃げ回るしかない』という事態に陥《おちい》っていたじゃないか。『個人の戦闘能力が高かろうとも、どうにもならない』んだよ。

無理無理無理、絶～っ対に異世界人に勝ち目はない。唯一勝てそうなのは、細菌などを使う生物兵器

——この世界は医学があまり発達していないため——だが、それをばら撒いた日には土地が汚染されるだろうし、自分だって感染する可能性・大。

そもそも、研究設備が整わない。基本的に、異世界人の最大の武器って、元の世界の知識だろうよ。その知識があったとしても、活かせるだけの環境とか、この世界の協力者が必須。

「私やグレンが強いのって、元の世界の知識を活かすだけじゃなく、この世界の協力者がいるからですよ？　単独だった場合、大したことはできないかと」

「お、随分と謙虚だな？」

「単なる事実ですよ。それを判っているからこそ、ウィル様も、魔王様も、私やグレンをサポートしてくれているのでは？　気付いてますよね、『味方が必要だ』って」

ウィル様は面白そうな顔をしているが、私の答えが判っていたようだった。楽しそうに笑うと、雰囲気を和らげる。

「ははっ！　魔導師殿なら、そう言うだろうな。寧ろ、その判断ができなければ、これまでの功績はあり得ない」

「『魔導師の功績』とか言われてますけど、実際は『猫親子と仲間達の功績』ですからね。異世界人に情報収集とか、何かの許可を取ったりなんて、できるはずがない」

「その通りだ。最低限、後見人が動いているだろうさ。だからこそ、『猫親子』という呼び方をされるし、エルシュオン殿下に話がいくんだ。まあ、異世界人の場合は後見人に話を通すのが必須だから、気付かない奴は気付かないのかもな」

ですよねー！　魔王様達もそれを狙って、裏方に徹している節があるもの。

グレンが隠されていたというなら、私はその逆……魔導師ということを強調し、強者として吹《ふい》聴《ちょう》されている。あれです、『魔導師だから、できて当然』みたいな感じ。

実際、過去に存在した魔導師達は『世界の災厄』とか呼ばれちゃうことをやらかしているようなので、素直に騙されてくれる人達が大半でも不思議はない。

……が、彼らと私はか～な～り違う。はっきり言って、別物です。

過去に存在した魔導師達は魔王様並みに高い魔力があったか、威力が激高《げきたか》で広範囲に攻撃できる魔法を考案したかの、どちらかだと思う。もしくは、術式の開発が天才的だったとか。

それに加えて、大半が『魔導師個人VS国』という状況だったらしいので、魔導師（個人）が上手く姿を隠してしまえば、敵はターゲットの捕捉に一苦労。そこを不意打ちして、前述した魔法を撃てば勝てるんじゃないか？　私同様、『予想外の行動の勝利』ってやつですよ。

「私のことに関しては、気付く人は気付いていますしね。だから皆、魔王様がストッパーでいることに安心できるんですよ。魔王様が私の抑えに回ったら、個人の魔法しかないわけですし」

「それに加えて、エルシュオン殿下の敵になる気がないからだろ？」

「勿論。だから、『魔王様の配下』って自己申告してるじゃないですか」

即答すれば、ウィル様も満足そうに頷いた。やはり、自分の予想が事実と確認する意味でも、私から直接聞いておきたかった模様。

「すまんな、魔導師殿。これは是非一度、魔導師殿自身の口から聞いておきたかったんだ。……俺が言いたいことも、これに関係しているからな」

「へ？　さっきの『異世界人とは【何】なのか』ってやつですか？」

「ああ」

首を傾げて尋ねるも、ウィル様は肯定する。

「これまでこの世界に来た異世界人はな、ほぼ『知識を授けるだけ』なんだよ。そうだな……魔導師殿の料理のレシピ。あれを伝えるだけ、みたいな感じだと言えば判りやすいか？」

「ええと、『知識だけ伝えて、それ以外は行動しない』ってことでしょうか？　伝えられた知識をどうするかはこの世界の住人次第、と」

「そんな感じだな。組み込む術式はともかく、魔道具の基本的な構造は異世界人が伝えている。リヤン殿を召喚した術とて、異世界人が開発した当初のままのようだ。改良できなかったんだろう」

「でも、それって異世界人だけのせいではないような。常識さえ違う世界なら、互いに歩み寄りは必要ですよ。難易度高いけど」

常識さえ違うことが当然である以上、異世界人に『自分達に合わせろ』なんて言えまい。異世界人が持つ知識を利用するのは、あくまでも『この世界の住人』なのだから。

「そうだ、それが『当たり前のこと』だった。だが、魔導師殿とグレンはこの『当たり前のこと』に該当しない。詳しく言うなら、『自分自身が動く上、この世界の住人を動かして、結果を出している』んだ。共同作業に近いな」

「ん～……それって、私達の状況も影響してませんか？　特にグレンは、保護者であるウィル様が大変だったわけですし。自分自身もヤバかったというか」

「それもあるだろうさ。だが、これはエルシュオン殿下も同じだぞ？　魔導師殿とて、エルシュオン殿下へ向けられた悪意を知っているだろう？　俺との差は『命の危機ではない』というだけだ」

「あ～……確かに」

ただ、それでも『異世界産の猫二匹が特殊です』と言い切る理由にはならないような。

だって、ねぇ？

「こう言っては何ですが、後見人……保護者になってくれた人の対応次第、という気がします。グレンにしろ、私にしろ、最初に守ってくれたのは保護者達の方ですよ？」

これに尽きる。グレンはウィル様が弟扱いをして可愛がっていたようだし、私はずっと魔王様の庇護下にあった。この世界の知識や人脈といったものとて、私自身が得ることができるよう、魔王様が取り計らってくれたからだ。

ウィル様もそれが判っているのか、あえて私の言い分を否定する気はないみたい。

「これはどちらが先、というより、『互いに寄り添い合った結果』だと思っている。グレンが行動してくれたから、俺は側近達を失うことなく王位に就けた。魔導師殿が上手く立ち回ったから、エルシュオン殿下は周囲に受け入れられるようになった。どちらか片方だけじゃなく、互いに連動する形で良い方向にいっている」

「でも、保護者達も、私達も、見返りなんて求めてませんよね？」

「ああ。だからこそその結果だと、俺は考える。こう言っては何だが、これまで俺達のように過ごした者達が皆無《かいむ》だったんじゃないか？　『異世界人は庇護されるべき』という認識と、『異世界の知識は価値がある』という常識。これらがあった場合、異世界人を同列の存在として見ることはできなかったんじゃないかと」

「なるほど」

確かに、この世界の住人からすれば『自分達とは違う』という認識が強いかも。友好的な関係を築いていようとも、『庇護対象』とか『異世界からの客』みたいな扱いをしていたら、異世界人の方もそれに倣《なら》った態度になるだろう。警戒心だって、拭えまい。

そもそも、異世界人は民間人扱いの上、この世界の知識がない。意図して教育を施さない限り、使いものになる可能性は低い。

結果として、異世界人が自分から行動したり、この世界の住人から仕事を任されるといったことがなかったんじゃないか？　それが私やグレンとの違いに繋がっている、と。

だが、ウィル様は何か思うことがあるらしく、首を傾げている。

「実に不思議なんだよな。言語の自動翻訳がある以上、俺達のような関係を築けていてもおかしくはないんだが……何故か、異世界人を教育しようとした奴がいないんだよなぁ」

「面倒だったんでしょうかねぇ？」

「そりゃ、時間は取られるけど、俺は結構楽しかったぞ？　まあ、時にはどうしても理解し合えないものとか出てくるが」

「ああ、アレルギーとかですねー」

本当に、何でだろうね？　やっぱり成功例がないと、そこまでする価値を見出せないのかな？

第八話　考察と暴露は午後の一時に　其の三

――あれから、異世界人について、ウィル様と意見を交わし合うこと暫《しば》し。

私達が居た部屋へと、仕事を終えたグレンがやって来た。忙しそうなのを心配したら、『将来有望な人材の育成なので、問題ない』と、いい笑顔で返される。

……。


誰だよ、その気の毒な奴は。


私も『頑張り屋さん』だけど、グレンとて相当だ。しかも、グレンは基本的に真面目である。

その『将来有望な人物』とやらは間違いなく、スパルタ教育を施されるだろう。将来的には安泰かもしれないが、それは同時に『【できない】では済まされない』ということ。

つまり、泣き言が言えない。そんな軟弱な子に育てる予定はないだろう。

ぶっちゃけ、『何があろうとも』逃亡なんて許されない。

私はどちらかと言えば、『やる気がない奴は止めとけ！（※私が面倒だから）』という方向なので、結局は本人の努力次第。ある意味、グレンは面倒見の良い子なのです。

「あ～……ま、まあ、本人も納得してるから」

「ほう」

「……」

「……」

「こ、今回のグレンの教育方針は知らないけどな！　大丈夫！　俺も耐えきった！　耐えきれば、未来が開ける！　立派に救いの手だぞ⁉」

「スパルタ教育の経験者かい、ウィル様！」

突っ込めば、ふいっと視線を逸らされる。……どうやら、グレンのスパルタ教育を思い出したくない模様。なるほど、経験者としては複雑なのか。

「ところで、お前達は何を話していたんだ？　人払いをしたということは、他の奴に聞かれたくないということだろう？」

席に着きながら、グレンが尋ねて来る。私とウィル様は顔を見合わせ――

「異世界人についての考察だな」

「もっと言うなら、異世界人がこの世界に与える影響って感じのこと」

其々、馬鹿正直に答えてみた。その途端、グレンが訝しげな顔になる。

「はぁ？　一体、何を今更」

「いや、ほらな？　お前と魔導師殿って、これまで存在した異世界人とは毛色が違うだろ？　まあ、俺やエルシュオン殿下にも言えるんだけどさ。その違いは何なのか、気になってな」

「そうそう！　他の異世界人って、『知識を伝えて、それだけ！』って感じじゃない？　どうしてなのかなって。協力し合えば、もっと色々できるんじゃないの？」

「ああ、そういうことですか」

私達の言いたいことを悟ったのか、グレンは頷いた。そして暫し、考えるように目を伏せる。

「こう言っては何ですが……やはり、異世界人の周囲に居る者達が一番、その違いに影響を及ぼしているような気がします」

「ほう？　グレンはそう思うのか」

「『異世界人が与える知識』とは、『本来、この世界にはないもの』。それがどれほど有益であろうとも、『知らないものに耳を傾け、理解を示す』ということは、簡単ではありません」

「あ～なるほど。『その知識がこの世界でも適用されるのか』ってことがまず証明されないと、戯言《ざれごと》を言っているようにしか聞こえないんだね」

ポン、と手を打って納得すれば、グレンは同意するように頷いた。

「ミヅキの場合、理解があり過ぎる者達に囲まれて生活しているから気付きにくいだろうが、普通はそこまで耳を傾けてもらえんよ。かなり特殊というか、ありえないほど過ごしやすいんじゃないか？　あの騎士寮での暮らしは」

「……。他をあまり知らないけれど、騎士寮面子達と壁を感じたことはないかな。常識の差とか、どうしようもないものはあるけど、距離を置かれたことはないね」

寧ろ、騎士寮面子……特に魔術師である黒騎士達に至っては、私が壁を作ろうものなら、それをぶち壊して距離を詰めてくる。それはもう、縋りつく勢いで！

勿論、これは私を馴染ませるための配慮……なんてはずはなく。

奴らにとって、私は最高の共同研究者だからです。自分に素直なんだよ、物凄く。

彼らにとっての私は魔導師で、この世界の魔術師とは違った考え方をしていて、アイデアが豊富な逸材。しかも、言葉や意思の疎通も問題なしとくれば、『新たなる魔法と、未知なる知識の世界へ、いざ！』とばかりに、大盛り上がり。

孤独を感じたことなどありませんが、何か？

キャッキャウフフ♪　とばかりに、色々と作り出していますけど？

騎士寮面子は基本的に好奇心旺盛な上に勤勉なので、興味を持った事柄に関しては、互いに『多分、こういうことだと思う』程度の理解ができるまで話し合う。

しかも、魔法の相互理解という点では、クラウスが非常に頼りになるのだ。そのクラウスが『何となく理解したもの』を更に具体的にし、この世界流に変換……ということが稀にあったり。

黒騎士達の凄いところは、それを形にできることだろう。私のように『特殊な状況ゆえ、魔導師になるしかなかった』のではなく、彼らは正真正銘、本物の天才だと思う。

ちなみに、逆は無理。一発芸に等しい異世界人の魔導師なんて、そんなものさ。このことからも、私と彼らの違いが判るだろう。偏《ひとえ》に、周りが頑張ってくれているだけである。

グレンは魔法が使えないから、完全に元の世界の知識——勿論、魔法などない——のみ。

対して、私は『異世界人の知識を何となく理解できる』という人々に囲まれて生活している。

そりゃ、他の異世界人との違いになんて、気付かないはずですね！　私とグレン、どちらも知識の共有に困ってなかったんだもん。

「ってことは〜、これまでの異世界人って……」

「周りの者達に、異世界人がもたらす知識を理解する気がなかったか、できなかったんだろう」

「うわ、凄く納得した！　それなら、アリサの状況にも納得だわ」

アリサの場合、周囲は最初から彼女を見下し、その言葉を聞く気なんて皆無だった。つまり、『何事かを成すならば、異世界人自身』という認識だったはず。

対して、アリサにはこの世界の知識なんて皆無だから、どんな知識が役立つか不明……というか、何をしていいかすら判らなかったに違いない。

アリサがどんな知識を持っているかは判らないが、彼女の性格的にも戦闘方面に明るいというタイプではないだろう。『役立たず』という彼女への評価は、アリサと周囲の人々、双方に下されるべきものだったわけだ。

ただ、異世界人がアリサのような状況に陥ることは珍しくないに違いない。私達の方が幸運と言うか、特殊なのだ。

「ウィル様、この見解を残しておけば後々、役に立つんじゃないの？」

ちょいちょいと突きながら聞けば、ウィル様は暫し、考えるように沈黙し。

「……残すことはできても、実行できるかは別問題だな」

「無理かぁ」

「まあ、『異世界人の知識は役に立つ』と、何の根拠もなしに考える奴への牽制《けんせい》にはなりそうだが。精々、『知識を欲するなら、こちら側も理解するよう努めろ』という警告くらいだな」

惜しそうにしながらも、溜息を吐いて否定した。やはり、難しいと判断せざるを得ない模様。

だが、グレンはもっと踏み込んだところまで考えていたらしい。難しい顔をしながらも、「止めた方がいい」と呟いた。

「何で？」

「教育次第で使いものになってしまった場合、捨て駒扱いされる可能性があるからだ」

「捨て駒って……。使いものになったなら、大事にするんじゃない？」

普通はそうする気がする。だが、グレンは首を横に振った。

「あくまでも、『使いものになる程度』ということだ。異世界人自身に責任が取れないことも踏まえると、こちらの可能性の方が危惧される。『互いに理解し合う』とは、対等な関係を望んだ場合のみ成り立つ。あまり言いたくはないが、そう考えてくれる者は多くないだろう」

それは長く政に携わってきたゆえの言葉なのか。これにはグレンだけでなく、ウィル様も否定の言葉が浮かばないらしい。

「保護者が動くだけでなく、魔導師殿は強いからな。そして、物事の先を考えることができる。……だが、それができる異世界人ばかりではない」

「異世界人そのものを利用する……という方向ならば、可能だがな。異世界人自身に善悪の判断がつかない状態であれば、手懐け、駒として使える。単純に戦力という形ならば、相互理解など必要ない。ミヅキ、お前のように反発できる者は殆どいないと思った方がいいぞ」

「おい、グレン！」

厳しい言葉に、ウィル様が声を上げる。だが、グレンは肩を竦めただけで、否定の言葉はない。

「例えばの話、ですよ。陛下はそのようなことはなさらないでしょうが、異世界人でなくとも、戦闘能力に秀《ひい》でた者を英雄に仕立て上げ、使い潰すのは国の常套《じょうとう》手段。そうなるくらいなら、『役立たず』という評価でいることは守りとなるでしょう。利用される可能性は潰せます」

「……」

どうやら、色々と弊害が出てきてしまうみたい。うーん……異世界人の立場向上って、難しい。

「もしかしたら、そういった懸念があるからこそ、最低限のことしか伝わっていないのかもね。気付いた人だけ、努力した人だけが、その恩恵に消《あやか》れるというか」

「「それだ！」」

溜息を吐きつつそう締め括れば、即座に主従は揃って反応した。

「それならば、バラクシンでの異世界人への態度も不思議ではない！　前例があれば、意図して、異世界人の扱いを伝えないかもしれん。特に、教会派などというものが存在する以上、異世界の神子のような扱いをされ、使い潰される可能性を否定できん！」

「お、おう。さすがに私もそれは否定できないわ。……ん？」

あれ、もしかしなくてもバラクシン的には、アリサは当初の扱いが正解だったのか……？

言い方は悪いけれど、優先順位は異世界人よりもこの世界の住人の方が上だもの。そもそも、アリサが中途半端に政に関わる破目になったのは、エドワードさんと結婚して貴族になったことが大きいだろう。

教会派が祭り上げようとしても、今ではその選択肢も選ぶまい。恋人とか夫がいたら、聖職者になろうとは思わないし、聖人様がいらっしゃるなら、精々が養護施設のお手伝い程度しかできん。

——ただし、こうなったのは私が暴れたから。

私が暴れる前のバラクシンだったら、王家派・教会派共に異世界人を取り込もうとした可能性・大。私の情報を掴んでいたからこそ、異世界人は魅力的に見えたことだろう。

今ではエドワードさんが覚醒し、ヒルダんやらライナス殿下達が庇護者となっているから、アリサを取り込むことが不可能になっただけだ。勢力図が大きく変わったことも影響している。

あの子だけなら、一部の馬鹿どもに利用される可能性も否定できないけど、エドワードさんはアリサの庇護者であり、夫（予定）であり、教会派を嫌っている。彼の賛同なしに、アリサが教会につくことはあり得ない。

今でこそ平穏に暮らせているけど、以前のアリサの扱いはあまり良くなかった。それが、捨て駒として使い潰される可能性を潰すための手段だったなら——

「……。確かに、何もできない子に期待はしないよね。好意を抱く人がいなければ、自発的に異世界人が動くこともなさそう。貴族達の態度から考えても、保護したら後はほぼ放置……という可能性だって十分にある」

「「……」」

「え、ええと、私が暴れまくったから、バラクシンも今後は大丈夫だと思う！　脅しまくったからアリサには手が出せないし、教会もまともになった！　え、もしかして私、グッジョブ⁉　バラクシンとこれから訪れるだろう異世界人に貢献してた⁉　不安の芽を摘んでた⁉」

「あ～……意図したわけではないだろうが、多分、貢献したと思う。これはバラクシン王にも伝えておくか」

「ですよね！」

頼むぜ、聖人様とお兄ちゃ……バラクシン王！　私の恐怖伝説の改変・捏造《ねつぞう》も構わないから、今度は上手く伝えてね！

第九話　迫る刃と信頼と

――イルフェナ王城・中庭にて（エルシュオン視点）

城の中庭の一角、そこに設けられたテーブルを挟んで向かい合わせに座りながら、私は友人とちょっとした休息を楽しんでいた。

ルドルフが我が国に来るなんて、本当に久しぶりのこと。その余裕ができたことを喜びつつも、日々の仕事に疲れていることも察せてしまい、屋外での一時を提案してみたのだ。

内密に……というか、私が知らないうちに一度、イルフェナに来たらしいが、私自身はそれを知らなかったため、数に入れていない。と言うか、許可を出した覚えもない。

いくらレックバリ侯爵への対策と言っても、『囮《おとり》兼ミヅキの共犯として来た！』なんて、許せるはずないじゃないか……！


うちの馬鹿猫は本当に、容赦がない。一国の王を切り札に使うんじゃない！

ああ、子犬と子猫がじゃれ合って戯《たわむ》れる姿が目に浮かぶ……。


――そう、ミヅキが親友と公言しているルドルフは『ゼブレストの王』なのだ。

当然、その地位に見合った扱いを受ける。間違っても、他国へと気楽に遊びに行ったり、他国の問題に首を突っ込んでいい立場ではない。今とて、それなりの扱いを受けているのだから。

友人同士の一時と言っても、私達は互いに王族。しかもルドルフは替えの利かない『王』。今もあからさまではないとはいえ、私達の周囲には護衛の者達が姿を見せている。……勿論、姿を見せていない者達もいる。王族という立場は常に危険が付き纏うので、これは珍しいことではない。

ただ、ミヅキと接している時は騎士寮の騎士達が周囲に居るため、あまりこういった状況にはならない。必然的に、護衛の者達が私を囲むことになる上、ミヅキ自身も私の護衛として動くからだ。

アル達とて、それを当然と思っている節がある。

それを証明するかのように、ガニアの一件の際、ミヅキは躊躇《ためら》わず私の身代わりとなってガニアへと飛ばされた。あの時、あからさまに動揺していたのは私だけであり、他の騎士達はある意味、ミヅキの行動に納得していたのだろう。

今にして思えば、アル達は本当にミヅキを自分達の仲間として認め、その働きを当然のことと受け止めていたように思う。そうでなければ、双子はともかく、ミヅキをあの場に呼ぶことを提案すまい。悪い言い方をするならば、ミヅキを『使える』と判断していたのだろう。

勿論、彼らには騎士としての矜持《きょうじ》もあるので、ミヅキを騎士扱いしたいわけではない。よくミヅキが口にする『魔王様の配下』という言葉を、口先だけのものではないと信じていたのだ。


ゆえに……あの出来事とて、彼らやミヅキからすれば『当然の行動』。


『よくやった』と褒めることはあれど、『危険な真似はするな』と諫めるものではない。

その後の彼らの行動を見れば、そう確信することも難《かた》くない。『ミヅキ一人に報復を任せることになった』というより、『頼もしい仲間の一人が送り込まれている』という認識だったはず。

こんな発想に至る騎士達が変わっているのか、そこまでの信頼を短期間の内に得たミヅキが凄いのか……。正直、私には理解できない一幕だった。アル達のプライドの高さや、これまでの行ないを知るからこそ、ミヅキをあっさりと受け入れている皆の態度を不思議に思う。

つい、それらを口にした際、半ば呆れる私をよそにミヅキはこうのたまった。『【私達の飼い主が魔王様だから】ってだけだと思います。群れの中からボスが出るんじゃなく、魔王様を中核にして群れになっているのが私達というか』と。

……。


どういう意味だ。

アル達もそれに頷くんじゃない！

私としては規格外の飼い主扱いされた気がしてならないが、ミヅキに言わせると『飼い主が魔王様だから、私は懐いたんですよ』とのこと。

アルとクラウスも『主がエルだからでしょうね』『そうだな、それが最大の理由であり、これ以上ない理由だと思う』とか言い出したので、彼ら的にはとても納得のできる理由なのだろう。

そんなことをぼんやり考えていると、ルドルフは一つ伸びをした。……こういった気の抜けた姿を見せるのも、以前は極限られた者達だけだった。私ですら、あまり見たことはなかったはず。

今は……。

……。

いや、今もまだ、限られた者達限定か。ルドルフが父親によって付けられた心の傷は未だ、完全に癒えてはいないのだから。ミヅキもそれを感じ取っているからこそ、ルドルフに対しては割と過保護な一面があった。身分的なこともあるが、ミヅキはルドルフを庇う側なのだ。

双子のように仲が良いと言われていようとも、ミヅキの立ち位置は『姉』だった。ルドルフが困れば手助けし、迷えば手を引いて明るい方へと連れていく。そこにあるのは、見返りを求めない愛情……それこそが、幼いルドルフが欲しかったものなのだろう。

「ミヅキも居たら良かったのにな」

「はは、残念だったね」

そう言いながらも、目の前の友人――ルドルフはそれほど落胆してはいないようだった。まあ、それも当然か。ルドルフとて、忙しい身である。ミヅキが毎回ルドルフと会えているのは、彼が『王』という立場であることが大きい。

はっきり言ってしまえば、ルドルフにしかできない仕事が多過ぎるため、城の執務室に閉じ籠もりがちになってしまっているだけ。

先代――間違っても、ルドルフの父なんて言いたくはない――を発端とする問題が片付いたとはいえ、今度はその事後処理その他が待っている。そこに通常業務が加わるので、数年は多忙になるだろうという見解だ。

ミヅキは毎回、仕事漬けになっているルドルフの執務室に突撃をかましているため、確実に会えているのだろう。傍に宰相であるアーヴィレン殿がいることが大半と聞いているので、間違いなくルドルフ達は執務中のはず。

この時点で、ミヅキの馬鹿猫扱いは決定だった。自由過ぎるだろう、どう考えても。

友人とはいえ、よその国で何をしているんだ。仕事の邪魔をするんじゃない！

ルドルフ達が暇を持て余していたり、偶然、休憩時間になっていたなんてことはなく、まさに文字通り『執務中に突撃』なのだ。いくらルドルフ達が歓迎してくれるとしても、普通は許されることではない。

……が、ミヅキに関しては、事情が少々異なる場合があることも事実。

ミヅキはあくまでも『友人の所に遊びに行く』という姿勢を貫いており、『そのついでに世間話（＝情報交換）をしてくる』とか、『玩具《おもちゃ》を用意してもらって、遊んでくる（＝密かに仕事を頼まれる）』という状況になっていることが多々あるのだから。

一応、ミヅキはイルフェナの所属になるため、大っぴらにそれらを行なうのは宜しくない。それを正当化するための手段が『唐突に魔導師が遊びに来る』という『恒例行事』。

日頃の突撃を知っている者達からすれば、『また魔導師が遊びに来たのか』程度の認識なのだ。裏を勘繰ったところで、イルフェナに怪しいところはない。守護役であるセイルリート殿も同行しているため、それ以上突きようがないとも言う。

そもそも、ミヅキの行動はゼブレストの利になっていることが大半なので、表立って文句も言えまい。『魔導師がゼブレストと懇意にしている』と噂されても、ゼブレストが得をするだけだ。

稀に、ルドルフと対立しがちな者から小言を言われるようだが、即座に『それじゃ、あんたが代わりに実行すればいいだけじゃん』と言い返した挙句、ルドルフの元へと引き摺っていき、『お仕事欲しいんだって！　私に取られたのが気に食わないみたい』と暴露。

勿論、そんな能力がない人物であることはルドルフも判っており――ルドルフがミヅキに仕事を依頼するのは、自国ではどうしようもない場合が大半だ――、その上で悪乗りして仕事を任せ、無能さを自覚させている。

仲の良い友人同士のじゃれ合い……もとい、『お遊び』であった。

仲良く玩具をいたぶる子犬と子猫に、有能な宰相殿が溜息を吐くこともあるという。

そんなことを繰り返す内、ミヅキの唐突な訪問は周囲に認められることとなった。ルドルフが気軽に出かけられない立場だからこそ、アーヴィレン殿もある程度は見逃していたと思われる。

私としても、ミヅキへの依頼には『お馬鹿さんの駆除への協力』も含まれていると聞いていたので、ミヅキが喧嘩《けんか》を吹っ掛けられても抗議することはない。『そんな必要はない』のだから。

くだらないことを言い出した者達は、ミヅキの後見人である私からの抗議がないことに安堵し、行動を起こしたのだろう。『名ばかりの保護者は、魔導師を守る気がない』と、そう判断して。

勿論、その認識が大間違いであることは言うまでもない。

私はルドルフやミヅキが可愛いからこそ、二人が仲良く遊ぶ機会や玩具を取り上げないだけだ。なお、『最近、一緒に遊べなくて寂しい』とは、ルドルフの言葉である。

……。


何を狙っていたのかな？　君達。

本来の目的、忘れてないかい？


仲が良いのは良いことだけど、その方向性には少々、問題ありだと思う。嬉々としてミヅキに付き合えるあたり、ルドルフも普通の思考回路をしていないのかと、不安を覚えなくもない。

あれか、これまでの周囲の状況が悪過ぎて、本性が抑圧されまくってきたことの弊害か？　罪深いな、先代ゼブレスト王と彼に従事した貴族共。

そんなことを考えている間も、ルドルフとは呑気《のんき》に会話を続けていた。

「別に気にしてないさ。あいつも忙しい奴だからな。それにさ、俺はエルシュオンにも会いたかったんだぞ。顔を合わせる機会が増えたとはいえ、殆どが魔道具越しだもんな」

「まあ、ねぇ……」

「その顔を合わせた機会も、ミヅキが呼びつけていたけどな」

「……」

言うまでもなく、最近、ルドルフと顔を合わせたのは、ガニアの一件の時である。キヴェラの一件はアルベルダ……グレン殿から依頼されたということもあり、私達は情報の共有程度で十分だった。下手に出ていくと関与を疑われるため、ルドルフは事後報告のみを受けたはず。

その代わり、派遣されたセイルリート将軍が相当はっちゃけたようだが、私達は無関係である。そんなことなど命じていないし、『敵を煽れ』なんて命じるはずはないのだから。

つまり、完全に本人の意思。セイルリート将軍もミヅキの影響を受け、色々と楽しむ方向になってきた模様。これまでが辛過ぎたので、その反動と言えなくもない。

「でもな、俺は感謝してるんだぞ？　ミヅキに誘われなければ、ゼブレストは孤立しがちだったと思う。先代が愚かなこともあって、距離を置かれていたからな……なんていうか、俺には第三者と接するための切っ掛けが必要だった」

「ああ、そうだろうね。イルフェナはともかく、他の国はゼブレストと距離を置いていたから」

それは事実なのだ。関係が変わるのは『ルドルフが王に即位し、先代の負の遺産を処理してから』だったろう。王としての力を試されていたとも言える。

「俺も王である以上、他国の判断も理解できる。火種を自国に持ち込むわけにはいかないもんな。

だからさ、俺は……俺達はエルシュオンやミヅキに感謝してるんだ。『誰も味方にならない状況だと知っていても、味方になる』ということ。この重さが判らないはずはない」

「ルドルフ……」

微笑むルドルフはどこか嬉しそうだ。その笑みに、私は言葉を失くす。大したことはできなかったはずだが、私は君の救いになれていたのだろうか？ ……孤独から守ってやれたのだろうか？

「お前は俺を憐れんだわけじゃないし、ミヅキに至っては何も考えていない。だからこそ……俺達はお前達に感謝できるんだよ。だって、『利を得ることを望まず、俺個人に味方してくれた』ってことだろ？ 特に、エルシュオンは恩を売ることもできたはずなのにな」

「ミヅキはともかく、私は君から何かを得る気はなかったね」

「ミヅキだって似たようなものだろ？ あいつ、極度の自己中だもん。自分が望んだことしかやらないだろうよ。俺さ、ミヅキに言われたんだ。『国のためなら嫌だけど、親友のためなら一緒に血を被ってあげるよ？』ってさ。ミヅキは本当に、俺達に嘘を吐かなかったんだ」

それはミヅキなりの決意であり、覚悟であり、ルドルフに対する誠意だろう。何も持たないからこそ結果をもたらしてみせるという、とても傲慢で、それ以上に無条件の愛情を感じる宣言。

実際、ミヅキはその言葉通りに結果を出してみせた。勿論、その後もそれは続いている。あの子は自分の言葉通り、親友を害するものを決して許さない。

その基準は『善』や『悪』ではない。ただ『親友の味方をする』という想いだけ。

友が血塗られる道を行くならば、共に歩むまで。他者からの悪意如き、魔導師は恐れない。

己が行動の果てに失われる命があったとしても、ミヅキは躊躇わないだろう。そこから生まれる悪意や憎悪すら捻じ伏せて、ルドルフを先へ進ませるに違いない。

「だからさ、俺はミヅキの言動の根底にある理由がエルシュオンでも納得する。あいつ、怖いものなんてないじゃないか。そんな奴が最上と公言しているのが、エルシュオンだろ？　どんなことでも遣り遂げるって！」

「私はあの子を子飼いにしたことはないんだけど」

そう告げると、ルドルフは困った顔をしながらも首を横に振る。

「あ～、違う違う、そういう意味じゃない。えっとな、人間の常識に当て嵌めるんじゃないんだ。野良猫が、甲斐甲斐《かいがい》しく面倒を見てくれた奴にだけ懐くというか……自分勝手な忠誠なんだよ。『世間に認められることや評価されることなんて、どうでもいい。自分の絶対者の利になるなら、どれほど泥を被っても構わない。飼い主に褒めてもらえば満足』みたいな？」

「それは……」

「エルシュオンがどう思っているとか、世間の評価なんて無視してるんだ。あいつ、本当～に！　自分の遣りたいことをやっているだけだからさ。まあ、エルシュオン達が色々守ってくれているのを察しているから、ミヅキも勝手に動いてるんだろうな。結果として、それはミヅキ自身への恩恵になって返って来る。それで十分なんだよ」

――あいつにそこまで懐かれたのなんて、エルシュオンくらいだろう？

「それはそう、だけど……」

続いた言葉には肯定を。自意識過剰ではなく、本心からそう思う。いや、これは確信だった。

そうでなければアル達はミヅキを仲間と認めはしないだろうし、私もあの子を懐《ふところ》に抱え込もうとは思えないだろうから。最初に無条件の好意を示してくれたのは、ミヅキの方なのだ。

「ミヅキは馬鹿じゃない。損得関係なしに守ってくれたのが誰かなんて、絶対に判ってる。そもそも、視野が広がって他国のことを知った時、最も突き付けられるのが『自分の守られ具合』だろ。貴族や王族でさえ柵から身動きが取れず、時に追い落とされるんだ……『好き勝手する異世界人の魔導師』が自由で在れた理由なんて、嫌でも思い至るだろうさ」

なるほど、ルドルフはミヅキが多くの国に関わったからこそ、自分の状況に気付いたというのか。

そして、ミヅキは恩知らずな性質ではなかった。恩恵に見合ったものだけでなく、それ以上の利をもたらして私に報いたのだと。

「私は……気付かないうちに傲慢になっていたようだね。私が常に守る側であるなど……」

「お前にも余裕がなかったってことだろ。今は……少しは気付いたってところか？」

にやりと、どことなく意地悪に笑うルドルフ。そんな彼の態度と言葉に頷きかけ――

「……？」

――違和感に気付いた。

おかしい。いくら私達だけの個人的な場とはいえ、あまりにも静か過ぎる。いや……『周囲の音が聞こえない』！　ここは屋外……無音になるなど不自然だ。

「ルドルフ、気を付けて。何かおかしい……周囲の音が聞こえない」

「……。襲撃か？」

慌てず、どこまでも冷静に対処する友人の言葉が悲しい。それほどに、彼は襲撃といったものに慣れているということなのだから。

だが、今はそれが幸いした。その冷静さは間違いなく、私達にとって強みとなる。

「いいかい、ルドルフ。何かあっても、私が君の盾となる。招待したのは我が国だし、君は私以上に守られなければならない存在……『王』なんだ。優先順位は判っているだろう？」

「おい！」

「聞き分けるんだ。……ここだけの話、『私は怪我では死なない』。ミヅキの所業、と言えば判るだろう？　詳しくは話せないが、言い切ってしまえるんだ」

小声で交わされる会話に苦い顔をしていたルドルフが、はっとした顔になる。……ああ、そうだよ。君の親友はとても性格が悪くて破天荒だけど、私達に嘘は吐かない。特に、その身を守ることならば絶対だ。希望的観測なんてもので満足せず、確実に結果を出すだろう。

だって、それがミヅキという魔導師なのだから。私達の愛すべき黒猫は、死の運命すら覆《くつがえ》す。

「ミヅキとゴードンの合作にして、この世界に残せないもの。稀代の魔導師と最高峰と言われる医師が、己の矜持をかけて作り出した物を私は『知っている』。だから……絶対に大丈夫だ」

「何だよ、それ……そんなもの、どうやって……」

「君の分もあるらしいよ？　私とアルベルダ王、そして君を含めた三人しか所持させる気はないと言い切った。勿論、ミヅキ達も持たない」

そこで効果に対する疑問の声を上げないあたり、ルドルフも二人のことを信じているのだろう。ただ……私は一つだけ言っていないことがあった。


それは私用の魔道具のみ、私自身の魔血石を使用しているということ。


言い換えれば、私が魔法を使うようなものなのだ。取り上げられるようなことにはならない分、どれほどの負担が体にかかるのかが判らない。

それだけが心配だった。死ぬことはないだろうけれど、絶対に皆には……特にミヅキには心配させてしまうだろうから。仕方がないことであっても、落ち込むと予想できる。

だけど、少しだけ……本当に少しだけ、気分が高揚していることも確かなんだ。嫌な予感はじりじりと私を苛《さいな》んでいくけれど、『それ』を襲撃者達に見せつけられる時が楽しみで仕方ない。

緩《ゆる》く口角が上がる。気付いたルドルフが僅かに片眉を上げるが、目配せをして沈黙を指示。


襲撃者よ、その身をもって、私の配下を名乗る者達の意地を見るがいい。

殺意の刃《やいば》如きに、あの二人の守りを崩せはしない。……そんなことを許すほど、甘くはない。

殺意の刃を受けようとも、二人の術が私の命を繋ぐ。それだけで十分だ。間を置かず私の配下達が速攻でこの空間を打ち破り、貴様達の首を落とす。だからこそ、恐れる必要はない。

それは確実に訪れる未来であり、私達の絆の証明でもあった。……ああ、今ならミヅキが無条件に守護役達を信じる理由が判る気がする。ミヅキは彼らのプライドの高さを知っているのだろう。守護役達の最上位はすでに決まっている。それは決して揺らぐことなく、彼らに守られるべきミヅキはそのことを当然のものとして受け入れていた。ゆえに、『例外などありえない』。

対して、私は己に忠実である配下達を信じている。それは彼らが配下である以上に、同じ時を過ごしてきた『友』だから。乗り越えてきた時間はそのまま、彼らへの信頼として積み重なった。

要は、『彼らに矜持がある限り、決してブレないもの』なのだ。しかも、自分に自信を持つ騎士達はそれなりに高いプライドを持っているため、そう易々《やすやす》と敵に『勝ち』を譲りはすまい。

それが判っている以上、どうして彼らの『仕事』を疑うことがあろうか。そもそも、私は王族……幼い頃からそれなりに命の危機というものに遭遇している。

命の危機も、今後の明暗を分ける選択も、今更なのだ。魔王だ、化け物だと言い掛かりの悪意を向けられるより、よほど納得できるじゃないか。

「ルドルフ。いいかい、絶対に相手を挑発しないように。私が攻撃を受ければ即座に、周囲の護衛達が動くから。彼らは必ず、この空間に乗り込んで来てくれる」

「おい、エルシュオン！」

「聞き分けなよ、王様。……。本音を言うとね、弟のように思っている君を守るのは、私のささやかな意地なんだよ。いつもは助言くらいしかできないんだ、恥をかかせないでおくれ」

「……っ」

ルドルフの顔が僅かに歪む。ここで感情的に怒鳴らないあたり、彼も大人になったということだろうか。成長の痕跡が見られて、ちょっと嬉しい。

垣間見えた友人の成長に満足していると、不意に空間が揺らいだ。……まさにそうとしか言えない状況だった。なるほど、この異様な状況も、魔法によるものだということか。

「魔王よ、貴様の命を貰い受ける」

「お断りする。そもそも、君は招かれざる客だ」

言いながらも立ち上がり。その人物とルドルフの間に立つ。黒ずくめの人物……いや、影そのものと言うべきだろうか？　おそらくは幻術の類であり、本人の姿ではないだろう。

「ならば、ゼブレスト王を巻き添えにしよう。いや、先に殺そうか。その方が絶望が深そうだな」

「随分とお喋りなんだね、君。私の威圧もあまり効かないようだし、魔力が高いのかな？」

「煩《うるさ》い」

少し呆れながらそう言えば、不快に思ったのか、黒い人型が揺らいだ。おや、狙いは私らしい。

ミヅキは割とその利用価値を認められているから、『イルフェナの第二王子』よりも、『魔導師の庇護者』である私が邪魔になったとでも言うのだろうか？

だが、どちらにせよ都合がいい。狙いが私ならば、ルドルフが最初に狙われることはない。私に仕える黒騎士達が魔術特化ということは割と知られているから、この襲撃者は最初で最後の一撃に賭けるつもりなのだろう。

「まず、魔道具を外してもらおうか。気配は……三つだな」

「へぇ……」

この空間を維持しつつ、魔道具の数も特定してみせた襲撃者に、素直に感心する。襲撃なんて真似をする割に、中々に優秀じゃないか。

ちらりとルドルフに視線を走らせつつ、素直に魔道具を外す。如何《いか》にも『ルドルフの安全を考慮した』と言わんばかりの態度に、襲撃者は私の行動を不審に思わなかったようだった。

だが、甘い。私の持つ『最高にして、最強の魔道具』は私自身の魔血石を使っていることもあり、特定されていないのだから。あの二人の矜持を賭けた最強の守りは未だ、健在だ。

不思議なほど落ち着いている自分に内心、苦笑を禁じ得ない。ルドルフが無条件にミヅキを信じているように、私もミヅキ達を信じているのだと確信できてしまった。あの二人があそこまで限定した魔道具、その効果が、普通であるはずはないじゃないか。

そもそも、この襲撃者は情報不足か、あの二人を嘗めている。特に、ミヅキは知力特化型の魔導師……魔道具に魔血石を使うことを考え付いたのは、こういった事態を予想していたからに違いない。それを踏まえて、『絶対に死なせない』と言い切った気がする。

常識人のゴードンはともかく、ミヅキはありとあらゆる可能性に思い至ることができる逸材なのだ……先読みなど、お手の物。各国の王達でさえ手を焼く思考回路の前には、いくら優秀な襲撃者だろうとも、先手を打たれていると思った方がいい。

——勿論、そんなことをわざわざ教えてやる気はないのだけれど。

「ふん。友好国の王に怪我をさせるくらいなら、大人しく従うことを選ぶか。随分とお優しい魔王だな？　自己犠牲、結構なことだ」

「私はこの国の王族として、優先順位を見誤ることはない。己が命を失うことになろうとも、優先すべきはルドルフだ」

言い切った時、僅かに空間が歪んだ気がした。その途端、襲撃者が顔を顰める。どうやら、彼の術が破られつつあるらしい。微かだが、人の声らしきものも聞こえた気がする。

「時間がないな。だが、一撃で仕留めれば、問題ない」

「ルドルフが無事ならば、君は逃げられないよ」

「構わん。元より、魔王を狙った以上、生きて帰れるなんて思っていない」

なるほど。捨て身だからこそ、この襲撃者はここまでできたのか。彼自身の能力が高いことは勿論だが、撤退自体を考えていないからこそ、無茶もできたらしい。

――しかし、この襲撃者には大きな誤算がある。

それは、『私達は最初から襲撃者を【敵】として捉えているのではなく、彼の依頼者にして主たる存在こそを【敵】として認識している』ということ。

王族ゆえの考えなのかもしれないが、直接害を成した者よりもそちらを重要視する傾向になるのだ。そのための役割分担はもうできている。

証言者という意味では、ルドルフに勝る存在は居ない。彼独自の素晴らしい能力は『一度見たり、聞いたりしたことは忘れない』というものだし、その身分も王……加害者や依頼者の身分が高かろうとも退けることが可能だ。

襲撃者に警戒を示しながらも、ルドルフが私の指示に従ってくれたのは、自分の立場だけではなく、己の役割を的確に判断したからだろう。

この状況を切り抜けることは勿論、『敵』を罪に問う一手を私が。

その後の証言、そして『敵』を確実に追い込む一手をルドルフが。

まさに『共闘』。私達は其々の役割を理解し、この目の前の『敵』に対峙しているのだ。ミヅキではないが、こういった時の意思の疎通は本当に嬉しく思う……私達にも確かな繋がりが存在するのだと、妙に実感できてしまって。

「こんな機会があるなんてね」

自然と、口元には笑みが浮かぶ。昔から、私が親しくできる者は限られていた。遠い日に、私を恐れずに受け入れてくれた『友』の存在が救いだったのは、私とて同じ。

「我が主のため、死ぬがいい！」

「ルドルフ！　後は頼んだ！」

それだけをルドルフに告げると同時に、腹に激痛が走る。襲撃者が首を狙わなかった……いや、狙えなかったのは、やはり私と直接視線を合わせられなかったせいだろう。

だって、ほら……刺した瞬間に目を合わせただけで、襲撃者は脅えを見せたじゃないか。

そうだ、これが今まで当たり前だった。『誰からも恐れられる魔王の眼差し』……恐怖を感じずにはいられない、その威圧。暗殺者でさえ、怯《ひる》まずにはいられないほどの恐怖。

それが全く言われなくなったのは、ミヅキが来てからである。私に懐いた黒猫は非常に騒々しくて破天荒なので、私の態度も自然と砕けたものになっていった。恐れない黒猫を構い続けた結果、いつの間にか、私は多くの『友人達』の中に交じれていて。

そんな嬉しくも騒々しい、楽しい日々。私は命以上に、これを手放す気などないのだから。

「殿下！」

「奴を拘束しろ！　治癒魔法を急げ！」

声と共に何かが割れるような音が響き、騎士達の声が聞こえて来た。……いや、『全ての音が戻った』。そのことに安堵しつつ、私は傷があるだろう部分に手を当てる。

ぬめる感触と濡れた衣服……そして傷が一気に癒えていくことを感じ取れる熱。体の奥から感じるそれに安堵すると同時に、酷い眠気が私を襲った。

「エル！　……!?」

私を支えるクラウスの声が聞こえるが、あまりの疲労感に言葉を返すことができない。だが、傷を見た彼が浮かべた驚愕《きょうがく》の表情に、私はミヅキ達の勝利を知った。そのことに安堵しつつも、どこか泣きそうなルドルフへ微笑もうと足掻いてみる。

『ほらね、大丈夫だったろう？　襲撃者の刃よりも、あの二人の本気の方が勝るんだよ』……そんな意味を込めながら。

毒が塗ってあろうとも、致命傷だろうとも、癒しの力が全てを塗り替える。

あの二人にかかれば、冥府へと誘う死神なんて返り討ちだ。

うっかり冥府に行きかけようとも、ミヅキが何かしそうな気がしてならない。あの子が居た世界の知識は凄まじいので、これは本当に馬鹿にできない可能性だった。『不可能と言い切れない』なんて、普通は思うまい。

その可能性があるからこそ、私はあの魔道具の黙秘を了承したのだ。功績を望まぬ魔導師と医師が揃って隠す術など、後世に伝えるべきではない。……残してはいけない。

そう、いくら私の命の恩人だろうとも。……。……ん？　何か……忘れているような？

そこまで思考を巡らせた時、一つの致命的なミスに思い至った。その途端、急速に意識が覚醒し、眠気が一気に吹き飛ぶ。


拙い。報復上等な思考をしているミヅキが暫く、野放しになる。


咄嗟にすぐ傍に居たクラウスの腕を掴み、必死に口を動かす。ルドルフの安全が確保された以上、これは最重要事項なのだから！

「エル……？」

「ミヅキに……私は大丈夫だと伝えてくれ。決して……早まった真似、は……しないように……」

「……。こんな時にまで、子猫の心配か」

私の必死さに、クラウスは呆れ顔になる――彼がこんな顔をする以上、すでに傷は塞がっているのだろう。もう痛みもない――と、そっと私の手を外しながら微笑んだ。

その労りに満ちた笑みとは裏腹な感情を察し、思わず背筋を凍らせる。

「今はゆっくり休め」

休めるものか……！　君、ミヅキを止める気なんてないだろ⁉

「言葉は伝える。……が、それだけだ」

――ミヅキが心配なら、できるだけ早く回復することだ。

暗にそう伝えられ、顔を引き攣《つ》らせる。最後の頼みであるルドルフへと視線を向ければ、私達の会話が聞こえていたらしく、そっと目を逸らされた。賛同が得られない状況に、私は一人決意する。

死ねない……死ぬ気もないけど、あの馬鹿猫を置いて死んでは駄目だ……！

そんな決意を最後に、私の意識は闇へと落ちていった。不機嫌そうに尻尾《しっぽ》を揺らす黒猫の幻覚が見えた気がするけど、気のせい……かな。

第十話　無知がもたらす未来とは

――イルフェナ王城・牢獄にて（襲撃者視点）
牢の中で一人、これまでのことを反芻《はんすう》する。こんな気持ちになるなんて、思いもしなかった。
気付かせたのは魔王付きの騎士。俺達の術を打ち破り、俺を拘束した騎士達は『最悪の剣』の名に恥じぬほど優秀で、残酷だったのだ。

※※※※※※※※※

――襲撃直後の記憶

目の前には黒衣を纏った騎士。拘束され、身動きが取れなくなった俺は、この騎士の下に連れて来られていた。感情の読めない、深い藍色の片眼《へきがん》が静かに俺を見据える。

「俺達が望む『断罪』の相手は、お前達ではない。我らが主を害するよう命じた者だ。勿論、お前達にも相応の罰は受けてもらうがな。ああ、何も言わなくていい。初めから期待していない」

「……」

「だが、覚悟するがいい。俺達は必ずそいつに辿り着く。その程度のことができなければ、『最悪の剣』などと呼ばれはしない。貴様らのような輩など、少し前までよく湧いていた。その全ての『敵』を狩って来たからこそ、俺達はそう名乗ることを許された」

「……っ」

淡々と語られる言葉に、初めて恐怖を覚える。片目を隠すような髪型ながら、この男の容姿がとても整っていることも恐怖を煽る一因になっているような気がした。

「他者に恐れられることもまた、俺達の誇り。主の敵を噛み殺せぬ猟犬など、飼われる価値はない。唯一と決めた主に傷を負わせたんだ……それに見合った『対価』を払ってもらうぞ」

冷たい目で告げる黒衣の騎士の言葉に、俺は固まった。口を割りさえしなければ、罪に問われるのは実行した俺達と思っていたからだ。あの方の身分からしても、それは不可能だと。

「できもしないことを……⁉」

そう言いかけて、口を噤《つぐ》む。……俺を見る黒衣の騎士の目には何の感情も……憎しみや怒りさえも浮かんでいないと気付いて。

正確に言うなら、『俺を見ていない』。黒衣の騎士の目は俺を通り越し、すでにその背後にいる存在へと向けられていたのだ。ぞくりと、背中を冷たいものが走る。


気付いた途端、言いようのない恐怖が襲い掛かって来た。黒衣の騎士の狙いを悟って。


黒衣の騎士の言葉、それをわざわざ俺に告げたのは、理解させるためではなく報復の一環なのだ。強者ゆえの余裕……『何もできないまま、ただ見ているがいい』と言わんばかりの傲慢さ！

だが、それが現実だと理解できてもいた。感情の籠もらない深い藍色の目、変わらぬ表情の裏で、黒衣の騎士が……いや、彼とその同志達は、すでに報復を決めたのだと……！

馬鹿な、と思わず呟けば、黒衣の騎士は薄《うっす》らと笑った。

「おや、俺達の本気に気付いたか。俺達を出し抜けるだけあって、無能ではないらしい。今更、気付いても遅いがな……ああ、一つだけ教えてやろう」

「……。何を、だ。俺に情報を与える気はないんだろう？」

好奇心に負けて尋ねると、黒衣の騎士は緩く口角を上げた。

「過去、我らの主を狙った者達は今現在、『誰も存在していない』」

その言葉に、俺は恐怖を一時忘れて訝しむ。いくら何でも、それはおかしい。今回は相手が相手だけに、こちらとてそれなりに調べたのだから。

だが、そこから判るのは『襲撃は数多く行なわれたが、そのどれも未遂に終わっている』ということのみ。勿論、実行犯は処刑されているだろう。王族を狙って、ただで済むはずがない。

俺のような者が秘密裏に処理されている可能性とて、考えなかったわけではない。だが、『襲撃に携わった者』という意味ならば当然、『それを命じた者』とて当て嵌まるはず。

事実、黒衣の騎士は先ほど、『俺達が望む【断罪】の相手は、お前達ではない。我らが主を害するよう命じた者だ』と言っていたじゃないか。俺が奇妙に感じたのはそこだった。

自国ならばまだしも、かの魔王を狙っていたのは圧倒的に他国の者が多かったはず。にも拘わらず、イルフェナが他国にまで処罰を望んだ形跡は皆無だった。そんなことをしていれば、それなりに情報があるだろう。完全に隠し通すなど、ほぼ不可能に近い。

俺の感じた疑問が判ったのか、黒衣の騎士は軽く目を眇めた。感情の見えない藍色の目が、僅かに不快げな感情を宿す。

「誰が『処罰を望んだ』と言った？」

「は？」

「俺達は『主の敵を狩る』んだが。そもそも……俺達は他国からも『最悪の剣』と呼ばれている。ここまで言っても、その理由が判らないか？　それとも、認めたくないのか？」

呆れたような口調で、まるで世間話でもしているかのように話す黒衣の騎士。けれど、紡がれる言葉は……そこに含まれる意味は。とてもではないが、世間話などと言えるものではない。

「あ……そん、な……まさか……」

「お前達とて、エルのことを調べたんだろう？　さあ、『王子を狙った者達』はどうなったんだろうな？　言っておくが、一人や二人ではないぞ」

からかうような口調と楽しげに細められた目、けれど、そこに在るのは純粋な『悪意』。

――手を出してはならない存在に刃を向けたと、俺は唐突に自覚した。その理由も、おぼろげながら察してしまった！

情報がないのは当然だ。それが『病死』や『事故』として扱われたならば、対外的には報復と認識されまい。報復と気付いたとしても、自分達の側に非があると知れば、その国とて口を噤む。下手に突けば、被害が拡大するだけだろう。

彼らが『最悪の剣』と呼ばれるのも頷ける。『他国においてもそんな真似ができる』ならば、国は間違いなく脅威として認識するに違いない。報復を許したという屈辱もあろうが、自国の恥を晒さないためにも、他国は口を噤んだに過ぎないのだ！

そして、他国から脅威として認識されながらも、彼らが滅多に出てくることがないのは……偏に『主が命じないから』ではなかろうか。イルフェナは基本的に他国に攻め入ることをしないので、『必要がない限り、行なわれない』というだけ。逆に言えば、命令一つでたやすく牙を剥く。

勿論、戦にでもなれば話が違ってくるだろう。過去、有事の際にそういったことが行なわれた結果、彼らは他国においても『最悪の剣』という評価を得たのでは……。

体が震えてくる。止まらぬ思考は徐々に最悪の未来を想定させ、今更ながらに震えが止まらない。

自分の命は惜しくなくとも、あの方にまで被害が及ぶならば話は別だ。命令に従った俺達の行動が、あの方の未来を脅かす原因を作ったなんて……！

そんな未来をたやすく思い描かせたのは、黒衣の騎士の存在も大きい。目の前の騎士はそういったことを平然と語った挙句、何の罪悪感も抱いていないのだから。俺にわざわざ話を聞かせるあたり、妨害されても遣り遂げるという自信もあるのだろう。

整った顔立ちの黒衣の騎士に見惚れる女は多いだろうが、今の俺にはとんでもない化け物にしか見えなかった。いや、この騎士だけじゃない。あの魔王も何かおかしかったじゃないか。

先ほどの一幕を思い出す。会話こそ聞こえなかったが、ゼブレスト王と呑気に話をしている魔王の姿に、俺はこの仕事の成功を確信していた。『生まれ持った魔力はあろうが、魔法の一つも使えぬ王子』と、侮ってさえいた。

だが、そんな余裕は魔王と対峙した途端、吹き飛んだ。『本能で感じる力の差』というものを、一瞬で理解できてしまった！

ぞくり、と体に震えが走った。ただ視線を合わせただけなのに、だ。

圧倒的な魔力を前に、俺が感じたのは『恐怖』。そして『本能による警告』。

容姿だけを見れば、非常に美しい王子と言えるだろう。だが、その深い蒼の瞳に見つめられると……それなりに修羅場を経験したはずの俺が、情けなくも逃げ出してしまいたい衝動に駆られたのだ。体の底から震えがくるような、本能的な恐怖。底の見えない水底に引きずり込まれるようなあの感覚は、経験した者にしか判るまい。

何だ、『あれ』は。本当に人なのか？

恐怖を誤魔化すように喋り続けたが、あまり時間がないことも判っていた。仲間達が命を賭して作ってくれた貴重な機会を潰すわけにはいかない——そんな想いが、俺を奮い立たせていたと言ってもいい。

それでもできるだけ顔を合わせたくなくて……あの眼差しから逃げてしまいたくて。俺は狙いを首ではなく腹にし、手にした短剣を魔王へと突き立てた。途端に、馴染みのある感触が手に伝わってくる。肉を切り裂く手応えに、自然と笑みが零れていた。

事実、俺は安堵したのだ。『ああ、こいつも人間だった。ちゃんと殺せるじゃないか』と。

……だが、そんな気持ちも一瞬で消えることになる。

術を破って乗り込んで来た騎士によって俺は拘束され、魔王の腹に突き立てた刃はその勢いで抜け落ちていった。その後は……更なる赤が傷から勢いよく滲《にじ》み出す『はず』だった。

『……!?』

手には肉を切り裂く感触が残っていた。落ちた短剣は血に染まり、刃を突き立てた部分の衣服と て赤く染まっている。

だが……『それだけ』だった。新たな血が滲み出す気配もなく、魔王の手は傷のある個所をそっと触れるだけ。その手が次々に滲み出す血によって染まることを期待したのに、痛みすらもあまり感じていない、ような。

――おかしい。こんなことは今まであり得なかった。

これでも『仕事』をきっちりとこなせるよう仕込まれていたはずだ。これまでのことを思い浮かべても、致命的な失敗はしていない。

確かに、魔力による威圧に中《あ》てられ、多少は腕を鈍らせた可能性も否定できない。だが、狙った場所は腹部……柄までめり込めば、命に関わる傷となることは明白だった。しかも、短剣の刃には死に至らしめる毒が塗ってある。

突き刺さった短剣を引き抜けば勢いよく血が流れるし、刃に塗られた毒とて体に回り始めているはず。致命傷であるゆえに治癒が優先して行なわれ、気付いた時には毒が回っているという状況だ。これは治療が間に合わないこともある方法だった。

身に着けていた魔道具を取り上げた以上、騎士達が乗り込んできたところで、助かる可能性は低い。解毒か傷の治癒、どちらか一方が間に合わなければ、待ち受けるのは死のみ。

なのに――

何故、初めに刺した時以外、ろくに血が流れないんだ。

弱っているとはいえ、何故、会話が可能なんだ。

どうして魔王を支えた騎士は……治癒魔法すらかけないんだ⁉

魔王を支えた黒衣の騎士はその傷を見るなり驚愕の表情となり、次いで呆れたような、どこか誇らしげな表情になった。魔王すらも似たような笑みを浮かべている始末。

俺が大人しく拘束されたのは、その光景が信じられずに呆然としていたからだ。……いや、『信じたくなかった』！　明らかに、彼らの方がおかしいのだ。俺の反応は当然のものだろう。

得体の知れない存在を前に、俺の体は恐怖に竦んでいた。『仕事』に対する矜持、あの方への忠誠、俺に任せてくれた同志達への感謝……それら以上に恐怖が勝ってしまった。

魔王はやはり人間ではなかったのだろうか。あれは単なる噂ではなく、本当に『そう呼ばれるだけの要素』を持ち得ていたからなのか⁉

混乱したままの俺はたやすく拘束され、その間に魔王とゼブレスト王の姿は消えていた。俺の目の前には、魔王を支えていた黒衣の騎士……そして、今に至る。

――思い返せば、奇妙なことばかり。一体、誰がこんなことを信じると言うんだ。

そう思えども、俺が魔王を狙ったことも、こうして拘束されていることも事実。最後の意地を見せ、いつしか俺は目の前にいる黒衣の騎士を睨み付けていた。

「化け物が……！　どうやら、あの魔王は本物のようだな！　お前達も化け物なのか？」

虚勢であることは判っている。だが、それでも言わずにはいられなかった。『異端』は人に疎まれる。それが常識となっている以上、俺の言葉は奴らを傷つけるものになるはず。

だが――

「化け物？　俺達が？　……ああ、そう見えても仕方がない状況だろうな。お前からすれば、あまりにも信じられないことだろう。だが、それがどうしたんだ？」

「……何だと？」

一瞬、きょとりと目を瞬かせた黒衣の騎士は、次いで納得の表情になる。そこには欠片も傷ついた様子はなく、寧ろ、楽しげですらあった。

「以前はともかく、今は化け物呼ばわりされることを喜ぶ奴がいる。そいつ曰く『人間の法で裁けなくなる素敵な渾名《あだな》』だそうだ。事実、そいつは化け物扱いされることを強みにしてきた。今となっては、俺も化け物でありたいと思うよ。中々に楽しそうじゃないか」

「な……」

あまりな言い分に固まっていると、黒衣の騎士はにやりと笑った。

「ちなみに、そいつは魔導師だ。聞いたことがあるだろう？　異世界人ながら、魔導師になった奴の噂を。……そうそう、エルシュオン殿下はとても賢くて悪戯盛りの黒猫を飼っているんだ。その猫が今回のことを知れば、盛大に祟るだろうな」

「……？」

何故、唐突に飼い猫の話題を？　意味が判らず訝しむが、黒衣の騎士は笑みを深めるばかり。

「クク……俺達の出番など、ないかもな。あれはとても義理堅い上に、飼い主が大好きだ。捕らえようとする者達の手を擦り抜け、勝手に獲物を狩りに行くだろう。しかも、一度狩りに出たら、獲物を狩るまで戻らない」

意味が判らない。そう顔に出たはずなのに、黒衣の騎士も、俺を拘束している騎士達も、周囲に居る者達全てが、楽しそうに俺を見ていた。明らかに面白がっている。

……。

そういえば、魔導師は『魔王殿下の黒猫』とも呼ばれていたような気がする。だが、それ以上に『魔王がとても可愛がっている』という情報が多かった上、手駒にはしていないようだった。

その魔導師が『祟る』とでも言うのだろうか？　かの魔導師の功績は広く知られており、『断罪の魔導師』と謳《うた》われるほど、厳しくも善良な存在であるように感じたのだが。

「そのうち、嫌でも判るさ。あれは紛れもなく『災厄』だからな」

「……」

『最悪の剣』が主の報復を譲るほどの、『黒猫の祟り』。楽しげな彼らには、それがどのようなものか判っているのだろう。信じられないが、そう解釈するしかない。

あえて詳細を教えないことで、彼らは俺にささやかな報復をしているのだ。何も知らない俺が不安になることなどお見通しで、黒衣の騎士は俺との会話に興じただろうから。

「本当に……楽しみだな？」

その言葉を最後に、俺は牢へと連れて行かれた。それからずっと、襲撃の時に感じた恐怖や違和感、黒衣の騎士との会話が、俺の思考を捉えて離さない。

※※※※※※※※※

牢の中で一人、これまでを反芻していた俺は溜息を吐く。いくら思い返しても時は戻らず、『黒猫の祟り』も何のことやらさっぱりだ。

ただ、一つだけ理解できたことがある。それは『俺達が重大な間違いを犯した』ということ。命令に忠実であることが最善と思っていたゆえの、取り返しがつかない過ち。

あの方に拾われる前、あの国での俺達に自由なんてものはなく。任される『仕事』は当然、公にできるようなものではない。それが当たり前だった。望まれたのは『従順で、使い勝手の良い駒』なのだから。

ろくな教育を受けておらず、ただ『仕事』のみを覚えていた俺達は、『主に従った果ての行動が、最悪の結果をもたらすこともある』なんて知るはずもない。

俺達にとって重要なのは『仕事を完遂《かんすい》すること』であり、考えることではない。ただ与えられた仕事をこなすだけの日々は幸せとは言えなかったが、重い責任を背負うこともなかったと思う。

……もっとも、それは俺達を思い遣ったからではない。

『命じた者』が責任逃れをするにしても、俺達に押し付けるには無理がある。

俺達では、『命じた者』の身代わりにすらなれなかっただけのこと。

『命じた者』と同格、もしくは『そういった命を下せる者』でなければ、世間は納得しないのだ。

俺達の隷属を決定付けるものが俺達を守るとは、何とも皮肉なこと。

だから……俺達に難しいことは判らない。余計な知恵を付けないこともまた、日々を生きる上で重要なことだったから。

――その『無知』こそが、守りたかった主を脅かすことになるなんて。

命令に忠実である生き方は楽だが、時にはとんでもない過ちを犯すことがある。『最悪の未来』は常に、愚かな俺達を飲み込もうとしていたのだ。黒衣の騎士との会話で十分、思い知った。

それでも今の俺にできることはない。同志達がどうなったのかすらも判らず、この牢で処罰が下される日を待つことになるのだろう。自分達の迂闊さを後悔しても、すでに遅い。

ああ、悔しい。あの方の望みを叶えるどころか、俺達こそがあの方を窮地に追い込んでしまう。あの方に危険が迫っているというのに、俺には何もできないなんて……！

どこか呆然としながらも、胸に湧くのは深い後悔だった。思考の停止も、ただ流される生き方も、いつか自分に牙を剥く。自分だけではなく、唯一と慕う方さえも危険に晒す。

それを教えてくれる者がいたら……何か変わったのだろうか？　俺達を助けてくれたあの方は、守られた優しい箱庭で暮らしていけたのだろうか？

主の命に忠実に動いたことに後悔はない。だが、それがもたらす未来を察せていたら、同じ行動をとることはなかったと思う。全ては、俺達の無知が招いたこと。

俺が騎士だったら。あの方の手駒に相応しい教育を受けていたら。それ以上に、俺が普通の生き方をしていたら……様々なことに気付けていたのだろうか？

第十一話　好意も悪意も十倍返し

──アルベルダ・王城の一室にて
──それは本当に唐突な知らせだった。

「は……？　何で？」

口に出したのは私一人でも、それはその場にいる者達共通の認識だったろう。グレンを交えて雑談に興じていた私達だったが、暫くして、グレンへと『ある知らせ』が伝えられたのだ。

聞いた途端、グレンだけではなく、ウィル様までもが怪訝そうな顔になった。というか、私も訝しんだ一人。いやいや、マジで意味が判りませんよ？

「……。ライナス殿下が儂を訪ねて来ていると？　そのような予定はなかったはずだが……」

「はい。扱いはお忍びということです」

「「「……」」」

伝えに来た人──グレンの館の使用人さん──も困惑気味だが、私達も同様。思わず、顔を見合わせる。お忍び、ねぇ？　他国の王の側近であるグレンの元に、バラクシンの王弟殿下が？

えーと、確か……グレンが若かりし頃、ライナス殿下が派閥関連のことを相談したんだったっけ。

その結果が、ライナス殿下の臣下としての制約だったはず。このことを知っているなら、二人に個人的な付き合いがあっても不思議ではないと思うだろう。

……が、当のグレンまでもが怪訝そうな顔をしているならば、話は別。

「グレン、ライナス殿下と親しかったの？」

確認するように尋ねれば。

「いいや？　あちらは教会派関連のことで揉めていたし、下手に儂と付き合いがあると思われれば、そこを利用される可能性があったからな。顔を合わせれば挨拶程度はするが、親しい付き合いは皆無だ。勿論、これまでこういったことは一度もない」

速攻で否定された。

「だよねぇ。これまでの教会派の姿勢を考えると、そうなるよね。ライナス殿下だって、わざわざ自分に価値を持たせることはしないだろうし」

「そうだな、ライナス殿はそういったことに思い至らない方ではない。俺も彼がグレンとそこまで親しいなんて、聞いたことはないな」

ウィル様も知らない以上、本当に付き合いはなかったのだろう。個人的なことであろうとも、あちらは王弟殿下。グレンの性格上、ライナス殿下と親しくなっているのならば、主であるウィル様に報告くらいはしているはず。

それが『お忍び』で訪ねて来ただと？　明らかに、おかしいだろうが。

「……。ミヅキ、お前も同席してくれ。状況が判らない以上、打てる手は打ちたい。場合によっては、お前を巻き込む。宜しいですね？　陛下」

「ああ。魔導師殿には悪いが、俺も何だか嫌な予感がする。そもそも、グレンを訪ねて来る時点でおかしいだろう。これは『アルベルダという国』に対してではなく、『グレンという個人』との対話を望んでいると見るべきだ。だったら、魔導師殿を巻き込んだ方が多くの手が打てる」

そう言って頷き合うと、主従は揃って私を見た。勿論、私もその意見には賛成なので、了承の意味で頷いておく。

……。

もしかしたら、ライナス殿下は『異世界人であるグレン』や『魔導師と懇意にしているグレン』に用があったかもしれないものね。

ウィル様の右腕としてのグレンに用があるならば、最初から先触れでも出して、ウィル様に話が通るようにするだろう。ライナス殿下はそういった筋を通せない人ではない。

「いいよ、私も同席する。厄介な案件を持ち込まれても、私が……『偶然話を聞いてしまった魔導師が、面白半分に介入する』っていうことが可能だものね。用件が判らない以上、アルベルダが保険として私を付き合わせたとしても、文句は言えないでしょ」

「すまんな、ミヅキ」

「いいって！　じゃあ、使用人さんには一足先に館に帰って伝えてもらおうか。いきなり私が現れても、あちらは心の準備ができないでしょ」

ひらひらと手を振りながら快諾《かいだく》しつつも、一応の気遣いを。『客人への気遣い』を装ってはいるが、これもまたアルベルダ側の保険なのですよ。

これ、暗にアルベルダ側から『魔導師に知られて困るようなことなら、言うなよ？　密談したいなら、最初からそう言うもんなぁ？』と言われているようなものなのです。こちらは警戒してるからね？　と言わんばかりの、警告とも言う。

厄介な案件を持ち込まれかけても、『部外者』がいれば、あちらとて口にすまい。

要は、逃げ道要員として、私の存在が使われるわけだ。まあ、これくらいの危機感を抱くのは当然だろう。グレンとライナス殿下は多少の繋がりこそあれど、そこまで親しくはないみたいだし。

何より、私も今回はアルベルダを訪ねた理由がある。例の『治癒力爆上げの魔道具』の譲渡だ。今後の予定ができた以上、今済ませてしまった方がいいだろう。

「あ～……ウィル様、グレン、ちょっといいかな？　私も二人に秘密のお話があるの」

ちょいちょいと手招きして切り出すと、主従は揃って怪訝そうな顔になる。グレンに至ってはジト目だ。……う、うん、『お前も秘密の話があったんかい！』ってとこだろうね。

とは言え、これはさっさと渡してしまいたい。のんびりとしているように見えるが、未だ、ウィル様に対して反発をしている貴族達がいるのだから。

予想外のことだけれど、リーリエ嬢の一件はそれが浮き彫りになった案件ではあるのだよ。ただ、ウィル様が即位した経緯を知る者達は『こればかりは仕方がない』と言い切った。それも覚悟の上の即位だろう、と。

「ウィル様、この魔道具を身に着けて。これ、今後は絶対に離さないで。勿論、他言無用」

「薔薇姫の魔道具と同じ奴……じゃないな。効果は何だ？　魔導師殿」

「治癒ですよ。ただし……ありえないレベルでの治癒、ですが」

興味深そうに魔道具を手に取っていたウィル様は私の言葉を聞いた途端、目を眇《すが》める。『治癒』の魔法も、魔道具も、決して珍しいものではないことがその理由だろう。

上級の治癒魔法は使える人が限られるのかもしれないが、彼は一国の王……当然、使える医師が居る。それなのに、治癒の魔道具なんてものを渡す以上、その効果に疑問を抱いても仕方ない。

「ミヅキ、詳しく話せ。『秘密のお話』などと言うからには、公にはできんことなのだろう？」

「そうだよ、グレン。ただ、これは言葉での解説よりも、実際に試してもらった方がいい。効果を実感できるからね」

「ほう？　個人的にはあまり許可できないが……」

言いながら、グレンはウィル様へと視線を向けた。『怪我をしてみせろ』という意味なので、ある程度の理解を示してくれるグレンとて、私の提案には素直に頷くわけにはいくまい。

だが、そこは大らかさに定評のあるウィル様だった。

「いいぞ、試そう」

「陛下！　また、そのように気軽にお返事を！」

「いいじゃないか、グレン。何らかの不都合があれば、謝罪するのはエルシュオン殿下だ。その前提がある以上、魔導師殿はおかしな真似をせんよ。そもそも……これはエルシュオン殿下も納得していることなんだろう？」

「ええ、勿論」

事実なので頷けば、ウィル様は楽しそうに笑った。

「じゃあ、何の問題もないな！　俺の立場上、グレンが心配するのは当然だが……エルシュオン殿下が関わっている以上、そこまで警戒することはないだろう。すまんな、魔導師殿。グレンも悪気があったわけじゃない」

「納得してますから、お気になさらず」

ウィル様の言葉に、グレンも反論する気はないようだった。私に対する信頼という以上に、『エルシュオン殿下に迷惑をかけるはずがない』という方向からの信頼が勝った模様。

……。

私という存在を理解しているようで、何よりです。まさに、その通り！　魔王様が謝罪しなければならない事態にはしませんよ！　多分、騎士寮面子も同じ扱いでいいと思う。

それでは、判りやすく実践してもらいましょうか。

「魔石に血を一滴垂らして、これまでと同じように血の認証を行なってください。それから……ナイフを腕に走らせてもらえませんか？　血が出る程度……こう、傷に血が浮き出る程度の怪我であればいいんですけど」

「ふむ、つまりこういうことか」

ウィル様は手早く魔道具を身につけると袖を捲《まく》り、血の認証をするために使ったナイフを腕に走らせた。当然、刃が通過した場所からは赤い血が滲み出し、腕を流れていく。

浅いとはいえ、血が出るような怪我。痛みもあるし、ウィル様自身も皮膚や肉を裂いた感覚があるだろう。私から見ても、確かに怪我を負っていると判る。

……が。

次の瞬間、ウィル様は訝しげに傷口を眺めた。

「……？　陛下、どうされました？」

「……グレン。俺は今、確かに怪我をしたよな？」

「え？　え、ええ、ご自分で腕に傷を付けられました。その証拠に、傷からは血が滲んでいるではありませんか」

奇妙な問い掛けに、グレンは律儀に答える。やがて、ウィル様は懐から出した布で傷の血を拭った。そこには傷があった跡すらない。

まあ、ここまでは普通の治癒魔法でも珍しくはないだろう。傷自体も浅いので、『見ていた側からは』何も疑問に思うことはない。

だが、傷を負った本人からすれば少々、奇妙な感じになるのだ。

「魔導師殿。俺は今、腕にナイフを走らせた。だがな、奇妙なんだ。痛みも、腕を切り裂く感覚も、ナイフが当たっている一点のみに感じていた。そうだな……まるで『怪我をした先から、治っていくような感じ』だった」

「それで合ってますよ」

正しい見解を口にしてくれたウィル様に、私はにんまりと笑う。

「治癒魔法は、欠けた部分を魔力で補うようなもの。だから、どうしてもタイムラグ……『再生された箇所が正しく機能するまでには、少しの時間がかかる』。馴染むまでの時間、とも言い換えられますね。この魔道具は『怪我をした箇所から瞬時に再生・機能させる』んです。ですから、たとえ短剣を胸に突き立てられたとしても、引き抜かれる過程で治ってしまう」

「な……」

あまりな効果に、グレンが驚愕の声を上げる。……当然かな。この世界の治癒魔法って、怪我をしてからかけるって感じだもの。よっぽどの大怪我でない限り、これで十分だ。

それでも術者の魔力で欠けた部分を補った状態になるから、即死に近い状態では間に合わないこともある。軽い怪我ならともかく、臓器などは機能が即回復するわけじゃないから。微妙に万能じゃないんだよね。

「私の治癒魔法はこの世界の治癒魔法とは違います。だから、この世界の治癒魔法と組み合わせて行なうことにより、ほぼ万能と言ってもいいものにすることができた。体を粉々にされるとか、再生のための魔力が足りないという状態でない限り、生還できますよ」

「そりゃ、凄い。……だが、それを黙秘する理由は何だ？」

「『体力や魔力が尽きるまで死なない戦力』といったものを作らせないためですよ。傍から見れば、そんな存在は化け物です。これはあくまでも『命を繋ぐもの』であって、『戦闘に活かすもの』ではないんですから」

この世界の治癒魔法の欠点をなくした状態だが、用途はそれだけではない。というか、私やゴードン先生が危惧する事態を防ぐために、この世界の治癒魔法には欠点が備えられている気がする。

「異常な回復、とでも言えばいいでしょうか。効果は保証しますよ。ですが……これは後世に残す気はありません。この魔道具を所持するのは魔王様、ルドルフ、ウィル様の三人だけです」

「待て、魔導師殿すら持たないと？」

「私がこんなものを持っていたら、宣伝効果抜群ですもの。似たような術を開発する魔術師が出てくるかもしれないですし。あくまでも、『異世界人関連で狙われる可能性があり、失えない人達』限定です」

「なるほどなぁ……」

納得はしてくれたようだが、ウィル様の表情は苦々しい。聡《さと》い人だからこそ、下手をすれば宜しくない方向に解釈する者が出ると判っているのだろう。

今でこそ大陸は落ち着いているが、ほんの十数年前までは何時、何処《どこ》で戦が起きても不思議ではなかった。その頃を知っている者達からすれば、『戦になった時の保険（意訳）』はいくらあっても困らない。寧ろ、欲しいと思うに違いない。

「これは私とゴードン医師の合作です。だから私の死と同時に、この術は失われます。私が使う治癒魔法と同じものが開発されても、ゴードン医師は口を噤みますよ。それが私達なりの責任の取り方です。私達は『生かしたい』のであって、災いの種を残したいわけじゃない」

「……本当に、俺達だけなんだな」

呟く声音には苦いものが含まれていた。ウィル様としては、私やグレンさえも持たないことを案じているのだと思う。『命の危険がある』という意味では、私やグレンも同じなのだから。

だが、それは駄目だ。王族は滅多に前に出てこないが、私やグレンはほぼ現場に居ると言ってもいい。つまり、『人目につく機会が多い』。

そんな私達がこの魔道具を所持していれば、いつかは必ず誰かの目にその効果が晒される。そうなってしまえば、黙秘することは不可能だ。人の口に戸は立てられないのだから。

「だから、グレンも納得して。あ、そうそう。何かあっても『魔導師が元の世界の知識を元に作った』ってことにしておいてね。これなら、私の方に説明を求められても誤魔化せる。……っていうか、説明しても理解できないと思う」

「ああ、まず理解すること自体が無理だろうな。判った、儂は納得しよう」

「ウィル様もお願いしますね。これを悪用したりしない人と思っているからこそ、渡すんです。……魔導師の信頼を裏切るような真似はしないでしょう？」

微笑んで、ウィル様へと返事を迫る。『今後も魔導師と付き合っていきたいなら、余計な真似しないでね☆』という脅迫じみたことを口にしている自覚はあるけれど、それでも確約が欲しいのだ。

やがてウィル様は深く溜息を吐くと、表情を和らげて頷いた。

「判った、俺も魔導師殿達の意思を尊重しよう。俺自身も悪用する気はないが、魔導師殿から嫌われる方が国としての損失になるだろう。必要ならば、一筆書くぞ」

「理解してくださって、ありがとうございます」

にこりと笑えば、ウィル様も呆れたように微笑んだ。

「まったく、異世界人てのはどうしようもないよな。自分勝手な忠誠心のままに生きて、俺達に与えるばかりとは」

「自己中なので。そもそも、私は日頃から何不自由なく暮らせてますから、十分かと」

「同じく。人に合わせるような生き方をしていれば、利用される未来しかないでしょう。それこそ、冗談ではありませんよ。お断りです」

「お前らなぁ……」

軽く睨むような素振りを見せるも、ウィル様の表情は穏やかだった。謝罪も、感謝も不要と判っているからこそ、私達を『言うことを聞かない問題児』として扱い、いつものような雰囲気にしてくれたのだろう。

「さて、そろそろ儂らは行こうか。どのような用件かは判らんが、あまり待たせるわけにもいくまい。バラクシンの王弟殿下ということもあるが、それ以上に、今のライナス殿下には枷がない」

「そだね、行こう。もしかしたら、早速行動に出たのかもしれないもんね」

言いながら、席を立つ。ウィル様はひらひらと手を振りながら、見送ってくれた。

「またな、魔導師殿。グレン、何か面白い情報があったら、後で聞かせてくれ」

「陛下はきちんとお仕事をなさってくださいね」

「ええ……」

……優秀な右腕から、しっかりと釘は刺されていたけれど。これがいつもの二人の距離感なのだろう。中々に遠慮がないというか、グレンは鬼補佐官な模様。

さて、ライナス殿下に会いに行こうか。一体、どんな用事でグレンを訪ねたんだろうね？

第十二話　再会は厄介事と共に　其の一

――アルベルダ・グレンの館の一室にて

あれから、私達はグレンの館へと向かった。その間に、ちょっとした打ち合わせも済んでいる。

いや、だってねぇ……どう考えても、この訪問は『秘密のお話』案件じゃないですか。

ここで馬鹿正直に疑問をぶつけられるなら問題ないけれど、『暈《ぼか》しながら話す上、こちらに探りが入る』なんてことをやられる場合もあるわけで。

その際、どういった対応をするか決めておこうという話になったのだ。その結果、あくまでもグレン主体で会話を行ない、私は興味本位で口を出す、ということになった。


なお、私の同席が拒否されても却下することになっている。


これは『後から来たのはそちらの方』と言い切ってしまえばいい。『こっちは元から約束していたのに、邪魔すんな？』みたいな感じで押し切ろう。

「やれやれ……一体、何を言われるのやら」

「やっぱり、心当たりはない？」

「全くな。そもそも、まともに話したのは、お前に呼ばれたバラクシンの一件の時だ。それまではほぼ接点がなかった以上、個人的な会話があろうはずもない」

「そうなんだよねぇ」

グレンも相当訝しんでいるけど、私だって同様だ。ちまちま他国の人達を関わらせている私から見ても、ライナス殿下とグレンという組み合わせを不思議に思うもの。

そもそも、ウィル様が知らないはずはないじゃないか。政に活かせる繋がりである以上、絶対にグレンはウィル様に報告しているはずだ。

「まあ、会えば判るさ。お前を見て口を噤むようなら、我が国とバラクシンの間のことなのだろう。逆に、お前がいることを好都合と考えるならば……」

「部外者の助力があった方がいいってことだね。魔導師が動くことを歓迎……ってとこかな」

「うむ。そう考えるべきだろう」

肩を竦めて結論付ければ、グレンも深く頷いた。今のところ、ライナス殿下が訪ねて来た理由は大きく分けてこの二つに絞られるだろう。

これで『人脈作りのため、親交を深めに来ました』とか言われた日には、揃って脱力する。私も、グレンも、そんな平和な環境に生きていないので、最初からこの可能性を除外しているくらいなのだから。

ただ、その可能性がゼロでないことも事実。ライナス殿下は今後、外交方面にも携わってくる可能性が高いので、その足場固めの一環という気がしなくもない。

「まあ、儂らがいくら予想しても、どうしようもないがな。本人に聞こう」

「そうだね」

そう結論付けて、肩を竦める。どのみち、本人から直接訪問理由を聞かない限り、対処のしようがないのだから。どれほど話し合ったとしても、所詮は『予想』でしかないもんね。

——そんなことを話している間に、私達はライナス殿下がいる部屋の前に来た。

使用人さんの話だと、ライナス殿下はお忍び扱いだけど、従者を一人連れていたらしい。彼の身分や周囲の状況を考えると、護衛役を連れていても不思議はないので、特に問題視する必要はないだろう。

ただ……その従者が『フードを被って、顔を隠している』ことが気になるが。

……。

まさか、レヴィンズ殿下あたりが付いて来たんじゃあるまいな……？　彼が騎士であり、叔父さんが心配だったとしても、レヴィンズ殿下は第三王子。何かあったら、困るのはアルベルダ。もしも同行してたら、ヒルダんにお説教してもらおう。なに、ヒルダんからの『王族としての自覚が足りません！』という一言で、レヴィンズ殿下は犬の如くしょげるだろうさ。

「ミヅキ、扉を開けるぞ」

「おーけい、行きましょ」

頷き合って、室内へ。そこにはライナス殿下と、彼の傍に控える従者？　が私達を待っていた。失礼と思いつつも、ついつい私の視線は従者へと向かう。体型は……普通？　少なくとも、騎士ではないだろう。そう考えると、護衛を担当している魔術師に見えなくもない。

ただ、わざわざ顔を隠しているのが気にかかる。護衛ならば、顔を見られても問題はないもの。王族の使う影の一人とか、似たような立場の人なのだろうか？

……が。

私の疑問は、物凄くあっさりと解決することとなる。私の姿を認めた途端、その従者らしき人物は全身で驚愕を露《あらわ》にすると、物凄い勢いで私の手を握って来たのだから！

「友よぉぉぉっ！」

「へ……？　な、ちょ、聖人様⁉　何でここに⁉」

「何という偶然！　何という奇跡！　ああ、神に感謝しなければ……！」

「え……ええと？　その、少し落ち着こうか。ここ一応、人様の家……」

「神よ！　友をこの場に呼んでくださったこと、感謝いたしますっ！」


話聞けよ。少しは、落ち着け。


それ以前に、私は神に召喚されたわけではない。ウィル様へと秘密の魔道具を渡しに来ただけだ。一人で盛り上がっている聖人様にドン引きしつつ、私は救いを求めてライナス殿下へと視線を向けた。……が、こちらも少し様子がおかしい。

「まさか、魔導師殿に会えるとは……」

そう呟いて、安堵の溜息を漏らしているライナス殿下。あまりにも予想外の反応に、私とグレンは顔を見合わせる。

「……。ミヅキが本命だったということか？」

「二人の反応を見る限り、そうみたいだけど……でもさ、おかしくない？　私に用があるなら、魔王様経由の方が確実だよ？」

「そうだよなぁ。そもそも、保護者の許可なくお前に仕事を頼めるはずはない。そんなことをすれば、親猫の怒りを買うだけだ」

いや、グレン？　あんたもナチュラルに魔王様を親猫呼ばわりしてるんかい。

ついつい、生温かい目でグレンを見てしまう。そんな私に、グレンは呆れた目を向けると「今更だろう」とのたまった。そうかい、親猫呼びは各国共通の認識にまでランクアップしていたか。

「とりあえず、二人から事情を聞いた方が良くないか？　ここまでの反応をされる以上、儂としても気になる。さすがに追い返すわけにもいかないしな」

「ですよねー！　私も超気になる！　って言うか、嫌な予感しかしないけどね！」

「諦めろ。いつものことだ」

グレンよ、微妙に酷くね⁉　私はいつだって、真面目にお仕事を完遂してますよ⁉

でもまあ、話を聞かなきゃならないのは確実だよね。ここまで聖人様が取り乱している以上、『ライナス殿下の足場固め』ということはないだろう。基本的に、聖人様は政に関わらないし。

とりあえず、聖人様が落ち着いたら、話を聞こうかね。


……で。


「す、すまなかった。喜びのあまり、つい……」

目の前には、絶賛反省中の聖人様。

「申し訳ない。あまりにも都合が良過ぎて、私も喜んでしまった」

聖人様の隣に座り、やや顔を赤らめながら視線を泳がせているライナス殿下。

「別にいいですよー。そこはお気になさらず。寧ろ、聖人様が未だ、私の手を握ったままでいることの方が疑問に思いますし」

そう、私の手は未だ、聖人様に握られている。その『絶対に逃がさん！』と言わんばかりの態度に、呆れるべきなのか、逃げる算段をすべきなのか、私も迷い中。

おいおい、マジで厄介事を持ち込んだのか？　それも、魔王様には話せないような内容ってことですか⁉

なお、彼らの目当てが自分ではないと判明したグレンは、涼しい顔で茶を飲んでいる。アルベルダに関係する案件ではないと悟った途端、『所詮は他人事』と言わんばかりの態度になった。おのれ、赤猫。少しは私を気遣わんかい！

「とりあえず、用件を話してもらえませんか？　私が動くか、動かないかは別にして、魔王様には報告が必要ですからね。内緒に……ってのは無理ですよ」

「あ、ああ、そうだな。まずはこれを見てもらいたいんだ。聖人殿、あれを……」

「そ、そうですね。これを見てもらわなければ、我らの懸念も意味が判らないでしょうし」

話を進めるよう求めれば、ライナス殿下が聖人様を促した。対する聖人様も慌てて頷くと、懐から何かを取り出す。その手にあるのは、紙……いや、封筒っぽいもの。

うん？　これは……手紙、かな？　ただ、最近のものではないだろう。少々、封筒がくたびれている印象を受ける。

「まずはこれを読んでもらいたい。これは教会で保管されていたものだ。ただ……その、少々、意味が判らないかもしれないんだが」

「はぁ？　聖人様、これ、教会のお偉いさん宛てに来た手紙みたいだけど？　当人達以外に理解できない内容だから、部外者が読んでも意味が判らないってこと？」

「意味が判らないというか、理解しにくい内容というか……」

尋ねるも、聖人様も言い方に困っているようだ。そんな聖人様を見かねたのか、ライナス殿下が手紙を私の方へと差し出してきた。

「とりあえず読んでみてくれないか？　私達の用事もそれが原因と言えるんだ」

「……？　まあ、いいですけど」

訝しく思いながらも封筒を受け取り、中の手紙を取り出す。視線をグレンに向ければ、心得たとばかりに、グレンも横から手紙を覗き込んできた。

さて、では私も手紙を読んでみようか。

……。

……は？

……ええと、その？　え、これ、どういうこと⁉

何　こ　れ　？　意　味　判　ら　ん　！

ちらりと視線をグレンに向けると、グレンも困惑気味に手紙を読み進めているようだった。う、うん、これは反応に困る。と言うか、さっきの聖人様の態度にも納得だ。確かに、どう言っていいか判らないし、説明しろと言われても困るだろう。

『御伽噺に依存させる』って、何さー⁉

一般人には理解できない、どこぞの国独自の教育方針か何かですか⁉


「あ～……まあ、普通はそういった反応になるだろうな」

ライナス殿下も私達の反応が予想済みだったらしく、がっくりと肩を落とした。聖人様は……あれ、何か涙目になっているような。

「読んだか、友よ。意味が判らないだろうが、落ち着いて聞いてほしい。……仕方がないことだが、この世界……特に血が濃くなる階級には、稀に『独自の価値観に生きる者』が出てしまうのだ」

「ああ、先祖返りってやつでしょ？　それは知ってる」

先祖返りについては、特に隠される内容ではなかったはず。真剣に話す聖人様には悪いが、私はそこまで重要な案件だとは思えなかった。かつて繁栄していた種の血が混じっている以上、その特徴を受け継いでいる者が生まれても不思議はない。魔王様の魔力とて、それが原因だ。

「そこまでは理解できているのだな。だが、今回は『血の淀み』と言われるものである可能性が高い。はっきり言ってしまえば、『精神に何らかの異常を抱えている場合』だ。『狂気を抱えている』とか、『善悪の区別がついていない』と言えば判りやすいか？　ただし、問題が発覚するまでは普通に見える上、能力や容姿に優れている場合が非常に多い」

「あ～……私の世界にもあったわ、それ。『血が濃くなり過ぎるとヤバイ』ってやつでしょ。だけど、それを疑われたら監視対象じゃないの？　そもそも、周囲の人達は気付くんじゃない？」

「特定の事柄のみ、理解できない場合もあるというか。説明が難しいんだが……誘導次第では、本当に優秀な人物と思われて一生を終える場合もあるんだ。『拘り』には個人差があるし、教育次第では多少の修正も可能だ。影響が出た程度にもよるだろう。大体は善悪の見方が極端だったり、特定のことに異常な拘りを見せたりといった感じだな」

「……。何となくは判る気がするけど、深刻な状況でない限り、あまり害はないような感じだね？　勿論、話が通じることが前提だけど」

『誘導次第で、優秀な人物という評価になる』なら、日常生活には何の問題もないということだろう。ならば、特に問題視する必要はないような？

だって、『血の淀み』が出る階級って、婚姻相手が限られてくる王族とか、高位貴族でしょう？　だったら、お世話係を付けたり、監視することは可能だし、隔離に近い状態で過ごさせることもできるはず。

そう伝えるも、聖人様は苦々しい表情のまま、首を横に振った。

「言っただろう？　『能力や容姿に優れている場合が非常に多い』と。しかも、そういった者達には何故か毎回、信奉者とも言える者達が存在するんだ。独自の世界に生き、何があろうとも己を貫く強さを持つゆえ、カリスマ性に優れているのだろうな。魅了持ちという説もある」

「ああ……要は、本人が無自覚のまま、信奉者製造機に成りやすいってこと。そのせいで本格的に拙い状況になるまで、周囲も気付かないと」

納得とばかりに頷けば、聖人様は深々と溜息を吐いて話を続けた。

「気付いても、無条件に従う者達がいたりする。それにな、該当人物を憧れの目で見ていた場合、その言動に多少の疑問を感じたとしても、見て見ぬ振りをするか、好意的に解釈をしてしまいがちだ。ゆえに、問題の発覚が遅れるそうだ」

「うっわ、傍迷惑な！」

思わず声を上げるも、その心理には納得できる。誰だって、憧れの人の嫌な面は見ないようにするじゃないか。善意のフィルター全開ってやつですな！

判りやすい例を出すなら、アルやジークだろうか。この二人は日常的に、周囲からそういった解釈をされているだろうから。


アルの冷たい言動に思うことがあったとしても、自分が当事者でないのなら、『きっと、アルジェント様を怒らせるようなことをしたのね』とでも解釈し、相手の方に非があると思うだろう。自分がアルに優しくされているのならば、尚更に。

ジークの直球表現をキツイと思ったとしても、彼は騎士であり、英雄の子孫。『王族の血を引きながらも、自ら剣を振るって民を守るような方だもの。騎士らしくご自分に厳しい分、人にも厳しいのね』とでも解釈されれば、高評価へと発展。

実際は、『自分が認めた者以外、どうでもいいと思っている人間嫌い』と、『純白思考の馬鹿正直』なのだが、彼らの容姿や立場、そして日頃から得ている評価が、勝手に高評価へと繋がってしまう。人間の思い込みって恐ろしい……！

……。

ぶっちゃけると、『顔と能力が揃っていれば正義』ってことなんだろうな。判りやすい人間の心理というか、現実です。

現に、シャル姉様は守護役達のことを『不良物件』と認識している。冷静に『男性』として判断した場合、『ないわー、こいつらが結婚相手なんて！』という結論になったのですよ。メリットがあろうとも、それを凌駕《りょうが》するような問題点が多過ぎる、と。

シャル姉様の場合、自分の好みぴったりの優秀な旦那様がいるので、そちらと比較しても『却下』という評価だろう。姉上様は非常に正直というか、シビアです。

「ミヅキ、もっと判りやすい例があるぞ。寧ろ、一発で事の重大さを理解できる」

不意にグレンが肩に手を置いて来た。その表情は妙に真剣さが漂っている。

「グ、グレン？」

「キヴェラの先代、戦狂いを思い出せ。異様に好戦的で、殺し合いが大好きだったと聞いただろう？　お前とて、言っていたじゃないか……『戦を仕掛けるにも金がかかるし、攻めた国の人間を殺しまくったら、自国の領土にするにしても効率悪くない？』と。まさに、それだ。先祖返りゆえの『高い能力』、血の淀みゆえの『異常な戦好き』。支配するための侵略ならば、自国を揺らがせるようなことを避ける。だが、戦狂いはキヴェラのことなど全く考えなかっただろう？　それどころか、自分の血縁さえも『遊び相手』と認識していたと聞いたじゃないか」

「え」

「戦狂いにとっては、国のことなどどうでも良かったのだろう。拘ったのは『自分が楽しむこと』

のみ。ただ、戦は一人ではできん。王という立場であれば、国を動かすことができると同時に、『遊び相手』が勝手に湧く。その強さに惹かれ、忠誠を誓う者とていたはずだ。あそこまで酷くはないと思うが、それでも『血の淀み』を持つ者を警戒するのは当然だと思うぞ」

「戦……狂い……」

グレンの言葉を聞いた途端、戦狂いに関する『あれこれ』（意訳）が私の頭を駆け巡った。あまりにもヤバ過ぎる例に、一気に蒼褪《あおざ》める。

「判った！　物凄く理解できました！　確かに、その『拘り』によっては、傍迷惑で済まないかもしれない！　周りも無関係ではいられない！」

ありがとう、グレン。一発で、聖人様達が危惧する理由が理解できた。状況によっては、とんでもない災厄になる可能性があるってことなんですね……？

でもさ……どうしてその相談を私にするのかな？

第十三話　再会は厄介事と共に　其の二

めでたく事の深刻さを理解し、とりあえずの危機感を覚えた後。

「……で？　貴方達が危惧している事態は判りますが、何故、私が必要なんです？」

私が口にしたのは当然の疑問だった。いや、自由に動けるとか、各国に繋がりを持っているとか、そういった意味で『（様々な方面で）働きを期待している』というのは判るよ？

だけどさ、それなら余計に魔王様経由でのお話になるはずだ。だって、私は一応、保護者の紐付《ひもつ》きだもん。報告は必須です。

その魔王様とて、どちらかと言えば話の判る王族だ。理由をきちんと説明すれば、損得関係なく、それなりの対応を試みてくれそうな気がする。

ってゆーか、バラクシンはそれをよく知ってるじゃん！

魔王様の優しさの恩恵を、めっちゃ受けた国ですぞ⁉

「あ〜……ま、まあ、魔導師殿がそう思う気持ちも理解できる。だが、私達は決して、エルシュオン殿下が動いてくれそうにないと思ったわけではない！　そこは誤解しないで欲しい！」

ジトッとした目を向けた私の考えを読んだのか、ライナス殿下が『違うから！　魔王殿下が優しいことは凄く判ってるから！　落ち着いてぇぇぇっ！』と言わんばかりに言い訳を述べてくる。

「その通りですとも！　教会派の一件だけではなく、外道《げどう》の極みである魔導師の面倒を見ていることからも、それはよく判っています。あの、ろくでもない本性が他者に知られぬよう、どれほどお心を砕いておられることか……！」

本音を交ぜつつも、ライナス殿下同様、魔王様の優しさに理解を示す聖人様。言っていることは割と酷いが、口調は丁寧なまま。そこに気付いて、私は僅かに目を眇めた。

聖人様の言葉遣いが砕けたものにならないのは、ここにライナス殿下やグレンがいるせいだ。

……が、それだけが理由ではないだろう。

ふーん……つまり、聖人様は『教会の聖人（＝最高責任者）としてここに来た』ってことなのか。顔を隠していたのは、『記録に残るような、正式な訪問にできない理由がある』と。

ただ、ライナス殿下もお忍び扱いでアルベルダに来ているので、ここに来たのは『国』としての判断でもないのだろう。……今は。

同時に、聖人様の『あの』性格は健在らしいと気付き、生温かい気持ちになる。彼は私達が帰国した後、とても頑張っているのだろう……強化本を相棒にして。

先ほど、彼が口にした言葉は『信仰を穢す教会派のクズどもに存在価値はない！　死ねやぁぁぁっ！』とばかりに、武器（本）を片手に暴れまくったイメージそのまま。『世界の災厄』と言われる魔導師本人を前に、言いたい放題です。

……。


おいコラ、さっき私のことを『友』と呼んでいたはずだよね？

ねえ、本当に私のことを友達だと思ってます……？


「事実だろうが。お前のことをよく理解しているじゃないか。これで『断罪の魔導師として云々』とか言い出すようなら、そのまま帰ってもらったぞ。お前に善行を期待するだけ無駄だ」

「酷くね⁉　グレン！」

呆れた口調のグレンに突っ込めば、ジトッとした目を向けられる。

「今更、善人ぶったところで無駄だろうが。自分の遣りたいことしか遣らんくせに」

「だって、私の人生だもん。労働には対価が必要なんだよ。私は博愛主義でもなければ、奉仕精神の塊《かたまり》でもない！　部外者なのに問題に介入させるなら当然、何らかの旨みを期待するでしょ」

『正義のため！』『人々のため！』で動いてくれるのは、勇者に選ばれたＲＰＧの主人公くらいだろう。騎士や軍人だって、働きに見合った給料あるじゃねーか！

うっかり仏心というか、奉仕精神で厄介事を引き受けたりすれば、今後は『都合のいい駒』扱いが決定だ。私は場の雰囲気や熱意に流されるほど純真じゃないので、魔王様以外に拾われていた場合、とても殺伐とした未来になった可能性・大。

……が、私達の会話を聞いていたはずの聖人様は気分を害するどころか、とてもいい笑顔で私の手を握った。そこに見えるのは、全開の好意。

「貴女はそれでいいのです！　寧ろ、『外道を狩るのは、別方向にぶっ飛んだ思考の外道が最適』と証明したではありませんか。毒には毒を以《もっ》て制すという言葉があるように、それ以上に毒性の強い者をぶち当てて潰す！　弱肉強食は自然の摂理ですよ」

「「……」」

「……。彼も色々と苦労があったんだよ。少々はっちゃけてしまっても、許してやってくれ」

ジト目で聖人様を眺める私とグレン。さすがに思うことがあったのか、ライナス殿下が即座にフォローめいた言葉を口にする。特に窘《たしな》めるような言葉がないのは、ライナス殿下自身も色々と苦労があったせいだろうか？

楽しそうで何よりだ、聖人様。

日々、輝く笑顔で本を振り回しているんだね？


「と……とりあえず、話を進めよう。二人とも、一応は危機感を覚えてくれたかね？」

「まあ、一応は。ただ、戦狂いは状況が状況だったというか、かなり特殊な例ですよ？　本人が一国の王で、国が侵略上等な方針で……って感じで。あれは王じゃなかったり、国が侵略行為をしなかったら、あそこまで凶悪な人じゃなかったかと」

「そうだな、儂もそれには同意する」

半ば無理矢理、話の修正を図ったライナス殿下に合わせて考えを述べれば、グレンも同意とばかりに頷いた。

これ、かなり重要なのよね。戦狂いの場合、条件が揃い過ぎていたことも原因なんだから。

もしも戦狂いがイルフェナの王族の一人とかだったら、絶対に幼少期あたりで何らかの措置――魔術による誓約とか――が取られるだろう。『他所様《よそさま》に迷惑をかけるんじゃない！』と。

いくら実力があろうとも、平和主義な国の方針に沿わず、勝手な振る舞いをするようならば、全力で〆《しめ》られる。そういう国なのですよ、イルフェナって。そんな奴が相手なら、自浄もか～な～り荒っぽい方法になるだろうし。

「ふむ、まあ普通はそう思うだろうね。だがね、今回は少々、事情が異なるのだよ」

そう言うなり、憂い顔になるライナス殿下。それを見た私とグレンは、思わず顔を見合わせた。

揃って首を傾げる私達に救いの手を差し伸べたのは、それまで黙っていた聖人様。

「ここからは私が話しましょう。ある意味、教会にも責任があるのですから」

「責任？　まさか、この手紙に書かれていた『御伽噺に依存させる』ってやつ？　あれは責任って言うほど重いものじゃないでしょ？」

「いや、重い……かもしれないのですよ。相手が相手ですから」

深々と溜息を吐く聖人様。そんな聖人様の姿に、私達は益々、困惑するばかりだ。

「先ほど言った『血の淀み』。あれは本来、発覚した時点で国が何らかの対処をするのが普通なのです。いくら利をもたらす可能性を秘めていようとも、リスクが高過ぎる。この手紙を書いた者が仕えているのは通称・精霊姫と呼ばれているハーヴィスの第三王女。彼女はそういった措置を一切、取られていないようなのです」

「え……それって、大丈夫なの？」

「問題行動を起こしていないのでしょう。彼女の情報が殆《ほとん》ど出回っていないことから、隔離、もしくはある程度の情報操作は行なわれていると推測されます。国の上層部は彼女の真実を把握しているのでしょうね。ただ、それ以外の者達には知られていないと思った方がいい」

おいおい……それは『国が義務を怠っている』ということじゃないか？　問題行動を起こすまで無害だと、本当に思っているのだろうか？　『血の淀み』はヤバいと、知られているのに？

思わず眉を顰める私に構わず、聖人様は話を続ける。

「ある程度は、乳母の目論見……『御伽噺に依存させる』ということは成功していたのだと思います。ですから、自国での彼女の評価はまさに『綺麗で優しいお姫様』でしょうね。ですが、御伽噺を持ち出したからこそ、『ある欠点』が生まれてしまった可能性が高いのです」

「『ある欠点？』」

私とグレンが綺麗にハモる。だが、そんなことは全く気にならないとばかりに、聖人様は真剣な表情になって続けた。

「御伽噺には、『王子様』の存在が付きものでしょう？　しかも、『他国』の。勿論、婚姻を狙ってはいないでしょうから、『憧れの存在』や『恋い焦がれる存在』といった扱いだと思います。ですが……参考にした物語によっては、王子様の存在が必要不可欠なのですよ」

「いや、ちょっと待って。それ、精々が肖像画を眺める程度のことだよね？　勝手に想い人に仕立て上げられたとしても、想うだけならば害はないんじゃ？」

「普通は……そうなのだろうな。だが、それで済まないのが『血の淀み』を受けた者なのだよ」

「……そこが『血の淀み』の恐ろしいところなのですよ。通常では考えられない、強い拘りというか。そして、我々が危惧する要素でもあります」

「はぁ？」

其々の見解を語る二人の表情は暗い。意味判らん！　とばかりに首を傾げると、聖人様とライナス殿下は顔を見合わせ、深々と溜息を吐いた。

「手紙にもあったでしょう？『王女は自分の世界が壊れることを酷く嫌がる』と。彼女は自分だけではなく、周囲の者達にも御伽噺の登場人物を割り振っているのです。おそらくですが、御伽噺と同じように振る舞うことを強制しています。それは『王子様の役』を割り振られた人物も例外ではない」

「しかし、王子役ということは、その人物も王子か王族なのだろう？　ならば、いくら『王子様の役』から外れたところで、精霊姫も下手なことはできないと思うが」

「だよねー！　いくら『イメージ通りに動かなくなった貴方なんて、要らない！』って癇癪を起こしたとしても、その子の周りが迷惑するだけで、他国には影響がないんじゃないの？」

グレンの意見に大きく頷きつつ、そう結論付ける。いや、だって、王族だったら護衛が付いてるって！　精霊姫自身がアレな存在でも、そう簡単に害されるとは思えない。

そもそも、精霊姫とて王女様。本人が願ったとしても、手駒は了承すまい。護衛や監視の人もいるだろうし、精霊姫や国のため、全力で阻止するだろう。周囲の人達はお気の毒だが、これを機に、幽閉コースでも辿るだけではなかろうか。

「普通はそう思いますよね。ええ、それで済めばいいのです。ですが……彼女は『普通ではない』。信奉者の中には、『国がどうなろうとも、彼女の願いを叶えることが最優先』という者が必ずいると思っています。何せ、『綺麗で優しい精霊姫』ですから。戦狂いに従順な者達が居たように、この可能性は否定できないのですよ」

「こう言っては何だが、私もその信奉者達が厄介だと思っている。……そうだな、精霊姫はハーヴィスにおいて、『慈悲深く、身分を問わずに優しく接する王族として認識されている』と言えば判りやすいかね？　何らかの事情で絶望している者に対し、差し伸べられた救いの手……心酔するには十分なのだよ」

「ああ、なるほ……」

納得しかけた私に、ライナス殿下は更なる追い打ちを行なった。

「君だって、無条件にエルシュオン殿下に従うじゃないか。あれは君が異世界人には過ぎるほど、彼に守られているからだろう？　君の功績とて、本来は不可能と思われていたものばかりじゃないか。それを成したのは、『エルシュオン殿下が望んだから』ではないかね？」

「……。つまり、私みたいな奴が居る可能性があると？」

「はっきり言ってしまえば、その通りだ。君という実例があるからこそ、私も無条件に精霊姫の願いを叶えようとする手駒の存在を楽観視できない」


私がこの二人の不安を煽った原因かよ……！


だが、これはグレンも当て嵌まる。ウィル様だって言っていたじゃないか……『グレンがいたから、四年以内に王位に就くことが可能だった』と！　グレンもそれに気付いているのか、どことなく顔色が悪い。

そう、私達には判ってしまったのだ……自分達に置き換えることができるからこそ、『王子様役に仕立てた人物を、何らかの手段で消すことは不可能ではない』と。

世間から国が批難されようと、身勝手な排除と罵られようと、精霊姫が満足できればいい。そう考える人間が居る可能性はゼロじゃないし、それが不可能とも言い切れない。

何が怖いって、『国に不利益をもたらす』とか『国同士の関係悪化』といった、抑止力になりそうなものが一切通じないことだろう。私だって、それが自分に対してのものなら気にしないもの。

「魔導師殿の場合、『エルシュオン殿下が望む決着』ということはブレないからね。君の保護者はとても過保護で、君を犠牲にすることを望まない。結果として、魔導師殿は最小限の被害に留める方法を選ぶことになる。だが、精霊姫が己が望みを最上位に捉えているならば……」

「襲撃は起こり得る、ということです。一途なまでの忠誠心ゆえの行動、ということでしょうね。捕らえられても、襲撃者達は簡単に口を割らないでしょうし、襲撃理由が判ったとしても、常人には理解できない発想です」

沈黙が落ちる。私も、グレンも、さすがにこういった案件には馴染みがないので、即座に対策が思い浮かばない。そもそも、全ては仮定のお話。現段階ではあくまでも『予想』と言うか、『危惧している だけ』なのだから。

「だからこそ、私達も困ったのだよ。注意を促すには証拠が足りず、その理由も首を傾げてしまうようなもの。下手なことをすれば、ハーヴィス……精霊姫の居る国との関係悪化を目論んだと言われてしまう」

「もしや、儂を経由してミヅキにこの一件を知らせたかったのは……」

「貴方が察した通りだよ、グレン殿。貴方と魔導師殿は仲がいい。エルシュオン殿下に直接告げることは躊躇われるが、魔導師殿が『グレン殿から聞いた話』という形で伝えてくれれば、何らかの対策を取ってくれるんじゃないかと思ってね」

利用しようとしたことは詫びる――そう言って、頭を下げるライナス殿下。だが、私からすればどうしてそこまで魔王様限定で心配するのかが不思議だ。

「ん～？　こちらが情報を得られることはありがたいですけど、そこまで気にする必要がありますかねぇ？　そもそも、誰が王子様役か判らないじゃん」

聖人様が私との再会を喜んだ理由には納得できるが、魔王様もそこまで暇じゃあるまい。なんていうか、現時点ではあくまでも『その可能性がある』ってだけの、不確かな情報だからね。

いくら魔王様でも、証拠もなしに他国を疑うことはできないだろう。精々が、アル達に警備の強化を頼むか、私経由で様々な国に注意を促すことしかできないような。

だが、聖人様は物凄く真剣な顔をすると、ぐいっと顔を近付けてきた。ちょ、近い！

「甘い！　いいですか、御伽噺の王子様の大半は『金髪に青い瞳』なのですよ？」

「お、おう……まあ、そうだね……？」

「この組み合わせの王子様で思い浮かぶ方は一体、どなたでしょう？」

「へ？　ええと、金髪に青い瞳……。……。……テゼルト殿下とルーカス、かな……？」

言いながらも、顔が引き攣っているのが判る。だって、その二人は『北の大国・ガニア』と『南の大国・キヴェラ』の王子様。ルーカスも失えないけど、テゼルト殿下が狙われるのは冗談抜きにヤバい。シュアンゼ殿下に疑惑の目を向ける人も出るだろうし、王太子を害されれば国としても黙ってはいないだろう。

「大変だ！　マジで王子様の排除を画策されたら、キヴェラかガニアがヤバイ！　二つとも大国だから、周囲の国にも影響が出る！」

慌てて立ち上がれば、聖人様は苛立《いらだ》ちも露に、私の肩を掴んで叫んだ。

「そちらも拙いでしょうが、もっと身近な方を思い出せ！　魔王殿下は金髪に青い瞳だろうが！」

「「あ」」

グレンと同時に声を上げる。しかし、今の私にそんなことを気にかける余裕などない。

魔王様ぁぁぁぁっっ⁉　何で、御伽噺の王道カラーに産まれちゃったんですかぁぁぁ⁉

第十四話　共犯者の集いと悪い知らせ

聖人様の突っ込みにより、『魔王様も御伽噺に出てくる王子様の定番・金髪に青い瞳だった』と気付いた後、私とグレンは――

「……。何故、エルシュオン殿下が抜けているんだ……」

「一番忘れてはいけない方だと思うのですが……」

ライナス殿下と聖人様に呆れた眼差しを向けられていた。

し……仕方ないじゃん！　私やグレンにとって保護者で後見人な王族――ウィル様も含む――は、憧れの眼差しで遠くから見るような存在じゃなく、もっと身近な人達なんだもん！

「いや、その、魔王様は『王子様』というより、『保護者』とか『親猫』といった扱いが定着してましてね。周りもそう扱うし、本人もその自覚があるせいで、誰も咎《とが》めないんですよ」

「……同じく。公の場はともかく、儂も相変わらず陛下に弟分のような扱いをされていますな」

私に続く形で、グレンも似たようなことを口にする。だが、グレンの話には更に続きがあった。

「一応、言い訳をさせていただくならば、儂も主従としての関係を尊重しようとはしたのですよ。やはり、一国の王たる方ですし。ですが……」

「ですが？」

「陛下が嫌がりましてな。いい年をした男が見苦しくも『嫌だ！　公の場はともかく、身内だけの場ならいいじゃないか！』とゴネまして。あまりの鬱陶《うっとう》しさに、周囲が『我儘を受け入れてやってくれ』と懇願する始末でした」

「お、おう……グレンの場合はウィル様が原因だったのか」

「縋りつかれては、仕事にならん。了承するしかなかった……」

グレンよ、遠い目をするでない！　そんな反応をする時点で、当時のカオスな状況が予想できちゃうでしょ⁉

ライナス殿下達もどんな反応をしていいか判らないのか、顔を引き攣らせて微妙に視線を逸らしている。……ぶっちゃけて言うと、ドン引きしている。

ええ、ええ、そうでしょうね～……ウィル様、南においてはイルフェナ王と並んで、対キヴェラの中核みたいな役割を担っていたでしょうし。当然、その評価は高いでしょうよ。

王であるウィル様の大らかな性格もあって、実力至上主義のイルフェナよりは対話しやすい国だったんじゃないかな？　先代を追い落としたこともあり、実力も十分と認識されていたはず。

そんな人が駄々《だだ》っ子宜しく、『弟扱いじゃなきゃ、やだ！』とグレンに縋りつく。（予想）

側近達を困らせてまで貫く主張が、養い子の立ち位置とは……。

「……どこにも『兄』という立場に憧れる者がいるのだな」

「「「……」」」

ぽつりと呟かれたライナス殿下の言葉にバラクシンでの『あれこれ』を思い出し、その他三名はそっと視線を逸らす。……そういや、この人の兄夫婦も大概だった。臣下の誓約をした当時、やはり盛大に縋りつかれたのだろうか？

真実は闇の中。それは当事者達にしか判らない黒歴史（予想）。

……そう、当事者にしか判らないけれど、バラクシン国王夫妻は重度のブラコンだ。その怒りと悲しみを力に変え、教会派と敵対した強者なのだ。ある程度の予想はつく。

「ま、まあ、ともかく！　私にとって御伽噺の王子様と魔王様の存在がイコールにならないのは、『立場と色彩しか合ってない』ってこともあるんですよ」

半ば無理矢理話を進めると、聖人様は不思議そうな顔になった。

「どういうことでしょう？」

「だって、どう考えても現実に居たらヤバイ生き物でしょ、御伽噺の王子様って」

馬鹿正直に答えると、三人は微妙な顔になる。何故だ、あれは現実に居ちゃいけない生き物じゃん。寧ろ、現実に居たら速攻で『不幸な事故』（意訳）や幽閉の憂き目に遭う存在ですぞ？

そこでいち早く動いたのが、三人の中で最も私に理解があるグレンだった。

「……ミヅキ。お前にとって『御伽噺の王子様』とは一体、どんな存在なんだ？」

「愛と正義のお馬鹿さん」

即答。その途端、三人は揃って困惑を露にした。

「愛と……」

「正義の……」

「「お馬鹿さん……？」」

ライナス殿下と聖人様が呆気にとられたまま呟き、最後は綺麗にハモる。対して、グレンは生温かい目を私に向けていた。

「理由を簡潔に言え。お前の解釈は独特過ぎて、理解できん」

「え、そう？」

「「「ああ」」」

……三人同時に、力強く頷かれてしまった。何だよー、感想は人其々じゃないかー。

それでも気になるらしく、三人は先ほどの私の答え――『御伽噺の王子様は愛と正義のお馬鹿さん』というやつ――を待っているようだ。はいはい、素直に言えばいいんでしょ。

「まず、お姫様を助けるのに『単独で行く』。騎士はどうした？　護衛は？　そもそも、それが可能なほど強いなら、化け物扱いされても不思議はない。国の評価にも関わって来るし、勝手なことをしている時点で、王族としての自覚がない」

魔王様は自分の立場を自覚できている。だから『自分が戦わず、配下達を使う』し、魔法が使えないなら『専門家に任せる』。

相手を道具扱いするというより、立場を理解しているんだよね、これ。『適任者を選定した上で問題の解決を命じ、責任は自分が取る』って感じ。

「次に、片方の事情しか知らないのに『無条件で味方する』。身分のある人がこれやっちゃ駄目でしょ。いつも『助けを求めてきた人』とか『自分が気に入った人間、特に女性』の味方をしてるけど、明らかに情報不足。騙されたら、どうするんだよ。自国も巻き添えで、そいつに味方したと解釈される可能性だってあるのに」

王族として言質《げんち》を取られるのは、基本的にアウトのはず。それなのに、御伽噺の王子様は身分を簡単に明かす上、個人の感情で色々と行動しちゃってる。

王子の言葉で国が動く、といった状況でない限り、国から切り捨てられる未来しか見えませんよ。でかい功績でも挙げない限り、国に受け入れられる可能性は低い。

なお、『個人の言葉で国が動く』をリアルにやったのが戦狂い。ヤバさが判るだろ？

これが可能だったのは、『他国への侵略上等！』という、キヴェラの気質に合った功績があったからだ。

奴とて、かつては王子様だった。でも絶対に、『御伽噺の王子様みたい』とは言われなかったと思う。悪役なら、物凄く嵌《はま》りそうなんだけどね。『血塗れの王子様』とか、暴力的な方向で。

……。

個人的な予想ではあるが、ジークならば『単独でお姫様を救出する王子様』的な役目が果たせる気がする。ただし、本当に『それだけ』だが。

ジークの目的：国が敗北するほどの強者との一戦。

救出を依頼した国の目的：姫の救助。

戦利品とばかりに、連れ去られたお姫様を連れ帰ってはくれるだろうが、ジークの場合はそこでエンドロールが流れて物語は終了です。彼の目的は姫との未来に非《あら》ず。

『見事助け出してくれた礼に、姫と婚姻を』と王が言おうが、お姫様が頬を染めようが、馬鹿正直に『要らない』と言い切るだろう。

いや、拒絶の言葉だけなら、まだマシだ。『強い奴と戦いたかっただけで、姫に興味はない。連れ帰れと言われていたから、連れて来た（＝個人的にはどうでもいい）』と本音をぶちまける可能性・大。

間違っても、御伽噺的なハッピーエンドにはなりません。下手をすると、侮辱《ぶじょく》されたと怒った国との第二ラウンドが始まってしまう。


無理。絶対に、無理。私の傍には、御伽噺のヒーローが似合う奴はいない。

魔王様も含め、愛と正義を掲げるような平和ボケした思考の奴は皆無だ。


「そんなわけでね、実際の魔王様とかけ離れ過ぎて、御伽噺の王子様っていう存在とはイコールにならない。勿論、これはどの国の王族の人達も同じだけど」

「ああ、そういう認識をしていたのか。お前はエルシュオン殿下の遣り方を知っているから、除外するのが当たり前なんだな」

「うん。色彩しか合ってないし、そもそも飼い主としての認識が強いから」

『お手』も『待て』も言って来る飼い主様です。私だけじゃなく、魔王様も私を馬鹿猫――めでたく『うちの子』扱いに昇格した模様――扱いしております。

「なるほど。現実的に捉えているというか、冷静に比較してしまうと、色彩しか合っていない。確かに、エルシュオン殿下は御伽噺の王子様というイメージではないね」

「でしょう⁉　だから余計に、御伽噺と混同させる遣り方が理解できないんですよ。絶対に、『あのキャラはそんなことしない・言わない』っていう違いが出るもの」

私の主張に、グレンとライナス殿下は納得の表情で頷いていた。彼らから見ても、『魔王様を御伽噺の王子様役にする』というキャスティングには無理があるのだろう。

修正できる範囲なら頑張れるかもしれないが、御伽噺の登場人物達は現実ではありえない言動をすることもある。そこまでの完璧さを求められても、困るわな。

だが、聖人様は首を横に振った。

「通常の思考であれば、それが普通なのでしょうね。ですが、それを提示したのは精霊姫が最も信頼する人物……乳母なのですよ。亡き母親の代から仕え、母の分まで慈しんでくれた相手の言葉なのです。狭い世界で生きてきたならば、情報が制限されている可能性もあります」

「あ～……乳母だけじゃなく、周囲もグルになって思い込ませたってこと？」

「はい。だからこそ、彼女は『自分の世界が壊れることが許せない』のではないでしょうか。彼女にとっては、これまでの自分の人生を否定されるも同然なのですから」

それは洗脳に等しい状況なのだろう。だが、精霊姫はそれでも幸せに生きてきた。……様々な偽りが、そこに含まれていたとしても。

他者から見れば人工的で、歪《いびつ》な箱庭なのだろうが、精霊姫にとっては正真正銘、自分のための楽園なのだ。その楽園の一角を担っている存在が『壊れた』ならば……切り捨てるなり、修復するなり、しようとするかもしれないね。

しんみりとした空気が流れる。そんな中、私は聖人様の手を取り、真剣な表情で一つの決意を述べた。……目を据わらせたまま。

「とりあえず、精霊姫を〆よう。『魔導師に喧嘩を売ったらヤバイ』という認識を植え付ければ、今後は安泰だ。そのまま恐怖に苛まれようが、別の物語に依存しようが、対処はハーヴィスに丸投げする！　国が抗議してくるなら、これまでの対応の甘さを追及し、それでも煩かったら、国ごと敵認定」

「「「え」」」

私がいる以上、魔王様達を害させはしない。

そんな真似は許しませんよ……？

聖人様達の危惧が現実になった場合、大騒ぎになるじゃないか……私にだって、お呼びがかかるかもしれない。それが魔王様経由でのお仕事だった場合、問答無用に巻き添え確定だ。イルフェナの気質からして、解決するまで呑気な騎士寮生活は叶うまい。

駄目、精霊姫が何かしようとしても、絶対に阻止！　気の毒だとは思うが、私は自分の人生が最優先。そのためならば『お気の毒ね』と涙を滲ませつつも、躊躇うことなく精霊姫一派を足蹴にして、再起不能に追い込もう。

何故なら、彼女達は『私の』敵なのだから！　自己中、上等です。

『同情』と『本音』は別物なのです。私が選ぶのは、常に『私自身』。


「ちょ、ちょっと落ち着こうか、魔導師殿⁉　まだ何も起こってないからね⁉」

「おーい、ミヅキ……その覚悟は立派だが、未だに実害がない以上、お前の方が悪くなるぞ？」

慌てるライナス殿下に、妙に冷静なグレン。グレンは特に反対というわけではなく、単純に『魔導師が悪になるけど、いいの？』と気になったのだろう。

大丈夫、私には最強の言い分がある！　寧ろ、これが『正しい魔導師の在り方』だ！

「元から、『魔導師は世界の災厄』って言われてるじゃん。事前に各国に根回しをして、ハーヴィスの弱みを幾つか握った状態で喧嘩を売れば、誰もが自己保身から『仕方がない』で済ませてくれるよ。被害は精霊姫一派オンリーなんだから」

国が傾いて、最も困るのはハーヴィスの皆様。もっと言うなら、国の上層部。他国の人々は自国第一なので、被害が来ないと判っていれば、かなりの確率で見逃してくれます。

多分、一番騒ぐのが魔王様。『君が悪者になる必要はない！』という言い分の下、思い止まらせようとしてくるだろう。アル達は……魔王様が狙われる可能性があるなら、味方してくれるかな。

「そもそも、『いつかは被害が出る可能性がある』っていう状態なんじゃない。ハーヴィスに管理を促す意味でも、一度ガツンとやっておいた方がいいって」

「ああ、そういった意味もあるのか。確かに、警告は有効かもな」

「うん。それにさ、おかしくない？　何かを企《たくら》んでて、意図的に精霊姫を野放しにしている……って考えた方が自然だよ。それも踏まえて、ハーヴィスの意向を探る。第三者を挟んで交渉の場を設ければ、出て来てくれるでしょ」

『精霊姫が他国に迷惑をかける可能性がなくなりますよ』という餌を撒きつつ、『何かしたら、国単位で報復するからね☆』と脅せば、元から精霊姫に危機感を抱いていた奴が交渉のテーブルについてくれるだろう。

逆に言えば、これで交渉の席に着くならば……『すでに何らかの兆候が見られていた可能性が高い』。精霊姫の情報が殆ど出回らないのは、そういった意味もあるんじゃないかね？

ちらりと視線を向けた先、ライナス殿下とグレンは揃って思案顔になっている。やはり、私と同様の疑問を抱いたようだ。その表情はどことなく厳しい。

ついつい『ハーヴィスに何らかの思惑あり』という考えに没頭し出した時、温かい手が私の手をそっと包み込んだ。視線を向ければ、穏やかな笑みを湛《たた》えた聖人様。

「貴女の勇気に感謝します。その案でいきましょう」

「「「……」」」

賛同しやがったぞ、この聖職者。

「やられる前に殺る……素晴らしい発想です！　後々まで気が抜けない不安要素など、残すべきではありません。最低限、ハーヴィスにはしっかり管理してもらわねば」

先手必勝ですね、判ります。


「『誰かがやらねばならない』……それはとても重要で、勇気のいる行動でしょう。被害がない以上、今は国が動くことができません。ですが……行動されてからでは遅い案件です。名の上がったお三方はどなたも失えない方達なのですから」

「教会は私に味方するって？」

からかうように尋ねれば、聖人様は微笑んだまま目を眇めた。

「すでに処罰されたとはいえ、教会が発端と言われても仕方がない状況なのです。私には教会に属する者達を守る義務がある……どちらに付くかなど、明白でしょう？」

「私に味方すれば、その罪が『最強の切り札』になるものね？」

視線をテーブルの上に置かれたままの手紙に向ける。私の答えが気に入ったのか、聖人様は笑みを深めた。

「この手紙は精霊姫の状況、及び、ハーヴィスにおける管理の杜撰《ずさん》さを証明するものとなるでしょう。何より、魔導師に危機感を抱かせるに至った事柄が、乳母自身によって綴《つづ》られています。必要ならば、多少は内容を盛ることも考えましょう」

「それに対する見返りには何をお望み？」

「教会が『魔導師の協力者』という立ち位置にいること、そして黙っていることを良しとしなかったバラクシンの誠実さを認めていただきたい」

「おーけい、要は『教会も、バラクシンも、精霊姫の所業とは無関係』ってことね」

「ええ。我々は良心の呵責《かしゃく》に耐え兼ね、ライナス殿下に相談した上で、かつて教会に属していた者達の残した物を貴女に見せたのですから」

微笑む聖人様はまさに、慈悲深い聖職者といった雰囲気だ。ある意味、それは間違っていない。だが、彼はすでに『教会を守ること』を己が最上位に定めている。悪と呼ばれる所業に手を染めようが、彼が最優先で守るべきは教会に属する人々。

そのためならば、どのような咎も受け入れる覚悟があるのだろう。彼は『個人的な正義感』よりも、『教会の守護者』という立場を取ったのだから。

――その時、唐突にノックが響いた。

「失礼致します。魔導師様へと、イルフェナから通達が届きました」

思わず、室内の人間達は顔を見合わせた。あまりにもタイムリーだが、まさか……という思いも捨てきれない。

「構わん、入れ」

「はい。失礼致します」

グレンが入室を許可すると、入ってきたのは以前にお世話になった使用人さんだった。その手には、一枚の封筒が。

「グレン様のお部屋の掃除をしていた者が、魔導師様と直通になっている転移法陣に出現したと持ってきました。その、こう言っては何ですが、いくらグレン様と魔導師様が親しくとも、イルフェナが魔導師様宛ての手紙を送ってくるなど考えられません。私の独断になりますが、緊急の可能性を考慮し、お持ち致しました」

「ありがと。その判断で正解だと思うよ」

お礼を言って、封筒を受け取る。確かに、この状況はおかしい。いくらグレンが同郷と知っていようとも、今はアルベルダの人間なのだ……まるで『グレンにも知ってほしい内容』みたいじゃないか。ただ、その判断は私に委《ゆだ》ねられているみたいだけど。

訝しがりながらも、封筒を開けて手紙に目を通す。そこには――

「あ？」

私の機嫌が一気に急降下する内容が書かれていたのだった。

「ミ、ミヅキ？」

「ふふ……うふふふふ……！　精霊姫、すでに行動に出た後だったかも。魔王様が襲撃されて、負傷したってさ。ちなみに、ルドルフ……ゼブレスト王も巻き込まれたらしい」

「「「な⁉」」」

私の言葉に、皆が一気に顔面蒼白になった。そりゃ、そうだろう。魔王様が襲撃されたことも重要だが、ゼブレスト王まで巻き添えになっているとは思うまい。下手すりゃ、イルフェナ・ゼブレスト連合とハーヴィスの争いに発展する。

「ああ、こうやって連絡して来る時点で、大丈夫だってことだから安心して？　私とゴードン先生の意地が、襲撃者の殺意に勝ったって書いてあるから、命の危険はないよ」

そのままを書くと拙いので、こんな風に暈したんだろう。今回、私は緊急連絡用と称し、グレンへの直通転移法陣を騎士寮の皆に託してきた。だから、これは騎士寮面子からの連絡だ。

――ただし、これは『魔王様負傷！　すぐ帰れ！』という意味だけではない。

折角、私がアルベルダに居るのだ。しかも、グレンやウィル様と会話できる環境に！　それを活かして情報収集や伝達をして来いという、遠回しなアピールだろう。

同時に、私も安堵する。こんなことを騎士寮面子が指示できるくらい、魔王様は軽傷ってことだもの。多分、ルドルフも無事。少なくとも、いきなり戦になるような状況ではない。

でもね、私達にとっては『魔王様が襲撃されたこと』が重要なんだ。

怪我の程度は重要じゃないの、『仕掛けた段階でアウト』なんだよ。

「ねぇ、聖人様？　私達、『お友達』よね？　確認したいことがあるから、一緒にイルフェナに来てくれない？　もしかしたら、精霊姫関係かもしれないもの」

にこりと微笑んで、聖人様へと協力要請を。手紙には『ハーヴィスかイディオからの刺客だと思う』と書かれているけど、個人的には精霊姫がいる方だろうと思えてしまう。

ただ、アル達も疑惑の域を出ない状況らしい。確証がない以上、今は少しでも情報収集をして証拠を固めたいところだろう。最低限、国を特定して抗議できるくらいの根拠が必要だ。

よって、私の呼び出しとなったわけだ。どちらの国もよく知らないはずの魔導師というジョーカーをぶち当てて、ボロを出すことを期待している模様。

私としても、そういった流れはありがたい。何せ、ここには『乳母からの手紙』という重要アイテムがある。もしもハーヴィスからの刺客だった場合、これは証拠の一つになってくれるはず。

「……！　ええ、勿論です！　貴女だけではなく、教会のことを気にかけてくださった騎士様達も、我らの良き友です」

私の意図を悟ったのか、聖人様が力強く頷いた。私の笑みも深まる。さて、それではできる限りの布石を打っておこうか。

「グレン、私は聖人様に同行してもらって、イルフェナに帰るわ。もしかしたら、聖人様達の危惧が当たっているかもしれないもの。だからね、グレンはこの件をウィル様に伝えてほしい」

「……伝えてしまって、構わないのか？」

「グレンの所に通達が来た以上、その可能性も考慮しているでしょ。『今はまだ』王族襲撃事件の一つだけど、状況によっては、『これまで雑談に興じていた内容が、懸念じゃなくなるかもしれない』じゃない。だったら、事前に伝えておくべきだわ」

グレンは私がウィル様に渡した魔道具の存在を知っている。だから、先ほどの『私とゴードン先生の意地云々』という件で、その効果の確かさも理解できているのだ。『魔王様が襲撃された』と聞いても落ち着いているのは、それも一因だろう。

……あの魔道具の所持者が怪我を負ったとしても、滅多なことでは死なない。それが事実と証明されたのだ。やっぱり、安心感が違うよね。

ただし、『王族襲撃事件』という事実がある以上、ウィル様にも警告しておいた方がいい。精霊姫の関与が予想されていることも含め、アルベルダとしても警戒は必要だろう。こう言っては何だけど、いつ当事者になるか判らないもの。

「私も陛下に伝えよう。勿論、聖人殿が魔導師殿に味方していることも含めてな。一応、我が国におかしな動きがなかったかも調べておこう」

「お願いしますね、ライナス殿下。私としても、バラクシンに疑いの目は向けたくありません。アルベルダ、バラクシン、あとはゼブレストですが、この三国の協力を得られるだけでも、犯人の特定は楽になるでしょう」

他の国への警告は犯人の特定ができてから。下手に大事《おおごと》にしたり、不安を煽るべきではない。ただし、特定でき次第、私が速攻で各国へと連絡を入れてやる。

自国の無関係を主張するなら、各国、何らかの動きがあるだろう。イルフェナからでは調べにくい情報さえ、迅速に押さえてくれるかもしれないじゃないか。

さて、役割は決まった。次に私達がすべきことは、すでに捕らえられただろう襲撃者に面会し……確実な自白を引き出すこと。そこで有力な情報を得られれば良し、得られなくとも八つ当たりを兼ねていびり倒してやる。

「じゃあ、行動開始ね」

頷き合って、其々、部屋を出る。手紙を持って来てくれた使用人さんが心配そうな顔で見送ってくれるが、今は不安に思う時じゃない。其々、行動あるのみだ。

――魔王様。貴方がどんな状況を望むか判っているから、『今は』貴方の心配はしません。心配して傍にいることも、感情のままに怒り狂うことも後回しです。

だけど、目が覚めた時に望んだ状態になっていたならば……いつもみたいに、頭を撫でてくださいね。

第十五話　優しさは巡る

──イルフェナ・騎士寮にて

聖人様に同行してもらって、イルフェナへ帰還。

……が。

いくら何でも、襲撃直後の魔王様──しかも、負傷した──に、異世界人や他国の人間が会えるはずもなく。

「……。で、結局ここに来たと」

「うん。事情説明もできるから、最適でしょ。皆に聞いてもらいたいことがあるんだけど、ちょっと特殊な事情込みなんだよね。そういった意味でも、ここが最適」

「まあ、な。それに、俺達も一応は謹慎しなければならない身だ。話し合いが可能な場所に、今回の一件の発端を知る人物が来てくれるのはありがたい」

僅かに呆れを見せるも、頷いて私の選択を受け入れるクラウス。その視線の先には、私がアルベルダから連れ帰った聖人様が居る。

ここは騎士寮。名目上は『お友達の聖人様と偶然会えたから、お家に誘っちゃった♪　皆にもお世話になったお礼が言いたいと言っているから、良いよね？　っていうか、私の部屋が騎士寮にある以上、どうしようもない』というもの。

聖人様が教会派の件や、その後の支援物資のことを感謝しているのは本当なので、建前としては十分だ。場所が騎士寮である以上、自動的に監視の役目も果たせてしまうので、文句もなかろう。

なお、支援物資とは食料や薬といった『生きるために必須な物』。痼癪玉実用化に向けた実験に黒ずくめを使ったので、副産物として得た金でそれらを買い、教会へと送ってみたのだ。

教会は今現在、割と深刻な財政難になっているはずだからね。バラクシンや教会の好感度を上げる意味もあるので、こちらとしても損はない。しっかり、魔王様の功績に計上しております。

痼癪玉の実験や教会への支援物資といったものは当然、魔王様も許可済み。ただ、『騎士達が嬉々として、対人間用小道具の実験をしました。その副産物を有効活用です』というのは聞こえが宜しくないので、こちらにとって都合の良い建前に改変されている。

『上層部が取り調べを受けたことで一時的に財が凍結され、バラクシンの教会は財政難に陥っている。一連の事件に携わった魔導師は彼らを案じ、非番の騎士達と共にお尋ね者を狩って得た報酬で援助物資を買い、教会へ送った』。……これでいいんだよ、建前なんだから。

前者はろくでなし感が半端ない上、ヤバい奴らが盛り上がっているだけにしか聞こえない。後者は善良であり続けようと足掻く人々を案じ、助けようとする優しさが光る。

どちらが採用されるかなんて、火を見るよりも明らかですね！　つーか、片方は他人に聞かれちゃいけないレベルです。

現実が前者なのは言うまでもないが、事情を知るイルフェナの上層部の人達は『騎士団の利になる』という餌に釣られ、見て見ぬ振りをしてくれた模様。魔王様の裏取引は完璧です。

そんなわけで。

対外的には、聖人様が騎士寮面子を訪ねてもおかしくはないのだ。ライナス殿下も話を合わせてくれるだろうし、ある意味、最高の人選とタイミングだったわけですな！

「こちらとしても、バラクシンと協力関係を築けるのは好都合だ。それに、今回の訪問は『魔導師の友人である聖人殿』という扱いなんだろう？」

「勿論！」

ちらりと聖人様に視線を向け、頷いたのを確認する。その上で問い掛けに頷けば、クラウスは漸く警戒を解いたようだった。

「ならば、バラクシンという『国』は関係ない。あくまでも、お前の友人という扱いをしよう。お前の友人が教会関係者であるというだけだ」

「はい。私もそのように扱っていただきたいのです。この手紙を発見し、魔導師殿へと懸念を伝えたのは、私の独断ですから」

「ほう？　恩を売る気はないと？」

予想外のことだったのか、クラウスの表情に驚愕が滲む。だが、聖人様はそれらを綺麗にスルーすると、穏やかに微笑んで頷いた。

「魔導師殿だけでなく、ここに暮らす皆様には、これまで十分なことをしていただきました。この程度、ご恩返しにもなりません。何より、『現在の教会の善良さ』を知っていただくという意味では、私の行動も無駄になりませんよ？　友の憂いとなるやも知れないのです、どうして知らぬ振りができましょうか」

「……」

クラウスは僅かに目を眇めた。彼は間違いなく、聖人様の求める『見返り』に気付いている。その上で、どこまで関わらせるべきかを考えているのだろう。

魔王様は負傷、ゴードン先生は医師として魔王様に付き添い、そして相棒のような存在のアルは魔王様の護衛。謹慎中とはいえ、今現在、騎士寮での決定権を持っているのはクラウスただ一人なのだ。悩むのも仕方ない。

やがて、クラウスは溜息を吐いて頷いた。

「こういった会話ができる以上、警戒はすべきだと思うが……逆に言えば、『裏がある話にも理解がある』ということだろう。まして、バラクシンならばミヅキが牽制として使える。これ以上、疑うべきではないな」

「こういった状況ですから、警戒を強めるのは当然ですよ。まあ、魔導師殿は牽制どころか、恐怖の代名詞のような扱いだとは思いますが」

「だろうな。次は確実に仕留めにかかるだろうさ」

「おや、怖いですね」

言い合いをしながらも、聖人様の穏やかな笑みは崩れない。そんな姿に、クラウスは聖人様の評価を更に上げたようだった。これは二人の会話を聞いていた騎士寮面子も同じだろう。

うん、その気持ちもよく判る。だって、一番困るのが『聖職者らしく、慈愛と博愛の精神を説く』ということだもの。それがない聖人様はさぞ、皆にとっては話しやすい相手だろう。


皆、安心して？　聖人様は教会のためなら修羅にも、悪魔にもなれる人だから。

『やられる前に殺ろう』という私の発案に、理解を示しちゃう人なのですよ……！


間違っても『精霊姫が哀れ』とか『罪を憎んで、人を憎まず』なんて綺麗事は言わない。精霊姫の状況には同情するかもしれないが、今回の主犯と確定すれば、即座に敵認定をするだろう。

……彼は以前のバラクシンの一件で、『結果を出せぬ綺麗事など、弱者の言い訳』と知ってしまったのだから。人の上に立つ以上、理想だけでやっていけるわけがない。聖人様は私と共闘することで、それを痛感したはず。

そんな人にとって、騎士寮面子との繋がりは嬉しい誤算。精霊姫の情報を売ることでその繋がりを得られるならば、喜んで差し出すだろう。イルフェナからの感謝も得られて、教会にはメリットしかないもんね。

聖人様が受け入れられたことに安堵しつつ、私は『部屋の片隅に纏まっている人達』へと視線を向ける。さて、今度はこっちが聞く番だ。

「……話が纏まったのはいいんだけど。何で、ジーク達もここに居るの？」

そこに居たのは、ジークの部隊御一行。聖人様とクラウスの会話に割り込むことこそなかったが、彼らはバッチリ今の話を聞いていたはずだ。裏取引モドキを聞かれた以上、こちら側に付いてもらわなければ少々、困る。

ただ……彼らがここにいること自体、おかしくはあるのだけど。

そもそも、クラウス達が同席を許すこと自体がおかしい。軽傷とはいえ、自国の王族が襲撃されたはずだからね。無関係な人達は巻き込むまい。

しかし、そこは脳筋なジークであって。

「いつもの鍛錬に来ていたからだぞ？」

馬鹿正直に答えつつ、「久しぶりだな」と手を振った。途端に、これまでの緊張感が薄れる。

「……。うん、それは判ってるから。私が聞きたいのは、『どうして、部外者が平然と話を聞いているのか？』ってこと。一応、国の一大事です。普通は別室に居てもらうでしょ」

「ああ、そんなことか！」

私の問いに、ジークはポン！　と手を打った。

「俺達も関係者だからだ。エルシュオン殿下を襲った奴らは、魔法で空間を隔離？　していたとかでな。いきなり、エルシュオン殿下達の声が聞こえなくなったんだ。姿は見えているのにな。クラウス殿達が気付かなければ、危なかったかもしれない」

「へぇ……」

あらら、予想以上に危険な状況だったみたい。それならば、彼らも関係者として扱わなければならないだろう。魔王様救出の立役者でしたか。

「俺達は、俺達とエルシュオン殿下達を隔てていた壁みたいなものを壊したんだ」

黒騎士達が悔しそうな表情になるあたり、襲撃者達はかなり魔力が高かったようだ。この世界に現存する術式を使ったならば、その強度などは術者の持つ魔力次第。しかも魔力が高いだけではなく、黒騎士達が出し抜かれるほどの手練《てだ》れだったのだろう。

しかし、だからこそ不思議に思う。魔法関連なら、彼ら……特にジークに出番はないはず。

「あ～……俺が話すから、ジークはちょっと黙っててくれ」

「判った。キースに任せる」

首を傾げた私を見かねたのか、お世話係ことキースさんがジークの話を引き継いでくれるらしい。ジークもこっくりと頷き、素直に口を噤む。

どうやら、自分でも上手く説明できる自信がなかったらしい。後は任せたとばかりに、お世話係に丸投げです。誰もそれを咎めないあたり、これが彼らの日常なのかい。

「まず、俺達が関わったこと。さっきジークが言った『空間の壁』みたいなやつの破壊だ。ただ、これはお嬢ちゃんの功績である部分が大半なんだ。実行したのが俺達、みたいな感じだな」

「へ？　私は居なかったでしょ？」

「居なかったな。だが、お嬢ちゃんがジークのために作った剣が破壊の要《かなめ》になった。あとは結界の破壊方法や、結界を駆使して戦う相手の攻略法なんかも教えておいてくれただろ。それに加え、俺達がここに住む黒騎士達から試作品として譲られた『魔法を撃てる剣』。これらが必須だったんだよ。だから、俺達は実行部隊みたいなものだな」

意味が判らん。とりあえず『キーアイテムが全部揃ってました』くらいしか言ってないような。

そんな気持ちを読み取ったのか、キースさんは「順を追って話すな」と言ってくれた。うむ、解説お願いします。

「ジークが言ったように、クラウス殿達が速攻で異変に気付いたんだが……その壁が強固な結界みたいな感じだったんだよ。だから、ぶち破るだけの威力がなかった。そこでジークが言ったんだ。『俺が身体強化を使った上で、この剣を使えばいいんじゃないか？』ってな。確かに、一撃の威力としては最強だ」

「まあ、それはそうでしょうね」

ジークとあの剣が組み合わされれば、大蜘蛛《おおぐも》をスパッと切断する威力がある。それに加え、今回は動かないものが標的。ジークが力一杯切り付ければ、破壊することは可能な気がする。

「だが、それでも駄目だった。いや、こんな言い方は正しくないな。亀裂は入るんだが、すぐに元に戻っちまう。だからと言って威力のある魔法を撃てば、エルシュオン殿下達も巻き添えになる可能性があった。そこでジークが、お嬢ちゃんとの手合わせを思い出したんだ……『そういえば、ミヅキも結界を幾重にも張っていた。あれも即座に再生していたな』って」

「え、よく覚えていたね⁉」

驚愕のあまりジークをガン見すると、ジークはどこか得意げに笑った。

「俺は毎回、それが原因でミヅキに敗北してるんだ。いくら俺でも、自分の敗因と教えてもらった対策くらいは覚えているぞ」

「お嬢ちゃん、ジークは戦闘関連のこと『だけ』は頼りになるぞ。その分、普段がアレだが」

「他は全く自信がない！」

「威張《いば》るな！　お前はもう少し、頭に栄養を回せ！」

キースさんのフォローにならないフォローを受け、ジークは大きく頷いた。その途端、顔を引き攣らせたキースさんの突っ込みが飛ぶ。

それでもジークは全く悪びれていないので、きっとこの遣り取りも記憶に留まることはないのだろう。この二人の日頃が知れて、ちょっと面白い。

生温かい目で二人を眺めていると、今度はジークが話し出す。

「ミヅキは『結界は力業でぶち破れる！　壊した隙に攻撃しろ！』って教えてくれたじゃないか。それから『再生にはほんの少しだけ時差が生じるから、壊した箇所に連続して攻撃を畳みかけていけば、穴を空けることは可能だよ』とも」

「確かに言ったね。実際、魔法に疎くて結界の解除ができないなら、壊すしか方法がないもの。結界が壊れるほど威力のある攻撃を、間を置かずに繰り出せるのはジークくらいだけど、あの速さと威力があるなら、武器が術者に届くでしょうよ」

可能か、不可能かで聞かれれば、間違いなく可能だ。ただし、『一つの結界を一撃でぶち破れる威力があること』と『結界の再生速度を上回る連続攻撃』が必須条件。要は、ジークだからこそ可能な攻略方法とも言える。

事実、アル達もこれはできない。私の体は吹っ飛ばされるが、私自身に剣が届いたことはない。

『一撃の重さを重視した場合、早さが不足してしまうのでしょう。結界の再生速度の方が早く、次の攻撃が間に合いません』とは、アルの言葉だ。

「だから、黒騎士達に提案したんだ。『俺がこの壁に皹《ひび》を入れ続けるから、そこにキース達に剣の魔法を撃ち込んでもらったらどうか？』と。壁に魔法を撃つなら内部の人間の巻き添えが怖いが、俺が付けた傷を更に広げるようにするなら、大丈夫じゃないかと思ったんだ」

「あ～……私発案の魔法剣か。キースさん達が使っている魔法剣は黒騎士製だし、元々、対個人用だから、ジークが作った亀裂だけを狙うことも可能だからね」

あの剣に付加されている魔法は確か、衝撃波だったはず。あれなら、ジークの付けた『壁』の綻《ほころ》びのみにぶち当てることが可能だ。周囲への影響も少ない。単独で結界をぶち破る威力はないけど、再生速度を遅らせることくらいはできそうだ。威力だって、そこそこはあるだろうし。

ジーク主体の攻撃＋α《アルファ》って感じになると予想される以上、試す価値はある。元からジークとの共闘目的で作られていることもあって、彼らはこんな方法を思いついたのかもしれない。

これ、『遠距離攻撃が可能』ということも重要。一箇所に攻撃を続けるジークは動けないだろうから、別の場所から一斉に壁の破損個所を狙うしかない。今回はそれが可能だった、と。

納得しつつも、密かにキースさん達に視線を向ける。彼らの半数がその剣を所持していないのは、『空間を隔てる壁の破壊』とやらが原因だろう。魔王様襲撃時の無茶な使い方で壊れたと予想。

……この魔法剣、未だに強度の問題が解決できていないのよね。だから、ここでの鍛錬にしか使わせていない。勿論、彼らも納得済み。

無茶をすれば、使い手の方も危ないはず――先に本体である剣が壊れると、その場で衝撃波が暴走する可能性あり――なんだけど、キースさん達は危険を承知で頑張ってくれたのだろう。

彼らがここに居ることを許されたのは、そういった姿が評価されたからなのかもしれない。騎士寮面子との共闘があってこそ、魔王様は無事（？）だったのだから。

余談だが、某灰色猫の仕込み杖も衝撃波が撃てる。ただし、こちらは護身用なので安全性が重視され、威力はかなり落ちる。杖としての役目が重要なので、こちらはこれでいいのだろう。

そう、多少の差はあれど、灰色猫の仕込み杖とキースさん達の剣は同じ仕様なのだ。……そのはずなんだけど、奴は鈍器&杖という認識しかしていないようなので、こんな風に使われる日が来るかは怪しい。

……。


おかしいな？　アレな性格でも、灰色猫は本物の王子様のはず。


それなのに何故、『皆の憧れ・魔法を撃てる剣』ではなく、『鈍器』としての使い方を気に入るのだろうか……？　嬉々として杖を磨いていたので、この認識は間違っていまい。

「ジークの読みは当たって、はっきりと向こう側が見えたんだ。そこを黒騎士達が更に広げてあっても、お嬢ちゃんはジークの問いに答えてくれた。だから、こんな方法を思いつけたんだ」

……って感じで、壁を壊した。だから、俺達は労働力って感じなんだよ。自分に不利になることで
「あとは黒騎士達から譲られた剣の存在だな。勿論、ミヅキからもらった剣も重要だが」

「ああ。どれが欠けても、術を破るにはもっと時間がかかっただろうな。そもそも、俺達ができることはなかった」

襲撃時を思い出したのか、しみじみと頷き合うジークの部隊。そんな彼らの姿に、黒騎士達はどこか誇らしげな苦笑を浮かべている。ジーク達に向けられる視線は、どれも温かい。

なるほど、確かに彼らも当事者だ。寧ろ、最大の功労者と言ってもいいかもしれない。魔王様が

軽傷で済んだのは魔道具の効果もあるけど、ジーク達の奮闘も一因だったらしい。

「多くの人達の助けがあってこそ、エルシュオン殿下はご無事だったのですね」

感心したような声で呟く聖人様の方を向くと、彼は驚きを露にしていた。

「魔術師が己の研究成果を他者に託すなど、他では考えられないことです。まして、他国の者達。しかも、鍛錬とは……？」

「ああ……聞いた通り、うちのジークは少々、特殊なんだ。俺達はずっと、いつかジークに付いていけなくなることを恐れていた。エルシュオン殿下はそんな俺達に、努力する機会と場所を与えてくれたんだ。それを受けて、ここに居る騎士達が力を貸してくれている」

キースさんが言っているのは、サロヴァーラでのことだろう。私は当初、ジークに剣を譲渡する許可だけを得るつもりでいた。キースさん達の強化まで考えてくれたのは魔王様だ。

おそらくだが、魔王様はジークと自分を重ねたのだと思う。魔王様にはアル達を筆頭に、騎士寮面子が傍に居る。その心強さを知っているからこそ、ジークが一人になった場合の危うさにも気が付いたんじゃないのか。

それは多分、アル達も同様。寧ろ、魔王様をずっと見てきたからこそ、そういった気持ちは魔王様以上なのかもしれない。親しくしている彼らが嘆き、潰れるところなんて、見たくないよね。

「おや、賑やかですね。ミヅキ、お帰りなさい」

そんなことを思っていると、アルがやって来た。クラウス達が平然としているので、『魔王様に何かがあった』というわけではなく、定期報告のようなものなのだろう。

そして、密かに安堵する。アルが魔王様の傍を離れる以上、特に問題は起きていないのだと悟って。こんな時だし、少しでも不安要素があるなら、アルは絶対に魔王様の傍を離れないもの。

「ただいま、アル。アルベルダで偶然、聖人様と会ってね。気になることを言っていたから、一緒に来てもらったんだよ。皆にお礼を言いたいとも言っていたから、丁度いいと思って」

「ほう……この状況で連れて来るような『気になること』ですか」

早速、アルは食い付いて来た。それには答えず、まずは現状の説明を。……一応、建前というものがありますからね。アルとてそれを判っているから、さらりと流すに留めている。

「うん。今は聖人様に、ジーク達がここに居る理由を説明してるんだよ。魔王様はともかく、ここの騎士寮面子がジーク達の成長に一役買っていることが不思議みたい」

そう言ってクラウスに視線を向けると、クラウスは僅かに笑みを浮かべた。

「俺達とて、エルの傍に居たくて努力した。かつての自分を見ている気になる以上、手助けはしてやりたいさ。ジーク達とて、知らぬ仲ではないからな」

「ですよねぇ。状況こそ違いますが、中核となる人物を孤独にしたくないという想いは同じですから。こう言っては何ですが、キースさん達が居ない場合のジークは……今のように在《あ》れたとは思えません。同じ守護役という立場ではありますが、仲間意識というものも確かにあるのですよ」

自分達も応援してやりたかったのだと、クラウスとアルは語る。騎士寮面子も先輩としての自覚があるのか、キースさん達の成長ぶりを喜んでいるようだった。

基本的に、騎士寮面子は面倒見が良い人達ばかり。元々、魔王様を支えようと集った人達だからこそ、キースさん達の願いや努力を笑わないし、『仕方ないこと』と諦めもしない。

だって、それは彼らも通った道なのだから。そうでなければ、今ここにはいまい。

『最悪の剣』と言われるだけの努力を、彼らはきっとしてきたはず。

「貴女も彼らと同じですか？　自分の弱点になりかねないことを教えるなど、愚かと思わないのでしょうか？　貴女が魔法を扱う以上、場合によっては致命的だと思いますよ」

いつの間にか、聖人様の視線は私に向けられている。その問い掛けに、私は笑って胸を張った。

「私が今教えるか、いつか彼らが気付くかの差でしかないじゃない。それにね、たとえそれが弱点のように思われたとしても、私が彼ら以上に強くなればいいのよ」

「ほう？　随分と強気ですね？」

からかうような聖人様に、私は肩を竦めた。

「私の世界ってね、魔法はないけど、技術はとても発達してるの。誰かが成したことを元にして、別の誰かがそれ以上のものを作り出す。それが常なのよ。料理だって、同じ。だからね、私にとっては大したことじゃない。私があげたヒントを元に強くなるのは、彼ら自身の努力が必須。教えた程度で、どうにかなるものじゃない」

この世界の魔術師としては異端かもしれないが、私は異世界人。この世界の『当たり前』は当て嵌まらない。そもそも、ヒントを活かす努力をしなければ意味がない。今回の一件が良い例だ。

だから……ジーク達へのアドバイスも『その程度のこと』。私の言葉を重く受け止めるか、それを自分の強さにできるか。全ての選択は本人に委ねられ、結果に結びつくかは本人次第。

「そもそも、この国で魔導師と名乗っている以上、脅威と認識される存在でいなければならないのよ。私はそれを利用している。だから、日々の努力は強者であり続けるためにも必須。魔王様が私に功績を持たせようとするのは、異世界人が自由に暮らすための必須項目だからでしょうね。いつまでも保護者に守られていたならば、いつか『誰か』に利用されただろうから」

「……」

「黙らないの、聖人様！　私はそれを当然のことだと思っているし、私はそんな状況にないんだからさ！　まあ、魔王様が初めからそう教育してくれたから、『今』があるんだけどね」

聖人様は微妙な顔をしているけど、哀れむ要素じゃあるまいよ。というか、元の世界でも同じか、それ以上に厳しい状況になるだろうことがたやすく予想できる。異端なんて、そんなもの。

ただ、アリサのように『普通のお嬢さん』だと、また違った捉え方になるのだろう。私は成人しているからこそ、そういったことが当然と思える部分もあるのだから。

「だからね、私が強者であり続けるのは私自身のため。魔王様への恩返しも、無条件の信頼も、当たり前のこと。その上で、私は自分を『超できる子』と称しているのだから、結果を出すのは当然でしょう？　自分で公言している以上、できなければ情けないじゃない」

笑って言い切れば、聖人様は暫し、唖然とした表情になり。

「まったく……！　貴女を善良などとは思えないが、愚かとも思えない。そうなった経緯にすら、納得してしまいたくなるじゃないか！」

「ちょ、聖人様、強く撫で過ぎ！」

一瞬だけ顔を泣きそうに歪めると、がしがしと強く頭を撫でてきた。その行動は、まるで慰めているかのよう……何やら、心に突き刺さるものがあった模様。

……。

そういや、教会には色々な悩みを持った人達も来ていたっけ。貧しい人達は勿論、貴族さえも神へと祈りを捧げに来ていた。彼らと通じるものを感じ取ったのかもしれない。

そういった人達の悩みを、聖人様や教会関係者が語ることはないだろう。だが、私達のような状況にあって、救いの手が差し伸べられなかった人達の嘆きを思い出してしまったならば……『どうにもならない状況』というものを目にする機会があったなら。

私に対する認識も、少しは変わるのかもしれないね。少なくとも、努力家には見えるのかもしれない。私は努力と多くの人達からの好意で、苦境を跳ね除けてきたのだから。

「どうにもならないことを嘆くより、今後のことを考えましょ。ああ、でも、魔王様の評価を良い方向に傾けてくれると、私がとても喜びます」

「あの方が善良なことなど、とっくの昔に知っている！　我らは受けた恩恵がどれほどのものか、察することができないほど愚かではない！　今回の一件とて、主犯特定に全力で協力する所存だ」

「ふふ、そっかぁ」

こんな時だけど、聖人様の『エルシュオン殿下が善良？　今更だろ！』という言葉がちょっと嬉しい。そんな言葉なんて、魔王様は言われ慣れていなかっただろうから。

――魔王様。貴方を案じている人が、今では他国にもいるんですよ？

誰もが『魔王』という悪評に踊らされるほど、愚かではないんです。救い手となった貴方に恩を感じると同時に、噂を信じていた過去を恥じ、今度は自分が役に立とうと考えている。

その光景を是非とも見せたいので、さっさと目覚めてくださいね。アル達も待ってますから。

第十六話　襲撃者達はどこの人？　其の一

ジーク達がここに居る理由を説明してもらった後、話題は当然、私が聖人様を伴って帰国したことになった。まあ、それも仕方ない。手紙で『魔王様が負傷した』と伝えてある以上、普通ならば、他国の人間を連れて来ようとは思わないもの。

これは聖人様がバラクシンの政に関わらない立場でも同様。他国の人間どころか、イルフェナ所属でも部外者――関係ない立場・知る必要がない立場という括り――には遠慮してもらうべき状況なのだから。

「……で。次は俺達の番だ。ミヅキ、お前はどうして聖人殿を連れて来た？」

「気になることがあってね。というか、今回の襲撃を知っているのは聖人様だけじゃないよ。グレンやウィル様は想定内だろうけど、ライナス殿下も知ってる」

「何だと？」

『バラクシンにも伝わってますよ』という暴露に、クラウスが目を眇める。

「どういうことだ？」

「二人とも、お忍びでグレンを訪ねて来たから！　ちなみに、目的は私へと『ある懸念』を伝えることだったみたい。そこから魔王様に伝わることも期待してね。それなのに、訪ねた先で私に会ったから……」

「直接伝える好機とばかりに、説明させていただいたのです。……誤解して欲しくはないのですが、その時点ではあくまでも『懸念を抱いている』という段階でした。あまりにも不確かな情報というか、その、過剰な心配と流されてしまう可能性がありましたので」

私が聖人様と会ったことに納得しかけていたクラウス達は、続いた聖人様の言葉に訝しげな表情になった。その反応に、私もうんうんと頷く。

でしょうねー、聖人様の言葉を纏めると『不安要素がありますが、事実かどうか判りません』ってことだもの。情報として伝えるにしても、信憑性《しんぴょうせい》に欠けるというか。

そもそも、その情報からして『ハーヴィスの精霊姫に、魔王殿下が狙われるかもしれません』というもの。超曖昧《あいまい》な予想というか、突拍子もないことなのです。そりゃ、言えんわな。

ライナス殿下も精霊姫のことは知らなかったみたいだし、『血の淀み』関連の問題ならば、ハーヴィスが隠しているはず。黒騎士達とて、情報を得ているか怪しいだろう。

そんな状況で、動機が『御伽噺と混同し、王子様のキャラから外れたせい』なんて言ってみろ。信じる人の方が稀だろうし、その状況すら理解できない可能性・大。

クラウス達が訝しむだけで済んでいるのは未だ、精霊姫やその動機に触れていないから。馬鹿正直に話せば、情報の不確かさを検証する以前に「頭は大丈夫か？」と言われてしまう。

私やグレンだって、意味が判らなかったからね。これまで襲撃に対処してきた彼ら――魔王様は王族であることに加え、悪評もあったので、それなりに襲撃はあったらしい――からすれば、対応に困る襲撃理由でしょうよ。

「詳しく話してもらっても？」

「勿論です。ですが、話す前に一つだけ。……主犯は『血の淀み』を受けた人物かもしれません。突飛《とっぴ》な理由だろうと、最後までお聞きください」

「何だと⁉　……いや、すまなかった。だが、貴方の懸念は理解した。その前提で話を聞こう」

「お願いします」

『血の淀み』と聞いた途端、ジーク以外が表情を変えた。だが、そこは騎士寮面子とジークの部隊の皆様。視線を交わし合うと、とりあえず聖人様の話を聞くことにしたらしい。

アルも顔色を変えていたけど、進行役をクラウスに任せることにしたのだろう。会話に加わることなく、静観の姿勢だ。

「そもそもの始まりは、かつて教会に『聖女』に仕立て上げられた『血の淀み』を受けた方がいらしたことなのです。治癒の魔法を得意とすることから、彼女に聖女と思いこませ……成功したのですよ。ある意味、洗脳とも言える状態だったでしょう」

聖人様が語る『成功例』を聞いても、皆の表情は変わらない。その方法が洗脳に等しいものだろうとも、問題を起こさずにその人が一生を終えたならば……彼らの立場からすると『最適な対処法』なのだろう。

「それがどこからか漏れ、精霊姫……ハーヴィスの第三王女のことですが、彼女の異質さに気付いた乳母が相談してきたようなのです。他国の王族との繋がり、しかも貸しにできるとあって、当時の教会上層部は事細かに教えたのでしょうね。その結果、精霊姫は『御伽噺に依存させる』という方法が取られたようなのです」

「御伽噺に依存、とは？」

「御伽噺に登場する姫達と混同させ、『優しくなければならない』などと教育したのですよ。彼女は王女ですから、誘導もしやすかったのでしょう。ですが、問題点もあったのです」

そこで聖人様は一度言葉を切り、溜息を吐いた。そこから先を話すことに、気持ちの切り替えが必要とでも言うように。

「御伽噺は姫一人では成り立ちません。多くの登場人物達によって紡がれていく物語なのです。結果、精霊姫は周囲の者達に登場人物達を割り振り、役に沿った態度を求めてきたようです。……そして、そこから逸脱するようなことがあると酷く憤り、暴れたと」

「『精霊姫にとって、自分とその周りは御伽噺の登場人物だった』って思えば判りやすいんじゃないかな。周囲の誘導によって、彼女の『拘り』が御伽噺の世界に固定されてしまったのかも。だから、彼女自身が成長する機会とか、現実を見る機会といったものがなかった可能性もあるよ。子供じみた癇癪はそれが原因じゃないかな？」

「ほう、ミヅキはそう思うのか？」

「うん。『自分の思い通りにならなくて、癇癪を起こす』なんて、幼い子供みたいじゃない？　成長と共に、御伽噺の登場人物達の言動が『現実的にはあり得ない』って判るけど、それは自分が色々と学ぶからでしょ？　それがないから、彼女にとって御伽噺の世界は『正しい』んじゃないの？　『現実における正しい言動』を知らないかもしれないんだもん」

別に、精霊姫を擁護《ようご》しているわけではない。ただ、『誰だって、【知らないこと】は【できない】』だろう。御伽噺に、現実的な記述があったとは思えない。

「……」

「御伽噺から目を覚まさせろとは言わないよ。だけど、成長を促し、徐々に現実に近づけていく必要はあったんじゃないかなぁ？」

聖人様も、騎士達も、苦い顔だ。だが、彼女に施された教育が洗脳に近いものなら、この可能性は捨てきれない。もしも御伽噺に依存させるならば、要所要所で姫が成長するような物語を組み込むべきじゃないのか。

勿論、優しいだけの物語にはならないだろう。だけど、そうやって徐々に『現実』に近づけていけば……最終的には、それなりに取り繕える王女になれたんじゃないか？

はっきり言って、乳母や周囲が至らなかったとしか思えん。

成長する以上、いつまでも幼児の感覚でいられるはずないでしょー？

「魔導師殿は乳母や周囲の者達の怠慢《たいまん》だと言いたいのですか？」

「そうとしか言いようがない。だって、御伽噺に依存させることを決めたのは乳母であり、周りの人達も協力しちゃったから、精霊姫はそれが正しいと思い込んだ。もしも違ったならば、依存なんて無理でしょ」

「……確かにな。それが洗脳に近いものだろうとも、周囲の協力は必須。幼い頃ならともかく、成長してなお変わらないならば……周囲の者達がそれに気付かず、気付いた時には手が付けられなかったのかもしれん」

精霊姫を擁護するわけではないだろうが、クラウスもその可能性はあると思えるらしい。教育そのものに問題があった場合、精霊姫に同情する余地はあるのだろう。

――だが、それだけだ。

同情はしても、魔王様への襲撃は別問題。主犯が精霊姫だったら、躊躇わずに牙を剥く。それがここに暮らす騎士達であり、『魔王殿下の黒猫』を自称する私なのだから。

「話を戻しますね。御伽噺にはかなりの確率で王子様が登場します。その王子様は『金の髪に青い瞳』となっていることが非常に多い。私は乳母からの手紙を発見した際、不安になったのです。『王子様の役を与えられたのは一体、どなたなのだろう』と」

「それがエルだと？」

即座に問い返すクラウスに、聖人様は苦い顔のまま頷いた。

「思いついた候補は三名です。ガニアのテゼルト殿下、キヴェラのルーカス殿下、そしてイルフェナのエルシュオン殿下。私自身があまり詳しくないこともありますが、思い至った皆様はどなたも失えない方ばかり。そこで、たまたま教会を訪ねてくださったライナス殿下に相談し、広い人脈を持つ魔導師殿にお伝えすることになったのです」

「確かに、ミヅキはその全員に注意を促せるな。突飛な話だろうとも、注意を促す人物が魔導師ならば……まあ、完全に無視はすまい。そこも計算の上か」

「はい。懸念と言うにはあまりにも曖昧で、証拠と言っても、乳母からの手紙のみ。しかも、『もしも、王子という役を振られていたら』という、仮説に基づいたものでしかないのです。状況的に、魔導師殿が適任でした」

すまなそうな視線を向けてくる聖人様に対し、微笑んで首を横に振る。そんな状況であろうとも、何とか危機感を持たせようと足掻いてくれたのだ。利用しようとしたことが事実であっても、怒るはずはない。

聖人様の話を聞き終えたクラウスは暫し何かを考えていたようだが、やがて深い溜息を吐いた。

「しかし、『血の淀み』に『王女』か……。もしもその精霊姫とやらが襲撃を命じたならば、厄介《やっかい》だな。下手に動けん」

「あれ、クラウスでもそう思うの？」

意外！　という気持ちを素直に口にすれば、クラウス達は顔を見合わせる。

「他国の王女ということも一因だが、『血の淀みを受けた人物であること』と、『襲撃を命じた証拠がないこと』が問題だ。証拠が必要なのは当然だが、その理由があまりにも突飛過ぎるだろう？下手に突けば、イルフェナの捏造を疑われる。それ以前に、襲撃犯が口を割らなければ、ハーヴィスの精霊姫の仕業と断定できん」

「証拠かぁ……。まあ、襲撃犯が大人しく口を割るはずないよね」

「そこそこ脅かしはしたんだがな。相当恩義を感じているのか、忠誠心が高いのか……全く話そうとしない」

「「……」」

私と聖人様は顔を見合わせる。あの、確か『血の淀みを受けた人物は、能力や容姿に優れている場合が非常に多い』と言ってなかったっけ？　他にも、『カリスマ性に優れている』とかあったような。それが高じて、信奉者みたいな奴が出る、と。

　そういった要素が揃っているなら、襲撃者の忠誠心にも納得できる。理由は簡単、今回の襲撃は『最悪の剣と呼ばれる騎士達に喧嘩を売る所業だから』。

　だって、まず生きて帰れませんからね！　実力者の国と謳われるイルフェナ、しかも『あの』魔王殿下がターゲット。魔王様が『最悪の剣』と称される騎士達を従えていることは有名だから、逃げられるなんて思うまい。

　しかも、今は魔導師も控えている。これまでの私の所業を知っていたら、これほど怖い相手はいなかろう。命を賭《と》してでも任務を遂行する根性と覚悟がない限り、絶対に手は出さん。

　真っ当な思考を持つ奴が主犯ならば、襲撃者達は絶対に捨て駒のはずだ。ただ、命じただけであろうとも騎士達は必ず報復に出るので、無事でいられるとは思えないけど。

　そこでふと、手紙の内容を思い出した。そうだ、確か――

「あのさ、クラウス。それならどうして、手紙に『ハーヴィスかイディオからの刺客だと思う』なんて書いたの？」

　断定はできないはずだ。襲撃犯は何も喋っていないのだから。だが、その答えは意外な人物からもたらされた。騎士寮面子の一人である黒騎士が自ら進み出てくれたのだ。

「襲撃犯が『シェイム』と呼ばれる者だったからだよ、ミヅキ」

「シェイム？　って、何？」

「俺達の前に、繁栄していた種族があったんだ。彼らは『ディクライン』といって、基本的に俺達と変わらないんだけど、全員が高い魔力を持ち、耳が尖っていることが特徴なんだよ。……こんな風にね」

そう言って、黒騎士――クルトはサイドの髪を掻き上げて耳を見せた。その耳の大きさは普通の人と変わらないのに、先が丸いのではなく尖っている。

「え、クルトって、その『ディクライン』だったの⁉」

驚いて尋ねると、クルトは首を横に振った。

「いや、俺はただの先祖返り。『ディクライン』は選民意識が強く、他種と血が混じった場合は穢れとして迫害するんだ。その迫害された者達の子孫のことを『シェイム』という」

なるほど、『前に繁栄していた種の血を引いた者』って意味なのね。ディクラインは他種と血が混じった者達を自分達の同族とは認めなかった。それゆえに付けられた別名称ってところだろう。

「だけど、そんなことをしていれば種として衰退するばかり。病や諸々《もろもろ》の事情で数を減らし、大戦が決定打となって、今は一箇所に隠れ住むだけだ。ただ、共存を選んだ者も存在するから、その血を受け継ぐ子孫達が大陸中に存在する。俺は先祖返りでディクラインの特徴が出ただけだよ」

「ん～？　血を受け継いでいる子孫達が大陸中に存在するなら……どこの国でも可能性はあるんじゃない？　そりゃ、数が居ることが前提だけど」

何故、断定できるんだ？　そんな疑問が顔に出たのか、一つ頷いてクルトは話を続けた。

「襲撃者達は全員、高い魔力と尖った耳を持っていた。こう言っては何だけど、現在、この特徴を持つのはイディオにいるディクラインの子孫達、それと稀に出る先祖返りくらいなんだ。だから、イディオにいるディクラインの濃い血を持つ者達は『シェイム』と呼ばれる。シェイムの婚姻はシェイム同士のみに限定されているから、今でもディクラインの特徴を有しているはずだよ」

「なんていうか、不憫《ふびん》な人達だねぇ。徹底して、別物として扱われているなんて」

ディクラインとほぼ同じだろうに、彼らは認められないのだ。選民意識バリバリの滅びゆく種族と同列扱いもどうかと思うけど、囲い込まれるのもどうなんだ。

素直に同情している私を見て、クラウスは呆れた眼差しを向けてきた。

「そもそも、お前はあちこちの国で恐怖伝説を築いているだろうが。その上でエルに手を出そうとする国なんて、情報が行き渡っていない二国くらいだ」

「それに……イディオにおけるシェイム達の身分は奴隷に等しい。はっきり言えば、隷属させられている。その魔力の高さを活かして、暗殺や裏の仕事に就く者が大半なんだよ。逃げたとしても、ハーヴィスくらい閉鎖的な国じゃないと目立つだろうね」

「ああ、そう。単に、襲撃者達の状況と消去法でその二国に絞られたわけね……」

「同情しているようだが、イディオに居るシェイム達は戦における虜囚の子孫だぞ？　殺されなかっただけマシ……という意見もあるんだ。一応はイディオの民になっている以上、他国は手が出せん」

クラウスも交じっての解説に納得だ。そりゃ、その二国に絞られるわな。襲撃者達に特徴があるせいで、そこまでの特定は簡単だろう。シェイムだけの暗殺組織でもない限り、『襲撃者全員がシェイム』という状況にはなるまい。

襲撃者全員がそのシェイムと言われる人達だった以上、やはりイディオが疑わしい。しかし、奴隷に等しい状況であるため、命じた奴にそこまでの忠誠心を抱くかは謎。寧ろ、命じた奴の名を出せば復讐になるじゃないか。

そして、もう一つの可能性。逃亡したシェイム達がハーヴィスで匿《かくま》われ、その恩返しとして子飼いとなっていたら……人並みの生活を保障してもらったら。命の危険を顧《かえり》みない襲撃だろうとも、実行に移す気がする。

……。

うん、めっちゃ精霊姫の可能性出てきたわ。だって、奴は『優しいお姫様』！

今回、精霊姫に匿われた逃亡シェイムが襲撃犯ってことじゃね？

聖人様もその可能性に思い至ったのか、私へと視線を投げかけている。クラウス達も聖人様がもたらした精霊姫の情報に思うことがあったのか、疑惑を深めている模様。

そもそも、普通の暗殺者とか魔術師に、黒騎士達の守りを突破できるのだろうか？　キースさん達の話を聞く限り、敵の術を壊すのにかなり苦労したみたいなんだけど。

そこでふと、一つの疑問に思い至った。

「奴隷扱いというか、隷属させられているのは何で？　惜しまれるほどシェイムの魔力が高いなら、自分達で解呪できるんじゃない？」

私の疑問に、黒騎士達は顔を見合わせる。あれ、そんなにおかしなこと言った？

「シェイムどころか、ディクラインでも解呪は無理だろうな。それに、お前が言うか？」

「何で⁉」

「お前、ろくな魔力を使わずに、中級や上級並みの魔法と同等か、それ以上の効果がある魔法を使うじゃないか。あれは異世界の知識を自分なりに解釈し、魔法に活かしているんだろう？　ディクラインやシェイムはそういったことができない連中、と言えば判るか？」

「ええと……？　魔力が高いからこそ失敗した時のリスクが高く、術式の破壊や解呪が苦手ってこと？　そんなに難易度って上がるの？」

首を傾げて、浮かんだ疑問を素直に口にすれば、物凄く呆れた眼差しを向けられた。しかも、クラウスだけじゃなく、黒騎士達ほぼ全員に！

何故だ。私にとって、魔術師の基準は黒騎士なんだから、『失敗した時のリスクが高いのかな？』くらいしか思わんだろうがよ⁉

ジトッとした目を向けると、クラウスは溜息を吐いて口を開いた。解説してくれるらしい。

「魔力が高かろうとも、既存する術式しか使えない……要は術式の開発や応用が極端に苦手なんだ。だから先駆者がいない。それが衰退を招いた一因と言われている。奴らは、あまりにも種が持つ『高い魔力』というものに依存し過ぎた。人は成長するものなのにな。対して、俺達の先祖は新たな術式を生み出してきた。『魔力量で劣ろうとも、遣り方次第で勝てる』と証明してみせたんだ」

「そこに加えて、魔道具が開発されたからね。こうなると、彼らに有利な要素はない。事実、俺は隊長と同じくらいの魔力があるけど、隊長には絶対に勝てない。ミヅキにだって勝てないだろう？そういうことだよ」

「……。クラウスはともかく、クルトの言い分には滅茶苦茶説得力あるわね。つまり、自分達が強者と思いこんだ挙句、向上心や向学心を忘れた果ての衰退なのか」

「「自業自得だ」」

おおぅ……クラウスどころか、黒騎士だけあってクルトからも厳しいお言葉が……！

でも、確かに頷ける。黒騎士達は努力型の天才なので、日々の努力を怠らない。興味があれば、異世界の知識だろうとも積極的に質問して少しでも理解しようとするし、自分達に活かせるよう、努力しているもの。

ディクラインは自分達が苦手なもの、劣っているものから目を背《そむ》け続けた挙句、種として滅びかけているのだろう。手を取り合う選択肢を排除し、新たな血を受け入れることさえ拒んだ結果、『周囲に置いていかれた』のだ。

「滅びに向かうのも当然だな。どんなことだろうとも、学ばなければそれ以上にはならない。俺とて、剣は基礎を学んだ後に鍛錬、それから実践という順だった。身体能力だけで勝てるなら、苦労はしない」

脳筋ジークにまで言われてますよー！　ディクラインの皆さん！

第十七話　襲撃者達はどこの人？　其の二

『襲撃者達がシェイムだったし、忠誠心も高いみたいだから、襲撃を依頼したのは精霊姫の可能性が高いよ！』という結論に至った私達だが、それでもどう行動すべきかを考えあぐねていた。

ぶっちゃけて言うと、精霊姫の状況が大問題。

問題行動を起こしていなければ、周囲の評価は『優しい王女様』でしかない。

つまり、証拠もなしに報復すれば、こちらが喧嘩を売ったようにしか思われない。さすがにそれは拙いだろう。いくら何でも、イルフェナに迷惑がかかることだけは避けたい。

私個人なら、どう言われようとも全く構わないけれど、魔王様に再び悪評を被せてくる可能性がある以上、慎重に行動すべきだろう。

そうは言っても、泣き寝入りをするつもりは欠片もなかった。魔王様が害された以上、私と騎士寮面子は報復一択なのだから。

それにさ……ちょっと気になることもあるんだよね。

「あのさぁ、ちょっと聞いてもいい？　その『血の淀みを受けた人』ってさ、基本的に他国の目から隠されるんだよね？　そういった認識はどの国でも同じ？」

「多少の差はあれど、大差ないはずだ。まあ、これは程度にもよるんだが……明らかに異常というか、異様さが判る場合は幽閉されるのが普通だな。後から問題を起こして気付いた場合は、病などの理由によって徐々に表舞台から遠ざかる」

「基本的には幽閉・隔離コースってこと？」

「そうだ。気の毒だとは思うが、野放しにして問題を起こされた場合、処罰は免れん。これは本人のためと言った方がいいだろうな。異世界人が飼い殺されるのと同じく、自由を持つことばかりが良いとは限らない」

「あ～……何となく判った」

クラウスの説明に、素直に納得する。『異世界人と似たようなもの』と考えた場合、幽閉や隔離は必ずしも不幸ではないからだ。

異世界人はその知識が『この世界において、どのような事態をもたらすか』ということまで考えなければならない。その判断ができなければ、後々困ることになる。

何せ、料理のレシピ一つでさえ『使用する食材の生産量と民間も含めた消費量、それらの市場を考慮し、拡散可能かを見極める』という状態じゃないか。安易に『私の世界のレシピです！』で済まないのよね、実際。

料理のレシピ一つでここまで考えなければならないのなら、それ以外――特に技術系――は更に難易度が高いはず。

その失敗例が大戦の発端となった魔道具なのだろう。伝えた異世界人は『皆が魔法を使えたら便利だよね』程度の考えだったろうが、実際は『誰でも魔法の使用が可能になる危険性』や『その場合、どんな被害がもたらされるか』という二点は絶対に考えねばなるまい。

そこに思い至らない無知さを利用したのが、大戦の発端となった国。滅びたのは完全に自業自得だ。いくら魔道具が便利と言っても、同情する声が上がるはずもない。

その異世界人は便利さのみに着目し、あくまでも好意でこの世界に伝えたのだろう。その結果、悪用する者が出た。こうなると悪意こそなかったろうが、発端となった異世界人にも責任がないとは言い切れまい。

今回の主犯と目されている精霊姫。彼女もこれに該当《がいとう》する……というか、近いものがあるだろう。

彼女はあくまでも『自分にとって正しい世界』を守ろうとしただけであり、魔王様個人が憎かったわけではない。一番悪いのは、彼女にそう思い込ませた周囲じゃないか。

それでも行動してしまった以上、何らかの処罰は必要になってくる。彼女は自分で、自分の世界を壊す手助けをしてしまった。


ただ、『血の淀み』に対する認識が各国共通だからこそ。

精霊姫の状況に、誰も危機感を抱かなかったとは思えない。


「なーんか嫌な感じよねぇ……」

「ミヅキ？」

訝しむクラウスの声に釣られて、私に視線が集中する。それに構わず、私は更に言葉を続けた。

「魔王様への襲撃が精霊姫の仕業ってのは、間違っていないと思う。勿論、これはあくまでも私個人の考えね。だけど、襲撃者達の一途《いちず》さ……こう言っては何だけど、あんまり賢くないよね？　クラウスの話を聞く限り、黙っていれば誤魔化せると思っているみたいだし」

言い方は悪いが、襲撃者達は『忠誠心は高いが、お馬鹿』という評価だ。これまで私に仕掛けてきた連中は『身分差による圧倒的優位』を確信していたからこそ、割とお粗末な誤魔化しだったに過ぎない。

……が、今回はターゲットの格が違う。

実力者の国と言われるイルフェナの第二王子であり、少し前まで『魔王殿下』と恐れられていたエルシュオン殿下がターゲット。こんな怖い人や国を相手に、『黙っていれば、依頼主はばれない』なんて思うかねぇ？

そもそも、今は良くも、悪くも、各国で噂になっている魔導師が、魔王殿下の配下を公言している。魔導師の恨みを買うことは確実――これまでの私の所業を調べていれば、絶対に思い至る――なので、最低限、主へと辿られないような配慮が必要なはず。

もしも、バレないようにするならば……もっと隠蔽《いんぺい》工作を頑張る気がする。任務の遂行は当然であろうとも、その後に報復されては全く旨みがないじゃないか。

「それは俺達も考えた。だが、精霊姫が『血の淀み』を受けているなら、そういった考えに思い至れるかは怪しい。その子飼いとて、彼女に救われたシェイム達ならば……まあ、大した教育は受けていないだろうな。イディオとて、シェイム達に知恵をつけられても困るだろう」

「そうだよね、普通はそう思う。だからこそ、今回の襲撃が実行されたことに疑問を覚えるよ。精霊姫の監視がゼロでない限り、絶対にバレるでしょ？」

クラウスの意見に賛同しつつ、疑問点を口にする。私が気になっているのはそこだった。

「何で、襲撃の実行が可能だったんだろうね？　信奉者はともかくとして、彼女とその周囲を含む全てが監視されていても不思議じゃないのに」

「……」

さすがにクラウス達も疑問に思うのか、難しい顔をしたまま黙り込む。だが、これは私から見て当然の疑問だった。

「異世界人である私はこの騎士寮に暮らしているけど、言い換えれば、常に誰かの監視があるということ。異世界人の迂闊さや危険性を考えれば、それは当然のことだと思う。だから余計に、精霊姫『達』の行動を見逃されていることが不思議で仕方ない」

クラウス達の話を聞く限り、『血の淀みを受けた人』も『シェイム』と呼ばれる人達も、十分に監視対象のはず。精霊姫の周囲の人間が揃って彼女を妄信する信者状態だったとしても、監視している人がいたはずだ。


だって、下手をすれば『国』がヤバいじゃん？　お国の一大事よ？


いくら何でも、国が丸ごと精霊姫の信奉者であるはずはない。民間人はともかく、外交に携わる貴族あたりは、こういった危機感を持っているはずだ。

それなのに、今回の襲撃は行なわれた。意図的に見逃されてはいないだろうか？

「そうなってくると、迂闊に報復に出るのは拙いな。襲撃の依頼主が判明し、抗議するにしても……正規の手順を踏んだ方が、相手の出方を見れるな」

「こちらが動くことを期待しているかもしれませんしね」

クラウスの言葉に、アルも同意する。どうやら、彼らから見ても今回の襲撃には裏があるように思えるらしい。

「どのように動くにしても、まずは襲撃の依頼主を確定せねばなりませんね」

「そうだな。ここは適任者に頼もうか」

アル達の言葉に、皆が一斉に私へと視線を向けた。言葉はなくとも、彼らは視線で『頑張って、襲撃者に吐かせて来い』と言っている。

でしょうねー！　こういった状況である以上、柵のない私が動くのが最適だ。隠された本音はともかく、ちょっと乱暴な手段に出てしまったとしても、他国の理解が得られる点も重要。

『親猫様を襲撃しやがった馬鹿を〆たら、依頼主を吐きました』

こんな理由で十分なんだもの。私が魔王様の敵を許さないことは、各国でも有名だ。勿論、魔導師であることも知られている。

ゆえに、『ついうっかり、尋問に熱が入りました』という言い分も、非常に納得してもらえるだろう。私は権力皆無なので、自分の持てる術（意訳）を駆使したところで、『仕掛ける奴が悪い』で終わる。

大丈夫、精神的・肉体的な『話し合い』なら、慣れている。

各国で見せた手腕（意訳）を駆使し、口を割らせてみせようではないか。

「私も同行いたしましょう。この手紙と、精霊姫への疑惑に繋がった経緯を知れば、襲撃者達も逃げられないと悟るやもしれません」

「あら、聖人様。イルフェナの王族を狙った罪人相手に、私との関わりを暴露してもいいの？　最悪の場合、報復されるかもしれないけど」

やる気の聖人様へと尋ねるも、彼は微笑んだまま頷いた。

「下手に部外者でいるより、貴女達の味方と思われた方がいいのですよ。こう言っては何ですが、今回のようなことが今後も起きないとは限りません。それに、イルフェナは隣国です。……どちらに味方した方が得かなど、判りきったことでしょう？」

「……」

聖人様の言葉を意訳するなら、『自分達の潔白を証明するためであると同時に、今後も仲良く付き合いたいのはイルフェナだから』ということだろう。襲撃が行なわれた以上、精霊姫の味方と思われても困る、と。

そんな彼の態度に、私を含めた騎士寮面子は素直に感心していた。聖人様は本当に、教会の守護者としての覚悟を決めたのだと悟って。

「貴方はそれでいいんだな？」

「はい。我ら、恩知らずではございません。そもそも……このようなことを引き起こす身勝手な輩に、正しさなどございましょうか？　やむに已まれぬ事情における犯罪ならば多少の同情もいたしましょうが、今回のことは『ただの我儘』でしょう？　世界はただ一人のために存在するのではないのですから」

「同情はしないと？」

「あの腐りきった教会上層部と繋がりがあった者達ですよ？　自分達のことしか考えず、信仰さえも利用していた者達の同類に、同情の余地などありますまい」

クラウスの問い掛けにも、聖人様は微笑んだまま頷く。その上で、彼は『全ての罪人を悪と批難するのではない』としつつも、『今回の襲撃に対して、同情の余地はない』と言い切った。

これは結構、重要なことだろう。何せ、これまでの聖人様の行動は教会に属する善良な信者のためのもの——所謂、『善』に該当する。

その聖人様にここまで言い切られた以上、信者達はまず精霊姫に同情しない。それだけでなく、精霊姫の乳母にいらん知恵を授けたのは元教会上層部なので、この『身勝手な襲撃を行なった者達』が奴らの同類のように思われても不思議はない。

それどころか、聖人様は『奴らの同類だ』と言い切っている。これにより、精霊姫一派は格段に印象が悪くなるだろう。

そこに気付いているクラウスを始め、聖人様の言葉の裏に隠されたものに気付いた者達は、『味方』を得た確信に小さな笑みを浮かべる。


——聖人様は精霊姫に同情する者達への牽制として、教会を使うつもりなのだ。


イルフェナというか、騎士寮面子が下手に動けば、ハーヴィスへの抗議こそが狙いだったと思う輩とて出るだろう。襲撃のターゲットが魔王様ということもあり、魔王様に反感を抱く者達が煩いことを言いかねない。

……が、事の発端——御伽噺に依存させる、ということにおける発端という意味——である教会が、『精霊姫の乳母は腐りきった教会上層部と繋がりがあった。ゆえに、その身勝手さにも納得できる』と批難した場合は事情が違ってくる。

元教会上層部の腐敗は有名なので、たやすく否定できないのだよ。何せ、『元教会上層部を含む教会派は、自国の王家すら見下していた連中』だからね！

「頼もしい友人がいて心強いわ。じゃあ、襲撃者との面会に同席してもらってもいい？」

「勿論です。教会にこれ以上の醜聞は不要……ですが、無責任な真似はいたしません。それが過去のものであろうとも、きちんと対処しなければ」

頷き合って、クラウスに視線を向ける。クラウスは暫く考え込んでいたが、やがて呆れたように頷いた。

「いいだろう。さすがにお前達二人だけで会わせるわけにはいかないが、手配する」

「ありがとー！」

さあ、襲撃者さん？　深い、深ぁい後悔に苛まれながら、色々喋ってもらいましょうか？

第十八話　忠誠あらば憤れ！　～利用しないとは言っていない～

――イルフェナ王城・牢獄にて

『ルドルフ様の証言もあり、エルは【ミヅキが新たに製作した魔道具の効果を試そうとし、わざと一撃を受けた】ということになっています。傷の治癒が完璧だったこと、何よりゴードン医師の証言もあって、その主張はほぼ受け入れられています』

『護衛に付いていた騎士達が謹慎程度で済んでいるのも、それが一因です。まあ、最近のエルの様子を知っていれば、納得もできますよね』

『こう言っては何ですが、エルも魔法を使うことに憧れていた時期があるのですよ。それを知られているからこそ、エルの好奇心からの行動という点も否定できないと言いますか……』

『そもそも、エルの行動も間違ってはいません。今回、招いたのはイルフェナ側なのです。友好国の王であるルドルフ様と己ならば、第二王子であるエルが庇うのが当然でしょう』

『エルは魔力を使った弊害といいますか、体に負荷がかかったことによる疲労で眠っているだけなのですが、やはり……その、ルドルフ様は少々、落ち込んでいらっしゃるのですよ。セイルが騎士寮に顔を出さず、ルドルフ様の傍に付いているのも、それが理由です』

『そのような状況ですので』

『我々としても、非常に憤りを感じているのです。誰も止めませんから、どうぞお好きになさってください。最終的に襲撃者の傷が癒されていれば、何の問題もありません。我々の持てる権力を駆使してでも、【必要事項だった】ということにして黙らせますので』


以上、アルからのありがたいお言葉であ～る！　勿論、他の面子はいい笑顔でアルを支持。

アルやクラウスを始め、騎士寮面子は貴族階級の者が多い。彼らは魔王様襲撃に怒り心頭なので、実家の権力込みで抗議を握り潰す気満々なのだ。要は、『やっちまえ！』ということですな。

さりげなく聞こえていない振りをしてくれた聖人様は、マジで空気が読める人。咄嗟《とっさ》の判断ができるその有能さ（意訳）に、乾・杯☆

さすがです、それでこそ教会の救世主・聖人様。時にはスルーすることも重要なのです！
今後も是非、大人のお付き合い（意訳）をしていきたいものですな。

実のところ、騎士寮面子が私に襲撃者の尋問を任せようとしたのは、か～な～り個人的な感情によるところが大きい。ぶっちゃけると、『あの凶悪外道娘ならば、情報を聞き出す過程で【絶対に】襲撃者のプライドを木っ端微塵《こっぱみじん》にするだろう。寧ろ、苛め抜いて泣かせるに違いない』という、妙な期待からなのだよ。

魔王様の忠臣である騎士寮面子が激おこなのは当然として、アル達はルドルフやセイルのことについてもお怒りなのだ。まあ、それも当然だろう。

アル達にとって、ルドルフは魔王様の威圧を恐れなかった超貴重な逸材。当時の魔王様からすれば、それがどれほど慰めになったのかは想像にかたくない。

そして、同じ守護役として仲間意識を持つセイル。私の目から見ても、彼らは本当に仲が良いので、セイルのプライドを踏み躙った――護衛という任を果たせなかったばかりか、魔法系の工作をされたので、役立たずだった――ことも許しがたいのだろう。

そうは言っても、アル達はイルフェナという国の騎士。その立場ゆえ、騎士にあるまじき行動などできまい。どれほどやりたくても、私刑なんて厳禁だ。

そう、『やってはいけない』のだ……『個人』ではないのだから。

――だけど、それはあくまでも一般的なお話であって。

当然、例外は存在する。忠誠厚い騎士だからといって……いや、忠誠厚い騎士だからこそ、汚れ仕事を任されるのは各国共通。ゆえに、割と『バレなければ問題なし』という状態だったりする。

なお、『騎士にあるまじき行動が許されない』のは他国が関わったり、人の目があったり、記録が残ってしまうような場合のみであることは言うまでもない。

翼の名を持つ騎士達は『最悪の剣』なんて渾名が付くくらい、『主の命による秘密の行動』が多い。要は、ちょっとばかり非道と言うか、外道と言うか、そういった方面になることが珍しくはない人々なのだよ。

（様々な意味での）裏工作上等！　な立場なのです、騎士寮面子。『善良？　何それ美味《うま》いの？』がデフォルトです。気にしていたら、裏のお仕事なんてできないわな。

それでも前述したように『一般的な認識』として、騎士様は『正義の人』。

今回のように記録に残ってしまう場合とか、襲撃者の口から尋問の様子が暴露される可能性がある以上、『異世界人であり、魔導師でもある私が適任』なのだ。異世界人凶暴種という渾名があるくらい、私の凶悪っぷりは有名だもんね。

アルのありがたいお言葉を受けた私は、いい笑顔でアルと固く握手を交わしましたとも。アルも私の考えを読み取ったのか、笑みを深めて頷いてくれたしね。うむ、私達の関係は相変わらず良好です。理解ある、頼もしい婚約者様ですね……！

私達はこういった時の連携を外したことがないので、『異世界人と守護役達は互いに信頼し合っており、とても仲が良い』と周囲に認識されていくのだろう。……現実と、事実を知らない人達との温度差が凄まじいだけで。

——そんなわけで。

やって来ました、襲撃者が隔離されている牢獄に！　普通は縁のない、犯罪者の収容場所！　そこに現れた聖職者と異世界人！　私と聖人様の姿は当然、激しく浮いておりますとも！

……。

聖人様は違和感ありまくりだったとしても、何故、魔導師の私まで浮くんだろ？　私はこれでも実績持ちの、リアル『世界の災厄』なんだけどな？

牢に入る側にしろ、尋問に協力する側にしろ、もう少し場の雰囲気に合っていてもおかしくはないはず……なんだけど⁉

同行してくれたクラウスがいなければ、摘み出されそうな雰囲気ですよ。

見張りの人がぎょっとした顔で『私を』見たもん。気のせいじゃねぇっ！

「仕方がないだろう、ミヅキ。そもそも、お前に縁がない場所だ」

「そうだけどさぁ……」

「見た目からして、魔導師と思われないんだ。威厳がないどころか、普段から自己申告よりも若く見られているじゃないか。日頃のお前を知っていなければ、迷子にしか見えんぞ」

「く……！　隔離生活の弊害か……！」

「いや、単なる見た目の問題だ。無駄だとは思うが、賢そうに見える顔でもしていろ」

「無駄って言い切ってるし！　しかも、『賢そうに見える顔』って、何さ!?　さりげに酷くね!?　フォローの一つくらい、あってもいいいと思う！」

「喚くな、子猫。ほら、前を向け。転ぶぞ？」

「ちょ、頭を掴んで無理矢理前を向かせないでっ……」

私の抗議をさらりとかわし、クラウスは私の頭を掴んで前を向かせる。その遣り取りに、聖人様が呆気にとられた顔をしているが、今の私に説明する余裕はない。

……魔導師的な威厳が皆無なせいで、誰が見ても『偶然、迷い込んじゃったお嬢さん』的な印象なのよね、私。そんな生き物が、無表情が常の黒騎士様とじゃれ合って（？）いれば、大抵の人は固まるだろうさ。

現に、私達の遣り取りを見ていた見張りの人達が物凄い顔でガン見中。そのうち『私は見た！　一般人らしき少女とじゃれ合うクラウス様！』といった感じに、噂が出回ることだろう。

なお、この手の噂はこれまでも何回か出回っている。

クラウスの相手が私と判明した時点で、一気に下火になるのもいつものことだ。

クラウス母のコレットさんは一度、こういった噂に歓喜――「あのクラウスに浮いた噂が!?」と感動した模様――したらしいが、周囲は『魔導師相手なら当然では？』と言わんばかりに冷めた反応だったそうな。熱烈な魔術信者ならば当然、と。

もはや、誰もクラウスに色事など期待していないと判明した瞬間だった。コレットさんが崩れ落ちたのは言うまでもない。今回とて、似たような状態になるだろう。

クラウス君は常に平常運転、両親の心配を綺麗にスルー。

余談だが、『人の夢』と書いて『儚い』と読む。嗚呼《ああ》、無情。

「本当に、仲が宜しいようで」

聖人様、そう言いつつも生温かい目で見るの、止めてくんね？

※※※※※※※※

そして、私達は襲撃者の一人が捕らえられている牢の前に来た。別室で取り調べするのかと思ったら、違う模様。今回はあくまでも面会扱いなので、牢でそのまま話すらしい。

まあ、私達に取り調べをする権限はないものね。他国の聖職者と何の役職にも付いていない魔導師では、面会させるだけでも十分特別扱いか。

改めて視線を向けると、牢の内側から襲撃者が私達を窺っている。クラウスの姿が見えたせいもあるだろうけど、場違いな聖職者と小娘の登場に、警戒心が募った模様。

「一応、俺が監視と言うか、立ち合い人だ。そのための謹慎解除だからな。だが、俺は奴に警戒されているだろう。少し離れた場所に居た方がいいかもしれん。構わないか？」

「了解。『多少は』見逃してくれるんだよね？」

にこりと笑って確認すれば、クラウスは軽く片眉を上げ。

「……。まあ、それなりにな。鉄格子越しである上、奴が牢から出るわけじゃないんだ。『普通は』会話以外、できないだろうな。ああ、魔法の行使も止めておけよ？　一応、禁止されているからな。……例外もあるが」

「『一応』って、どういうこと？」

「拘束されている罪人が暴れたり、脱獄を企てる場合もあるからだ。だからこそ、そういった場合の魔法の使用は禁止されていない。咎められるとすれば、脱獄の手助けといったものの他に、罪人の精神に影響を与えるといった類のものだな。口封じや、意図的に罪人に仕立て上げようとしたことを疑われる」

「へぇ……」

つまり、『魔法による脱獄の手助け・洗脳・操ることは禁止』ってことか。なるほど、『言葉と態度で煽り、相手を挑発することはギリギリＯＫ！』ってとこかな？　自白目当てだし。

この会話も当然、見張りの人に聞かれている。クラウスがわざわざ忠告してくれたのは『忠告はしました』という、事実を作り出すためだろう。自己保身というより、私達を連れて来たことを咎めさせないための布石だ。

ちらりと視線を向けると、聖人様も私と同じ解釈をしたらしく、小さく頷いた。それを見たクラウスも頷き返しているので、この認識でいいのだろう。

だって私、クラウスに『罪人をいびるな』って言われてませんからね……！

守護役として、数々の私の所業を見てきたクラウスならば、真っ先に忠告するのはそこだ。それがないということは、『咎められない程度に頑張れ』ということ。

哀れな見張りの人は『魔導師は異世界人凶暴種』程度の噂と功績しか知らないだろうから、警戒心ゼロだろう。それを踏まえて注意事項はしっかり口にしているので、クラウスも中々に小賢《こざか》しい真似をする。

……。

褒め言葉だよ、勿論。私の意図を的確に察してくれる、頼もしい共犯者ではないか。

「では、用が済んだら教えろ」

「はいな、ありがと！」

「感謝いたします」

離れていくクラウスに、ひらひらと手を振りつつ見送る。そして、頭を下げて感謝を口にしていた聖人様と視線が合うなり、私達は揃って口元に笑みを浮かべた。

さあ、話し合いといきましょうか！

「えーと、貴方がエルシュオン殿下の襲撃者……魔王様に怪我を負わせた張本人なんだってね？その認識で合ってるかな？」

「……」

念のために確認するも、牢の中の人は沈黙したまま。その目には私達への警戒が色濃く見て取れ、彼が素直に自白する気がないことが窺える。

まあ、そうですねー。これで素直に吐くくらいなら、王族襲撃の手駒になったりしないわな。

でもね、私も退《ひ》く気はないの。次があるか判らない、貴重な機会なのですよ。

つーか、私も襲撃に激おこですからね……？　許す気なんて、皆無よ？


「あ、無理に言わなくていいから。だぁって……」

一度言葉を切り、聖人様の方を向く。

「黙っていれば、言い訳の余地がなくなるだけだもの」

「何だと……？」

私の余裕のある態度に、襲撃犯が怪訝そうな顔になった。明らかに聖職者である聖人様の方を向いたことも、襲撃犯を困惑させた一因か。そんな襲撃犯の姿に、私はひっそりほくそ笑む。


さあ、始めましょうか？　聖人様。私達の『お仕事』は、ここからが本番だ。


「この人、バラクシンの教会の現トップ。聖人様と言えば、判るでしょう？　少し前にあった『大掃除』で、欲に塗れまくったクズが教会から淘汰《とうた》されたのよ。その時に、ちょっと気になるものを見つけたそうなの」

にこにこと笑顔で話す私に、襲撃犯は益々訝しげな表情になる。上機嫌のように見える私の態度が心底、理解できないのだろう。

――そして。

私は徐《おもむろ》に、一枚の封筒を取り出し、ひらひらと襲撃犯の目の前で振ってみせた。

「……ハーヴィス」

襲撃犯は動かない。

「『血の淀み』を受けた王女の誕生、乳母は彼女の未来のために、あらゆる可能性に縋った」

「……っ」

まだ襲撃犯は動かない。ただ、僅かに視線が鋭くなった気がする。

「御伽噺には『優しいお姫様』。だけど、それが許されるのは『御伽噺の中』だから。現実的に考えれば、あり得ないほど愚かで偽善に満ちた『物語の中でしか存在できない生き物』」

くすくすと私は笑う。襲撃犯を煽ることになると判っているからこそ、楽しげな態度とヒントのような断片的な言葉で揺さぶっていく。聖人様もどことなく楽しげだ。

対して、襲撃犯は随分と憤っているようだった。鉄格子を握り締める手に込められた力と、敵意に満ちた視線がそれを物語っている。そんな姿に、私はひっそりと笑みを深めた。


あと少し。もう少しで、襲撃者の沈黙は崩れ落ちる。

忠臣だからこそ、こんな風に言われることは許せまい。何の関係もない、『取るに足らない存在』に、主を憐れまれる……そのように『評価される』など、忠臣ならば黙っていられまい。

私はこの襲撃者達を『あまり賢くない』と判断している。だからこそ、賭けた。『彼らの【唯一】への侮辱を前にして、感情制御ができずとも不思議はない』と。

襲撃者が精霊姫の傍に居たというなら、彼女とその周囲の状況くらいは知っているだろう。精霊姫の置かれた状況に、憤ったことがあるかもしれないじゃないか。

だから……あえてそこを突く。忠臣と呼ばれる者達が怒るのは己のことではなく、主に関することなのだから。

「愚かで、哀れな、お姫様。物語の中でしか存在できないのに、現実でもそれが通じると思った愚かな乳母によって、そう位置付けられてしまった……哀れな、哀れな――」

「あの方をそのように言うな！　貴様如きに何が判る！」

ガシャン！　と、鉄格子が音を立てる。その力の強さに、殺意が宿ったその目に、私は策の成功を確信する。そして更に煽るべく、蔑みを含んだ表情でとどめを刺した。

「愚かで、自分勝手な『精霊姫』。自分の世界を壊されたくないならば、あるものだけで満足して引き籠もっていればよかったのに」

「貴様ぁぁぁっ！」

「あははは！　どう？　悔しい？　声を挙げることしかできない自分が、惨めで情けない？」

さあさあ、怒りのままに踊ってちょうだいな。貴方が騒げば騒ぐほど、こちらに有利な展開にできるんだからさ！

第十九話　不安を煽る問い掛け

襲撃者は私を睨み付けている。……が、私も聖人様も全然平気。寧ろ、襲撃者が感情的になる様を見て、都合がいいとさえ思っていた。

今更、そんな視線如きを怖がるはずねーだろ。些細なことでビクつく、貴族のお嬢様じゃあるまいし。繊細さ？　可愛げ？　知らんな、そんなもの。

そもそも、その程度の睨みで黙るようなら、各国の王や上層部の人間と『お話し』（意訳）なんて真似ができるはずはない。

だって、マジであぁいった人達は怖いんだぜー。ほんの少し気を抜いただけで裏を探りに来るし、言質を取らんと誘導してくるんだもん。

それに比べれば、檻の中で喚くしかない襲撃者なんざ、可愛いものだ。素直に感情を露にするところといい、情報不足なところといい、実にチョロい……いやいや、扱いやすいお客様ではないか。自分の感情に素直で、大変宜しい！

余談だが、この状況において最善の対応は『沈黙』である。

黙っていれば私達を苛立たせ、情報を引き出させることもできないのだから。

そういったことが判らない……いや、感情制御の訓練を受けていないあたり、イディオにおけるシェイムの扱いが知れる。本当に捨て駒と言うか、奴隷扱いなのだろう。絶対に、王家に飼われている『影』のような存在ではない。

そう結論付けた私は、にんまりと笑みを浮かべた。


よっしゃ、いける！　こいつの攻略は楽勝だ……！


ちらりと視線を向けた聖人様とて、どこか不敵な笑みを浮かべている。聖人様も私と同じ判断を下したらしく、この襲撃者が非常に『扱いやすい』（意訳）ということが判ったのだろう。

聖人様の場合、何としてでも教会との無関係を証明せねばならないという使命がある。賢い襲撃者の場合、教会の関与を匂わせるようなことを言って惑わせようとしてくる可能性があったので、聖人様はかなり警戒していたんだよね。

勿論、その関与はすでに叩き出された元教会上層部の罪。だが、乳母に対する助言を『教会関係者』として行なってしまっているので、『今の教会は無関係です。知りません！』と言ったところで、お咎めなしはない。

……乳母への助言の元ネタになった聖女って、教会所属だったからね。『教会が成した【血の淀みを持った者】の成功例』という点では間違っていないのだ。

実はこれ、かなり拙い。聖人様がわざわざ私を頼るに至った最大の理由がこれだろう。

ハーヴィスが『バラクシンの教会に誑《たぶら》かされました』と言い出し、責任転嫁してくる可能性があったからねぇ……そりゃ、聖人様だけじゃなく、ライナス殿下も焦るわな。明確な証拠がなくとも、行動に出るわけですよ。

「貴様ら……何がおかしい！」

襲撃者君は怒りを露にしたまま、私達を睨み付けてくる。そこにあるのは、主を侮辱されたことへの純粋な怒りだ。そんな彼に対し、私と聖人様は顔を見合わせ――

「あまりの馬鹿正直さに驚いてる。寧ろ、指を指して笑いたい」

「ここまで粗末な頭の者を襲撃に使うなど、よほど人手不足なのですね。少々、命を下した方に同情しております」


更に煽ってみた。我ら、苛めっ子です……！


私は単純に煽るだけだが、聖人様は『馬鹿な手駒で大変ねー、ご主人様も苦労してるんだねー』といった内容で、襲撃者を煽りつつも精霊姫に同情してみせるという、凝った煽り方を展開中。

こういった言い方をされると、主大好き（予想）な襲撃者はとっても困るわけでして。

「く……！」

悔しそうにしながらも、反論の声は上がらなかった。やはり、上手い言葉が見つからない模様。

「忠誠心があるなら、主に不利にならない方法を取るのが当たり前でしょ。それができていない時点で、笑われても仕方ないじゃない」

「我々の予想が事実だと、証明してしまいましたからね。せめて、『精霊姫』という言葉に反応しなければ、誤魔化せたと思うのですが」

「無理でしょ、ろくに下調べもせず魔王様を襲撃するような『お馬鹿』だもん」

「そうですねぇ……ええ、それは確かに」

「『最悪の剣』や魔導師を敵に回すなんてね。しかも、魔王様は掠り傷……目的すら果たしていない。状況の悪化を招いただけじゃない」

ザクザクと襲撃者の心を抉る言葉を連ねた挙句、呆れた口調で言い切って、肩を竦める。そんな私達の態度と言葉に、襲撃者は声を挙げかけ……結局は言葉にならず、悔しそうに俯いた。

「ならば、どうすれば良かったのだ。俺達はそれが判るような、上等な教育など受けていない。命じられたことをこなす以外に、生き方なんて知らないんだ」

「知らなければ、学べばよかったじゃない」

「え……」

ぴしゃりと言い切れば、襲撃者は酷く驚いたような顔になる。

「少なくとも、精霊姫の所では人らしく生きることができていたんじゃないの？　変わろうと思えば変われた、学ぶことだってできたかもしれないじゃない」

「……」

「そのままの自分で役に立てるとでも思ってた？　シェイムだから許されないと思い込んでいた？何もしなかったならば、『知らない』『学んでいない』なんて言い訳が通じるはずないじゃない。だって、保護されていたから恩義を感じて、今回の襲撃を実行したんだものね？」

これは半ば、私の個人的な予想だ。だが、シェイムである襲撃者達が恩義を感じて精霊姫の手駒になったならば、『何もできない、どうしようもない状況』であったとは考えにくい。

精霊姫の護衛を担当していたとしても、そのための知識を学ぶ必要はあるだろう。それなのに、保護された時から何も変わっていないというならば。

「思考を停止させたまま、無知であることを『選んだ』のは貴方達。誰かの言いなりになる生き方を『変えなかった』のも貴方達。そして、貴方達に『何もしなかった』のは精霊姫。……飼い殺すのと、何が違うの？　余計な知識を付けさせたくなかったと、邪推することもできるんだけど」


——それって、本当に貴方達を人として認めていたと言える？


憐れみを含めながら問い掛ければ、襲撃者は呆然とし、それでも何かを振り払うかのように頭を振ると、必死に言い募ってきた。

「それでも！　それでも俺達は救われたんだ！　手を差し伸べてくれたのは、あの方だけだった！　俺達にとっては、唯一の恩人なんだ！」

「……」

必死に……まるで自分に言い聞かせるかのように言い募る襲撃者。そんな姿に、私は目を眇めて溜息を吐いた。あまりにも世界が狭い。そんな言葉しか浮かばない。

自己申告したように、彼らにはきっと『それが全て』。唯一、自分達に差し伸べられた手に恩義を感じ、その願いを叶えようと行動した。

……だけど。それは本当に『最良の在り方』だっただろうか？

だって、私は『別の遣り方』を知っている。本当に保護した者のことを考えた結果、自分が責任を取ることを前提で多くのことを学ばせ、『飼い殺すのではなく、できるだけ自由に生きられるように』とばかりに、心を砕いてくれた人を知っている。

「異世界人は無知。常識が違う、文化が違う、けれど、時に莫大な富をもたらす知識を有している存在。だけど、使い方を誤れば災厄と化す」

「は？　お前、唐突に何を……」

襲撃者は困惑気味に声を上げるが、それには構わず、私は更に言葉を重ねた。

「一番楽な方法は『箱庭で飼い殺す』。余計な知識を与えず、一人では生きていくことができないようにした上で、この世界の住人との接触は最低限。これならば抑え込むのはたやすいし、必要に応じて利用することも可能」

「……」

「だけど、魔王様はそれをしなかった。自分の負担になることが判っていても、利用することができなくなる可能性があっても、異世界人に知識を与え、個人的な味方を得る機会を作り、時には叱って庇護し続けた。甲斐甲斐しいその姿に多くの人が呆れようとも、『保護した異世界人が、この世界で人として生きていけるように』と願い、変わらぬ姿勢を貫いた」

そこで言葉を切り、私は首を傾げて問いかけた。

「貴方達の扱いとは……精霊姫とは全然違うでしょう？　だから、私はとても疑問に思う。『何故、貴方達が無知なままなのか』って。考えられる可能性は二つ。貴方達の怠慢か……」

「貴方達を人ではなく、駒として認識していたか、ですね。余計な知識はない方がいいですから」

「もしくは、『貴方達への認識が【優しいお姫様】であるための小道具だった』か。精霊姫って、『自分の世界を大事にする』んじゃなかった？」

「……！」

私の言葉を引き継いだ聖人様が、さらりと残酷なことを言った。その上でもっと残酷な可能性を口にすると、襲撃者の顔が盛大に引き攣る。

だけど、これは事実。本当に保護したシェイムを人として扱うならば……その幸せを願うならば。民間人として生きていけるよう、必要なことを学ばせるはずだもの。

その上で、彼らが精霊姫の手駒になることを望むならば、そのための教育を施せばいい。恩義を感じていることは事実なのだから、子飼いになることを望んでも不思議ではないじゃないか。


だけど、彼らは『何もしてもらっていないように見える』。


魔王様に教育された私からすると、保護されたシェイム達の扱いがあまりにも『精霊姫が【優しいお姫様】であるための小道具』にしか思えなかった。

それならば、『保護しただけで、後は放置』という扱いにも納得だ。だって、重要なのは『精霊姫が虐げられていた人々を助けた』という事実であり、彼らじゃないんだもの。

「話を聞いただけだけど、シェイム達には同情するよ？　だけど、『誰かの言いなりになるだけ』っていう楽な生き方に甘んじていた部分もあるんじゃない？　魔力が高いのに、どうして解呪を試みないの？　自分ができることを探して、努力した？　それが今回の襲撃における『甘さ』であり、貴方達が最も望まない未来への布石になった気がするけど」

「ただ従って生きる……そういった生き方は楽なのでしょう。ある意味、何の責任も負うことがないのですから。ですが、己の意志なき者とは対等な関係を築くことはできないでしょう。貴方は本当に、精霊姫から『個人』として認識されていましたか？」

「……」

次々と不安を煽るようなことを言う私達に、襲撃者は無言だった。ただ、彼は少しずつ考え始めているように見える。私達の言葉を切っ掛けに、少しでも視野を広げようと足掻いているようだ。

彼の中では絶対にぶれないものだった『はず』の、精霊姫への忠誠心。私達の指摘を受け、己の記憶と向かい合った結果、私達の言い分に納得できる要素が出てきてしまったのだろう。

だから、彼は迷っている。……納得できる理由を探そうとしている。それもまた、一つの成長だ。

そんな姿を目にしながら、私は精霊姫へと想いを馳《は》せた。


優しい、優しい『お姫様』。けれど、その優しさは『誰のためのもの』だった？

彼女は本当に……襲撃者となった者達を、人として見ていたのか？


普通ならば、即座に否定できる。シェイムが虐げられてきた歴史を踏まえたら、何かしら改善を促すような言葉を貰っているはずだもの。『何かやりたいことはない？』とかね。

私と魔王様の関係を比較すれば、一目瞭然だろう。だって、魔王様の新たな渾名は『親猫』……『親』ですよ、お・や！　庇護者とか後見人を通り越して、すでに養父扱い。誰が見ても教育熱心で愛情深い、立派な保父。魔王様自身の態度が、周囲にそう認識させている。

……で？　精霊姫って、『優しいお姫様』の設定以外で、何か面倒みてくれた？

親猫様を知る私から見ると、襲撃者達って明らかに『優しいお姫様』の設定の範囲内での救済なのよね。彼らを憐れんだとか、気の毒に思ったとかではなく、『お姫様はそういうもの』という物語の設定の一部にしか思えん。

「少し考えてみればいいよ。どうせ、時間はあるだろうからね」

そう言い置いて、聖人様を促す。最初の遣り取りが中々にアレだったせいか、こんな終わり方が意外だとばかりな表情をされたけど、それには答えないまま、この場を後にする。

途中で合流したクラウスからも説明を求める視線を向けられたが、この場では華麗にスルー。彼らの問い掛けに対する説明はしてあげるけど、聞かれる可能性がある状況では駄目なのだ。他者にバレては、意味がないのだから。

※※※※※※※

――イルフェナ・騎士寮・食堂にて
「……で、説明はしてくれるんだろうな？　何故、あのような流れになった？　怒らせるんじゃなかったのか？」

騎士寮の食堂に着くなり、クラウスはそう切り出した。謹慎扱いの騎士達も揃って私達の帰りを待っていたらしく、興味深げに耳を傾けている。

おーけい、期待に応えましょ。では、解説といきましょうか。

「まず、最初の遣り取り。手紙の提示と私が煽っただけだけど、あの反応で主犯の特定は十分でしょ？　わざわざ国名、そして個人の渾名といったものを告げ、襲撃者の反応を見た。あれではどう取り繕っても、誤魔化しはできない。手紙の存在とさっきの遣り取りの記録で、ハーヴィスへの抗議は可能でしょう」

「そうですね、私もそれには賛同致します」

同意するように、聖人様も頷く。クラウスもそれは同じらしく、とりあえずの目的は達成されたと思っているようだ。

「で、次。あのまま続けても反発されるだけだと思ったから、境遇への同情や理解を示した上で、不安を煽ってみた。押して駄目なら、引いてみろ……だよ」

「それで話の流れが変わったのですか」

「そうだよー！　ちゃんと意味があるからね⁉　『お前ら、無能過ぎ！』って言い続けたところで、怒るだけでしょ。だから『精霊姫への忠誠』に罅を入れられないかと思って。精霊姫が『御伽噺の優しいお姫様』を演じているなら、絶対にボロが出るだろうからね。異世界人としての私の教育や環境を比較対象にすれば、気付くこともあるんじゃない？」

あの襲撃者は『手を差し伸べてくれた唯一の存在だからこそ、尽くす』という姿勢だった。ならば、それを揺らがせたらどうなるか。

「最初に怒らせて、次に『自分達のせいで主が窮地に陥る』と不安がらせる……『忠誠心ある愚か者』だからこそ、自分達の行動に疑問を持って事態の拙さを自覚し、不安になるでしょう？　簡単に激高するような人だから、この予想は間違っていないと思う。そんな状況で、一方的に責めるのではなく『駄目な点』を教えた上で比較対象を出し、『貴方達を助けたというより、自分のためだったんじゃない？』っていう疑問をぶつけた」

「なるほど……人生を捧げたいと思わせた過去の出来事が、自分達に向けられた同情や哀れみではなく、『御伽噺のお姫様』であるためのイベントだったと知ったら、ショックは受けるかもしれん。確証はなくとも、不安にはなるだろうさ」

「それだけじゃないよ、クラウス。他を知らなければ、『それでも助けてくれたことは事実だ』って思えるだろうけど、私という比較対象があるんだよ？　教育の必要性を説明した上で、魔王様の遣り方とそれに伴う負担を伝えたら、自分達と比べるんじゃない？　……『本当に、我々のことを考えてくれていたのか？』ってね」

これはある意味、賭けだった。感情制御ができないような人だからこそ、一度不安にさせて『第三者の考察』を聞かせれば、色々と考えるのではないかと。要は、誘導である。

精霊姫の傍では、そういったことを口にする人などいないだろう。襲撃者達が『精霊姫に恩義を感じ、尽くす人々』という役割を与えられていたならば、絶対に黙っている。

それならば、彼らが何も学んでいないことも納得だ。下手に賢くなられた日には、精霊姫のために色々と口出しするようになるかもしれないもの。

だけど、そんなことは誰も望まなかったんじゃないか？　それこそ、役割からはずれてしまう。

「御伽噺ならば……彼らの役割は『お姫様に助けられる、虐げられていた人』でしょうか」

どこか表情を曇らせながら、聖人様が口を挟む。襲撃者達の境遇——精霊姫に保護されてからも含む——を考えると、憐れみを感じているのかもしれなかった。

「その後は『愚かだけど、一途にお姫様へと忠誠を誓う人』でしょうね。余計なことは考えず、ただ精霊姫を慕っていれば、自動的にその役割は果たせるんじゃない？」

「いかにも物語に存在しそうな役ですねぇ」

「……多分、あの襲撃者も聖人様と同じことを思ったでしょうね。即座に否定できなかったってことは、何か思い当たることでもあったのか。どちらにしろ、暫くは考え込んでいるでしょうよ。これで余計な裏工作を企む可能性が減ったかな」

「「おい！」」

楽勝！　とばかりに笑えば、即座に突っ込む騎士ズ。他の面々は呆れた目を私に向けている。聖人様は……いや、その、何で深々と溜息を吐いてるのさ⁉

「……。やはり、裏があったな。自害や妙なことを考えないよう、気を逸らしたか」

「うん。あと、襲撃者が持つ綺麗な思い出に皹を入れたかった。魔王様に怪我をさせたことを許した覚えはねーよ。殴れないなら、せめてもの報復として、心に傷を残したい。死ぬほど悩め。不安に苛まれて、胃に穴でも開けちまえ」

クラウスは呆れるというより、納得しているようだ。だが、そうはいかないのが聖人様であって。

頭痛を堪えるような表情になりながらも、ガシッと私の肩を掴んで揺さぶってきた。

「本当に、本っ当に貴女という人は！　牢であの者にかけた言葉や、冷静な指摘、何よりエルシュオン殿下との絆に感心したというのに……！」

「諦めた方がいいですよ、聖人殿。ミヅキはこれが平常運転です」

「そうそう、この鬼畜外道な生き物に期待するだけ無駄です」

「騎士ズ、煩い！」

「「お前が悪い」」

何だよー、きちんとお仕事はしたんだから、これくらいの報復は可愛いものじゃん！

第二十話　其々の想い

——ハーヴィス・アグノスの館にて（とある侍女視点）

「楽しそうですね、アグノス様」

「ふふ、そう見える？」

「ええ」

機嫌良さげな主——アグノス様に声をかければ、優しく微笑んでくださいました。とてもお優しい方ですから、侍女如きと軽んじることはありません。お優しいだけではなく、アグノス様はとてもお美しい方ですので、忠誠を誓う者達が多くいるのです。

……と言っても、アグノス様は社交の場には殆どいらっしゃらないのですが。

陛下が愛された亡きご側室様の一人娘にして、我が国の第三王女殿下であらせられるアグノス様は……『血の淀みを受けた方』なのですから。

この事実はあまり知られておりません。国の上層部とアグノス様にお仕えする者達、そして何らかの形で関わる者達のみに知らされている情報なのです。

ほぼ隔離されているような生活をしていらっしゃるせいか、アグノス様は少々、夢見がちなところがございます。無邪気と言うか、お歳よりも幼い言動をなさると言うか。

ですが、それ以外は極々普通の生活をされていらっしゃいます。基本的に、王女としてのお務めは陛下より免除されておりますが、時々は養護施設などの慰問にも向かわれておりますしね。

確かに、アグノス様は『ある特定の事柄』に執着し、思い通りにならなければ、激昂することはございます。これは『血の淀みを受けた方』の特徴の一つ――『特定の事に、異常に拘る』というもの――と、お傍にいる者達は聞かされておりました。

ですが、それが一体、何だと言うのでしょうか？

こう言っては何ですが、アグノス様以上に我儘なご令嬢など、珍しくはございません。よほどの我儘でない限り、特権階級にある方達にとっては普通のことなのでしょう。

彼女達にはご令嬢としての義務もございますので、そういった我儘が許されるのも、政略結婚をされるまで。女主人ともなれば、家を守らなければなりませんし、家のためのお付き合いもございましょう。『個人』であるよりも、『家のための存在』であることを優先せねばなりませんので。

貴族のご令嬢として生まれた以上、ご当主の命令に逆らうことはできませんし、婚姻の自由もないのですから、我儘もささやかな反発ではないかと思えてしまうこともあるのです。少々、同情してしまいます。

そのような気持ちでご令嬢達の我儘を見ている私からすれば、アグノス様は非常にお優しい方……という印象しかないのです。問題視される要素など、些細なこと。

ご令嬢の我儘の被害を被《こうむ》るのは、傍に控える侍女が大半です。侍女として働く友人達の話を聞く度、私は自分の幸運を感じずにはいられませんでした。

「ちょっと『お願いごと』をしたの。あの人達はきっと叶えてくれるわ」

「お願いごと……でございますか？」

「そうよ。とても重要なお願いなの」

アグノス様が仰っているのは、アグノス様によって保護されているシェイム達のことでしょう。

そう察した途端、胸に一抹の不安が過ぎりました。

日頃はとてもお優しく、無邪気な様が愛らしいアグノス様は。

ご自分の世界が穢されることを、酷く嫌う。

アグノス様のお傍に仕える者達にとって、それは常識でした。慣れなければ、お傍に控えることは叶いますまい。けれど、アグノス様が健やかに過ごされることは私どもの望みでもありましたから、誰もが嬉々としてアグノス様の世界を守ろうとするのです。

……ですが。

ですが、極稀に……本当に滅多にないことですが。アグノス様は酷く残酷な望みを口にされることがございました。……いえ、アグノス様からすれば、それは残酷なことではないのでしょう。

何故なら、アグノス様ご自身に悪意はないのです。ただアグノス様にとって、それが『正しいこと』だっただけ。本当に……それだけなのです。

アグノス様の世界の元となっているのは、乳母様より与えられた御伽噺。多くの『お姫様』が幸せを手にする、優しい優しい物語。当然、辛いことなどありません。

ある程度の年齢になれば、それが『現実にはありえないもの』と気付くでしょう。『読み手が嫌な気分にならないように作られた、優しくも歪な世界』だと。

侍女に過ぎない私が読んでさえ、そう思うのです。政に携わる方からすれば、現実と混同するなどありえない『主人公に都合のいい世界』でしかありますまい。

政が御伽噺のように行なわれるのならば国は混乱し、間違っても『幸せな結末』などは迎えられませんもの。成長する過程で、多くの『子供達』は夢から覚めてしまうのです。

『賢王』と謳われる方が、必ずしも『優しい王』ではないように。

『国にとっての正義』とは、『正しきこと』ばかりではないのですから。

国を富ませ、民に平穏をもたらすことこそ、『国にとっての正義』。守るべきは祖国であり、民であり、国が持つ富なのです。それは我が国だけでなく、どんな国でも同じでしょう。

ですが、アグノス様はそれが判らない。あの方の世界はずっと、御伽噺のまま……生まれ持った『血の淀み』の影響で、精神的な成長を阻害されてしまっているようでした。

ゆえに――アグノス様にとっての『正義』とは、『間違ったことをしない』というそのままの意味だけなのです。

他にも、御伽噺と現実には多くの差異がございます。ですから余計に、アグノス様は現実を受け入れないのかもしれません。アグノス様の世界は……御伽噺そのものなのですから。乳母様の言葉に従い、『御伽噺のお姫様』になられた時に、それは決定されてしまったのでしょう。

まさに御伽噺の中に存在する『綺麗で優しいお姫様』。その純粋さは、決して穢れることなく。我らが姫はその役を演じることで、『幸せな人生』を保ってこられた。

それなのに――

「今度はどんな『お願い』なのでしょうね？」

「！」

穏やかな笑みで問いかけてきたのは、アグノス様の護衛を任された騎士の一人。付かず、離れずの距離を保ったまま、アグノス様の傍に居るこの騎士に……私は厳しい目を向けました。

この騎士のように、陛下より遣わされた者達がここにはいます。アグノス様を唯一の主と仰ぐ私達と違い、彼らは仕事としてアグノス様を守っているのです。

ですが、私は――彼らを信頼しておりません。

『アグノス様を賊などから守る』という意味では、信頼できると思います。ですが、『アグノス様の幸せを守る』かと言えば、それは『否』としか思えませんでした。

アグノス様に向ける彼らの目を見れば、そう考えても仕方ないと思えます。嫌でも、『私達の同志ではない』と、判ってしまうのです……！


だって、彼らの目はアグノス様を『監視』しているのですから。


それなのに、彼らはアグノス様の言動を窘めようとはいたしません。御伽噺の世界をご自分の周りにすら強いるアグノス様の言動……時として起こる癇癪を目にしながらも、彼らは一言も苦言を呈さないのです。

時折、アグノス様のそういった言動を窘めようとして、不興を買ってしまう者がいることも事実。ですが、彼らは不興を買うことを恐れ、距離を置いているようには見えませんでした。

そもそも、自己保身に走る者達も一定数はおりますので、距離を置くこと自体を咎めようとは思いません。それも仕方がないことと、私どもは受け入れておりました。

私達は常識も、正義も、どうでもよいのです。ただただ、アグノス様が幸せであればよいと考える忠臣。それが私達なのですから。

その考えが危険であることも十分、承知しております。それを踏まえ、私は……私達は。最後までアグノス様の味方であると決めているのです。

ですから、この男やその同僚達の態度は非常に気持ち悪い。

目的が読めない、とでも言ったらいいのでしょうか……騎士として陛下の命に従っている、と言われれば、それまでなのですけど。

厄介なことに、今は彼らの排除に動くこともできなくなってしまいました。アグノス様の世界において、彼らはすでに『お姫様を守る騎士』として認識され、ここにいるのが当然の存在になっているのです。

排除などすれば、アグノス様は再び癇癪を起こされ、彼らを連れ戻そうとなさるでしょう。その展開が予想できる以上、私達にできることは彼らが傍に居ることを受け入れるのみ。

「貴方は騎士としての役目を全うなされば宜しいのでは？　必要ならば、アグノス様からお願いされるでしょう。……任されるだけの信頼があれば、ですけれど」

「……。ごもっとも」

厳しい目を向けながらも、表面的には笑みを浮かべて取り繕えば、男は軽く肩を竦めた後、ふらりとどこかへ行ってしまいました。そんな態度は益々、私を苛立たせます。

……だからこそ。

私は男の背を見送りながらも、よりいっそうの決意を固めるのです。『あの者達を信用してはならない』と。本能的な部分で感じる危機感、とでも言うのかもしれません。

私達の『敵』はどこに潜んでいるか判りません。ですが、一番の味方であった乳母様亡き後、アグノス様の幸せをお守りできるのは我らだけなのです。

その自負こそ私を奮い立たせるものであり、私達が自らに課した使命でありました。

アグノス様。どのような未来が待っていようとも、私達は貴女様の味方です。破滅の未来であろうとも、最後までお供いたします。

※※※※※※※※

――ハーヴィス・とある部屋にて（護衛の騎士視点）

「まったく、相変わらず現実を見ない奴らだな」

自室に戻るなり、俺は溜息を吐いた。思い出すのは精霊姫と呼ばれる王女アグノス、そして彼女に心酔する者達だ。いくら命令であろうとも、好んで接したい者達ではない。そう考えてしまうような『気持ち悪さ』を、俺は感じ取っていた。

こう言っては何だが、俺は彼女達に同情してはいなかった。寧ろ、どのような未来が待ち構えていようとも、自業自得とさえ思ってしまう。

「確かに、出自は本人の責任ではないだろう。生まれ持った『血の淀み』とて、本人のせいではない。だが、未来を狭めてしまうのは周囲の者達の罪じゃないのか」

精霊姫の事情は知っている。それ自体は気の毒だと思うし、乳母が心配するのも頷ける。

何せ、王に溺愛された側室は亡くなっているのだ。本来ならば無条件の守りとなる母の庇護がなく、その上、『血の淀み』を受けていたならば、残された王女の未来を案じても不思議はない。

……だが。

「あいつらは気付いているのか……やつらの妄信とも言える状況が、主たる精霊姫の世界を狭めてしまったなんて」

そう、精霊姫は悪くない。いや、全く非がないと言われれば首を傾げるが、彼女は己が世界やその認識が覆る機会を、故意に潰されてきた被害者でもあるだろう。

言い換えれば、変わる機会を『周囲の好意と過保護によって奪われてきた』のだ。彼女に同情する点はそこであろう。

優しくて美しい、まさに『御伽噺に出てくるようなお姫様』。そう在ることを決定付けられてしまった王女は、『本当にそう在りたかったのか』。そんな生き方を望んでいたのだろうか？

「……まあ、後悔しても時すでに遅しだが」

王女自身がどう思っていようとも、彼女の存在やそう在ることを認めてしまった王への評価など、お察しだ。今回の相手がイルフェナということもあり、無傷では済まされまい。

それが判っていても見逃されたのは……『そうなる展開を期待されていたから』。

精霊姫の周囲が思うよりも遥かに、この国は危ういのだ。優先すべきものが『国』ならば、王族でさえ利用してみせると決意する者が出るほどに。

そう想う者達にとって、今回の『お願い』は実に都合のいいものだった。

魔王ことエルシュオン殿下は、非常に容赦なく冷酷な策を取り。

彼の配下たる猟犬達は、嬉々として報復に興じるであろう。

しかも、今はそこに魔導師が加わっている。いくら特殊な事情があろうとも、同情だけで許すほど甘くはあるまい。間違いなく、相応の報復をされるだろう。

だが、それこそを望む者達が居る。俺もそんな一人であった。

閉鎖的な環境と気質は周囲の国から取り残される状況を招き、王の独断とも言える精霊姫への対処の甘さが許されてしまうほど。


そんな状況に危機感を覚えないはずはない。時代に取り残されれば、待つのは滅亡だ。

反逆と言われようとも、これも国を案じる者達が掲げる『正義』なのだ。


国が一枚岩でないからこそ、其々の信じる『最良の在り方』がある。ゆえに、改革を望んで足掻く者が出ることもまた『よくあること』であり、『どんな国でも繰り返されてきた歴史』だ。

そもそも、今回の一件を『血の淀みの影響』で済ませることなどできはしない。すでに行動してしまっている以上、なかったことにはできないのだから。

「人の数だけ物語があるならば、イルフェナから見た貴女は間違いなく『悪役』なんですよ？　アグノス様。必ずしも『皆に愛されるお姫様』でいられるはずがない」

その『悪役』がどんな扱いを受けるのかは判らない。けれど、幸福な道ではないことだけは確実だった。

御伽噺であったとしても、『悪役』の末路は悲惨なものが多い。それでも『御伽噺のお姫様』でいることを選んだならば……御伽噺の登場人物と同様の役割を無関係な者にさえ求めたならば。

『誰か』の物語において、『悪役』として扱われることにも納得してくださいますよね？

第二十一話　魔王殿下負傷の弊害　其の一

――イルフェナ・王城にて

襲撃者へのイビリ……じゃなかった、脅し……も違う、ええと……そうだ、尋問！　尋問じみた面会も無事終了し。私はアルに付き合ってもらって、ルドルフに会うことになっていた。

そもそも、私は民間人。それに加えて、今回は魔王様達への襲撃直後ということもあり、いつものように気楽に会うことはできない。正式な面会手順が必要なんだとか。

これで魔王様が健在ならばもっと簡単に済むのかもしれないが、今はその魔王様が倒れている真っ最中。いくら公爵家のアルが責任を持つと言っても、そう簡単には許可が下りまい。

襲撃者への面会を優先したのは、これも一因だったりする。許可を貰う時間の有効利用ということもあるけれど、『魔導師が襲撃犯を特定できるような証拠を持ってきました！』という、実績が必要だったのだ。

要は『事件解決に貢献したんだから、ご褒美ちょうだいね』ということ。その『ご褒美』がルドルフへの面会である。もっとも、ルドルフ本人が望んでくれなければ、叶わなかったと思うけど。

「これが当たり前とはいえ、面倒ね」

「仕方ありませんよ。寧ろ、面会が叶うだけでも幸運でしょう」

「そうなんだけどさぁ……落ち込んでいるだろうルドルフのことを考えると、ウザく感じちゃうんだよね。普段はもっと気楽に訪ねているし」

「まあ、ゼブレストならば可能でしょうね。ミヅキがゼブレストに貢献したことも大きいでしょうが、ルドルフ様は王ですから」

そこまで聞いて、ふと疑問を覚える。私は魔王様と最初から会えていたような……？

「あれ？　でも、私は普段から魔王様に会ってるけど」

「……。信頼関係を築けた今だからこそ言ってしまいますが、エルの場合、貴女への監視の一環でもあったのですよ。直接話を聞き、危険性がないか調べなければなりませんので」

「なるほどー」

アルはすまなそうにしているが、それに対して私が怒ることはない。だって、実際に必要なことですからね！　大丈夫！　私は理解ある異世界人です！

寧ろ、よくぞ魔王様は異世界人の魔導師なんぞに直接会おうと思ったものだと、感心してしまう。『世界の災厄』なんて認識をされている以上、命の危機という可能性だってあったじゃないか。

「ルドルフとは気楽に話ができる関係だけど、それもルドルフ自身が許しているからだよね。あ～……ルドルフ、マジで落ち込んでそう。私と同じかそれ以上に、魔王様に懐いてるもんね」

「エルにとっても、貴重なご友人ではあったのです。それに、ルドルフ様との繋がりとて、エルの価値を認めさせる一因にはなっておりました。互いに助け合ってきたようなものだと思います」

「でも、魔王様的には自分の方が『お兄ちゃん』だと」

「ええ。ですから今回の対処は個人的な意味でも、エルにとっては当然のことだったかと」

「困ってしまいますよね」と言いつつも、アルはどことなく嬉しそうだ。私は魔王様の交友関係について全く聞いたことがないので、過去には色々とあったのかもしれない。

当事者の一人であるため、そのルドルフ君は今現在、イルフェナに滞在中。ただ、そのうち帰国してしまうだろう。そうなる前に一度、会っておきたかった。


賭けてもいいが、ルドルフは絶対に落ち込んでいる。


魔王様の対処が的確だと判っていても、個人的な感情は別。ルドルフからしたら『兄のような友人が、自分を庇って負傷した』という事実が、非常に重く伸《の》し掛かる。

ゼブレストの後宮破壊騒動の際、私相手に『死なないでくれ』と願ったほど、ルドルフのトラウマと化しているのだ。特にルドルフは、これまで自分を守って死んでいった人達のことを忘れていない。……『一度経験したことは忘れない』という特技があるので、こんな時は悪い方にその特技が作用してしまう。

ずっと傍に居たセイルがそれを知らないはずはないので、今回はルドルフの傍を離れずにいるのだろう。いつもならば、騎士寮に顔くらい出すだろうからね。

「まあ、こうやってルドルフを訪ねられるのは良い機会でもあるのよね。魔王様から説明されたみたいだから、これから渡す魔道具の黙秘にも納得してくれるでしょう」

「……。そう、ですね。言い方は悪いですが、このような出来事があったからこそ、ルドルフ様も貴女達の抱いた危惧に納得されるかと。ただ、ミヅキがあの魔道具を所持しないことには難色を示すかもしれません」

アルの心配、ごもっとも。確かに、私があの魔道具を持たないことには納得しないかもしれない。

それに加え、アルから見てもルドルフは魔王様に懐いている――仲の良い、年上の友人という意味で――ので、今回の一件を『仕方のないこと』で済ませられるとは思っていない模様。


ですよねー！　私だって、そう思うもの。


しかも、ルドルフは当事者といえども隣国の人間。私や騎士寮面子のように『復讐だ！』という方向に動くことはできまい。あくまでも主体となって動くのは、イルフェナなのだから。

そんな状況で、落ち込むなという方が無理だろう。私のように身軽に動けないことも含め、精神的な負担はどれほどのものか。

今回、ルドルフは最悪な形で王族として在る危険性――命の保証なんてない立場であること――を突き付けられたのだ……私に対して、同じような恐怖を抱いても不思議はない。『友を失うのが怖い』と。

寧ろ、日頃の私の言動を知っているからこそ、今更ながらにそれを思い知らされた可能性もある。いくら私が『玩具で楽しく遊ぶ』と言っていようとも、その実態は『負けた方が（様々な意味で）退場確実な潰し合い』。常に、命の危機に陥る危険はあったのだから。

「あ～……まあね。だけど、これはグレンやウィル様にも納得してもらったから、変える気はないよ。私が持っていたら、隠す意味がないじゃない。宣伝して回るようなものでしょ」

「ですよね」

「魔王様でさえ、納得したことなのよ。『最善のためには、どうしようもない』って、ルドルフも判るでしょ。そこで個人的な感情を優先するほど、ルドルフは愚かじゃない。納得するでしょう……『王』として」

「……」

「黙るな、アル。他に選択肢がなかったとはいえ、ルドルフは自ら王になることを『選んだ』。私は親友の選択を支持するし、ルドルフだってそれに伴う言動に納得するよ。難色を示しても、それは少しだけ不安になっているせい。それでいいじゃない」

憂いを見せるアルとて、私の意見に同意しているのだろう。何より、彼の主たる魔王様がすでに納得している以上、それに反することはない。

そう、納得しているのだろうが……アルは私以上にルドルフの過去を知っている。ルドルフやゼブレストの未来を憂い、見守ってきたのは魔王様だけでなく、アル達も同じ。

そんな過去があるせいか、アル達は少々、ルドルフに甘い一面があった。これは魔王様の意向というだけではなく、アル達自身の意思でもあるのだろう。何だかんだ言って面倒見の良い皆様なのだ、騎士寮面子。

やがてアルは溜息を吐くと、肩を竦めて苦笑した。

「いけませんね。私も此度のエルの負傷を受け、少々、動揺していたようです。ルドルフ様のお気持ちが判るだけに、どうにも甘い考えになってしまっている」

「仕方ないいんじゃない？　ルドルフも、アルも、私みたいに『いざとなったら、個人として動く！』ってことができないんだから。『行動できるのに、行動しちゃいけない』って、一番キツイと思う。こういう時って、身分は厄介よね」

多分、それが一番大きな違いだろう。私と違って柵が多いからこそ、ルドルフは『もしもの事態』に対する不安が強い。『自由に動ける』ということは、『最も危険な立場であること』とほぼイコールだ。柵がない分、守りとて少ないものね。

その立場にある私自身が『この魔道具は残さないし、私も持たない』と言っているので、魔王様達の心配も当然なのですよ。私は彼らのように『自分は動かず、人を使う立場』ではなく、『計画・実行、全て自分自身』という状況なのだから。

そこに魔王様への襲撃＆負傷というアクシデント発生。軽傷で済んだのは偏に、あの魔道具があったから。それが判らないほど、彼らは愚かじゃないわけで。

魔道具を持たない私に対し、無駄に不安を煽ることになってしまったわけですね！

そして……『魔王様の負傷』という事態は、私の最大の守りが一時的に消えたこととイコールでもあった。

「……ミヅキ。少々、不快な思いをさせるかもしれません」

こそっと呟くなり、アルは僅かに私を庇うような位置——あからさまに背に庇ったわけではない——に立つ。一瞬だけ浮かべた表情は苛立ちを露にしており、そんな表情をさせた対象への感情が見て取れる。

やがて間を置かず、私達に近づいてくる人の姿があった。アルはそれが誰か判っていたようだが、私はそこまでこの国の貴族に詳しくない。見えてきた姿へと、やや警戒しながらも視線を向ける。

人数は……二人。一人は人の良さそうな壮年の男性、もう一人は……彼の息子、だろうか？　ただ、容姿こそ似ているけれど、息子さん？　の方はあまり貴族っぽくはない。姿というより、纏う雰囲気が。

「ご無沙汰しております、アルスター侯爵。ご子息もご一緒とは、珍しいですね」

「アルジェント殿も息災なようで何よりだ。まあ、騎士としては忙しいようだがね」

「お気遣い、痛み入ります」

穏やかに言葉を交わす二人を観察しつつも、私は内心、首を傾げた。アルに媚びを売るようなことも、敵意を見せることもない割に、アルの対応が冷ややかなのだ。

勿論、アルはいつもの笑みを浮かべて穏やかに対応している。それでもレックバリ侯爵に対するような気安さというか、親しみが感じられない。まあ、向こうもそれは感じているだろうけど。

やがてアルスター侯爵は私に視線を向けると、意味ありげに笑みを深めた。

「その子が噂の魔導師ですか。異世界人ながら魔導師になるとは、努力家ですな」

「ありがとうございます。ですが、私は『魔法を使うならば、魔導師になるしかなかった』のであって、初めから魔導師を目指したわけではありませんよ？」

「ほう？」

「言語の自動翻訳の弊害で、正しい発音ができないのです。安全性を考えたら、この世界の魔法の方が遥かに優秀でしょうね」

色々と突っ込まれる前に予防線を張れば、アルスター侯爵も私に警戒されたことを察したのか、それ以上は突いてこなかった。……が、不意に隣に視線を向ける。

「これは私の息子の一人なのですが、魔術師でしてね。貴女に非常に興味を持っているのですよ」

「あら、私ではなく魔導師への興味でしょうに」

笑顔でスパッと切り捨てるも、アルスター侯爵は全く悪びれない。対して、息子さんは好奇心も露に私へ視線を向けている。なんて言うか……息子さんは非常に『魔術師らしい人』みたい。貴族特有の、嫌味っぽい視線とか態度はないんだけどね。

「ふふ、取り繕う手間がないのは好印象ですよ。ですが……息子と親交を深めるのは、貴女にとっても悪い話ではないでしょう？　お互い、魔法に魅せられた者同士なのです。仲良くしてやってはくださいませんか？」

「あ、あの！　貴女の噂は聞き及んでおります！　異世界人だからと蔑む気はありませんし、身分も気にしません。ここでお会いできたのも何かの縁ですし、友人になってはいただけませんか⁉　是非とも、魔法について語り合ってみたいのです！」

落ち着いている父親に比べ、息子さんは少々、興奮気味だ。そんな姿は、出会った当初の黒騎士達を思い起こさせる。

あれです、『【世界の災厄】と言われる魔導師⁉　是非とも、新たな知識を得たい！　話したい！』という気持ちが駄々漏れの、好奇心一杯な姿。魔法に対する純粋な好意というか、私への悪意が全くないので、傍から見れば非常に微笑ましい一幕だろう。

……が。

私はわざわざ付き合ってあげるほど優しい性格をしていないし、面倒見も良くないわけで。

「お断りします。多分、話どころか性格も合いませんし」

（意訳）『面倒だから、ヤダ』

さくっと断ってみた。まさか断られると思っていなかったのか、息子さんは驚いた顔をしたまま硬直している。魔導師の拒絶を受け、ショックだった模様。

……いや、それだけじゃないな。彼がこの場を去らないのは、一瞬だけ視線を鋭くしたアルスター侯爵が居るからだ。即座に反論がないのも、事前に受けた侯爵からの指示だろう。

年齢的なこともあるだろうが、息子さんは魔術師（＝研究職）だ。素直そうな性格みたいだし、駆け引きとか言葉遊びといったものが苦手でも不思議はない。

「ふむ、理由をお聞きしても宜しいかな？」

「息子さんは良くも、悪くも、『魔術師らしい方』だからですよ」

「……。説明していただいても？」

意味が判らないのか、暫しの間があった。だが、アルスター侯爵はそれで逃がしてくれる気はないらしい。私はアルに視線を向けると、軽く溜息を吐いて話し出した。

「息子さんは多くの魔術師達同様、魔法に魅せられているのでしょう？　ただ、私はそれだけではない。確かに、魔法は楽しいですよ？　ですが、私にとって魔法は時に『手段』であり、『手持ちのカード』なのですよ。ですから、純粋に魔法が好きな息子さんとは方向性が違うのです」

息子さんは十代後半くらいの歳に見える。それもあって、私の目には物凄く純粋というか、好奇心旺盛な少年に映っていた。

これは彼が研究資金に困らない魔術師ということもあるのだろう。甘やかされているとは思わないが、私のように『魔法を使うことは、この世界で生きるために必須だった』という事情があるわけではあるまい。

勿論、私も魔法を使いたい一心で魔導師になったけれど……生活やら、自衛の意味もあったのよね。武器を一切扱えない以上、選択肢は物凄～く限られていたのだから。

現に、魔王様は私へのお迎えにアル『達』を寄越している。複数なのよ、個人に非ず！　私の監視という意味もあっただろうが、それ以上に守りという意味が強かった。騎士寮への隔離とて、守りの一環だろう。


……で？　それに馴染んだ私や、裏工作上等な黒騎士達が、純粋に魔法の開発に勤《いそ》しんだとでも？　好奇心のまま、やりたいことだけをやっていたとでも？


答えは『否』だ。黒騎士達とて、仕事優先。あの騎士寮に暮らす黒騎士達は確かに魔術師ではあるけれど、それ以上に『魔王様の配下』。やりたいことだけをやっているお坊ちゃんでは、根本的に方向性が違う気がする。

だからね、アルスター侯爵様？

「貴方が野心家なのかは判りませんが……私やクラウス達への接点に息子さんを使うのは、間違っているると思いますよ?」

「!?」

「え?　父上?」

困った人ね!　とばかりに暴露すれば、アルスター侯爵は表情を消す。息子さんは私の言葉に驚いたのか、驚愕の表情で父親をガン見。そんな息子さんの姿に、ちょっとばかり心が痛む。

ちらりと視線をアルに向けると、苦笑しながらも『よくできました』とでも言うように頷いていた。……アルから見ても、私の予想は正解だったらしい。

すまんな、少年。君の父上は私や騎士寮面子との接点作りが目当てだったんだ。

ここは素直に、私の言葉に従ってはくれんかね?

「……アルジェント殿、ですかな?」

「いいえ、私はミヅキに何も告げていません。ただ、貴方の姿を見た時、ほんの少しだけ警戒してみせただけです。本当に、それだけですよ。エルシュオン殿下は基本的に、ミヅキにこういったことを告げない……いえ、関わらせないようにしていますので。民間人には必要ないでしょう?」

「む……」

「必要がないならば、『教えない』。それもまた、守ることになりますからね」

アルの言葉に嘘はない。本当に、アルはほんの少しだけ、警戒してみせただけだ。ただ、私にとってはそれで十分だった。ぶっちゃけ、これまでの経験の賜です。

アルはずっと黙っていたし、これまで会話に口を挟んでは来なかった。アルスター侯爵もそれが判っているのか、アルを敵に回したくはないのか、それ以上の追及はしてこない。

だが、素直に諦める気もなかったらしい。

「やれやれ、殿下の教育は凄いですな。随分と、手強く成長したものだ。ですが……この国で味方を作っておくことは、貴女にとっても有益だと思いますよ？　それらは貴女だけでなく、エルシュオン殿下の力となるでしょうからな」

「ちょっと、父上！　失礼ですよ！」

「お前は黙っていろ。好きな生き方をさせてやる分、必要な時には役に立てと言ったはずだ」

「……っ」

悔しそうに俯く息子さん。なるほど、ただ好きな生き方を許されているわけではなく、条件付きでの自由だったのかい。

そういった条件があろうとも、私はアルスター侯爵を酷い親だとは思わない。貴族なんて、政略結婚に子供を使う階級じゃないか。それに比べれば、自由が約束されている方だろう。

そもそも、ここはイルフェナ――『立場に見合った実力が要求される国』。そんな国で侯爵の地位に就いている以上、それなりに残酷な一面だって持っていなければなるまい。

その結果が、魔術師である息子の利用。庶民上がりの魔導師がうっかり絆《ほだ》されてくれれば、息子を接点に繋がりができる、と。

勿論、私にもちゃんと『この国で味方ができる』という利を示している。ただ、アルスター侯爵はそれをより効果的に見せるため、魔王様が襲撃された『今』を利用しているのだ。

こういった事態こそ、魔王様が日頃から防いでくれていたものの一つなのだろう。私に擦り寄る声が全く届かないのは、過保護な親猫様が自分の所で止めていてくれたお蔭なのだから。

その親猫が寝込んだ以上、仕掛けようとしてくる奴がいるのも当然だ。騎士寮面子も襲撃に対する失態で、半数以上が謹慎させられているからね。待ちに待った好機、というわけだ。

本来は魔王様の傍を離れないアルが付き合ってくれたのも、こういった事態を予想したからなのだろう。謹慎を免れている上、アルは公爵子息。アルが傍に居るならば、守りとしては十分だろうしね。公爵家を敵に回す危険を冒してまで、魔導師に仕掛ける根性のある輩はいまい。

それを理解していながら、仕掛けてきたのがアルスター侯爵。魔術師の息子には悪意や野心が皆無っぽいので、小道具としてなら使えるとでも思ったか。

でもね、侯爵様？　私、貴方の息子さんはともかく、貴方は嫌い。

さっき貴方は、私のプライドを踏み躙ることを言いやがったんですがねぇ……？

(先ほどのアルスター侯爵の発言)

『この国で味方を作っておくことは、貴女にとっても有益だと思いますよ？　それらは貴女だけでなく、エルシュオン殿下の力となるでしょうからな』

(私的解釈)

『お前だけでは力不足だろ、この庶民が！　お前如きが殿下の役に立てると、本気で思ってるのか？　身分や人脈がなければ何もできない民間人のくせに！』

……。

ええ、悪意ある方向に捉え過ぎである（かもしれない）ことは自覚していますとも。卑屈に考え過ぎとか、もっと素直に耳を傾けろとか言われた日には、返す言葉がございませんねっ！

でもね、私は毎回、こう言っているのですよ……魔王様の配下を名乗る以上、『この言葉』を嘘にはできないのです。私なりの覚悟であり、一つの誓約なのだから。

『私は超できる子』であり、『必ず結果を出す』と！　勿論、有言実行です。

それをアルスター侯爵は踏み躙ってくださった。ええ、ええ、確かに、保護者や協力者がいなければ、ああいった舞台に立つことはありませんとも。必要ないからね！

そうか、そうか！　これまでの功績じゃ、魔王様の配下を名乗るのもおこがましいか！

ごめんなさいね？　ここが『実力者の国』だって言われていることを甘く見てたみたい。

いくら功績を積み重ねようとも、所詮は他国のこと。この国にとっては他人事ですよね、ひ・と・ご・と！　日頃から魔王様の庇護下に居る姿が目撃されまくっている以上、そりゃ、頼りなく映ることだろう！　魔導師だろうと、威厳なんて皆無だもの。

これは確かに、私が悪い。ならば、それを教えてくれたアルスター侯爵にはお礼を兼ね、実力（意訳）を見せなければね？

「ええと、その……ミヅキ？　何か別方向に考えていませんか……？」

目が据わった私に気付いたアルが顔を引き攣らせるけど、そこは綺麗にスルーする。大丈夫！　魔王様を困らせるような展開にはしないから！

伊達《だて》に『魔王殿下の黒猫』と呼ばれていないことを証明し、見事『単独で十分、魔王様の配下と認められる』と証明してみせますわっ！

……。

覚悟しやがれ、クソ侯爵が。こんな状況でふざけた真似をしたこと、後悔させてやらぁ！

第二十二話　魔王殿下負傷の弊害　其の二

――イルフェナ・王城にて（アルジェント視点）

『この国で味方を作っておくことは、貴女にとっても有益だと思いますよ？　それらは貴女だけでなく、エルシュオン殿下の力となるでしょうからな』

アルスター侯爵の言葉を受け、ミヅキは――微妙に纏う雰囲気を変えました。そんな彼女の姿に、つい溜息を吐いてしまいます。『ミヅキを怒らせましたね』と。

アルスター侯爵を悪い人だとは思いません。寧ろ、異世界人であるミヅキに交渉を持ちかけることこそ、一方的に見下してなどいない証。ミヅキを怒らせる発言こそしましたが、これは貴族階級に属する者としては珍しいことでありました。

その背景に、アルスター侯爵の生まれがイルフェナではないことが挙げられます。彼は政略結婚により侯爵家に婿入りしましたが、立派にこの国の貴族として務めているのです。

偏に、彼自身の才覚と努力によるものでしょう。だからこそ、彼はミヅキの才覚を否定したりしません。いかに才能溢れる者であろうとも、それだけでは意味がない。本人の努力が必要ということを、己の経験から知っているのでしょう。

ですが、その自負ゆえか……アルスター侯爵は少々、自信家で傲慢なところがあるのです。稀にですが、無自覚のままに人を怒らせる発言をすると言いますか。生まれ故郷に居る親族からの賛辞もまた、彼のそういった一面を育ててしまった一因のような気もします。

そうは言っても、上には上がいるもの。異世界人であり、魔導師でもあるミヅキに興味を示そうとも、エルの守りを崩すまでには至りませんでした。その屈辱が、今回の強引な接触に繋がったように思えてなりません。

こう言っては何ですが、ミヅキには様々な意味での付加価値が発生しております。それゆえか、繋がりを求めようとする方が多い。

勿論、魔導師であるミヅキ自身にも価値があるのですが、どちらかと言えば、多くの方はその付加価値——人脈、功績による名声といったもの——の方に重きを置く傾向にありました。

当然、このイルフェナの貴族達も例外ではありません。こちらは魔導師に好意的である姿を示し、エルに媚《こび》を売る……という意味も含まれていると思われます。

はっきり言ってしまうなら、『有能な手駒の争奪戦』です。同じ国に属する貴族だからこそ、ミヅキの功績が我々やエルによって底上げされていることに気付いている者達が居る。それゆえに、己が属する派閥へと巻き込もうとするのでしょう。

良くも、悪くも、『実力者の国』と称される我が国の貴族だからこそ、たやすく世間で言われているような『魔導師の功績』に騙されてはくれないのです。高位貴族ともなれば、特にそういった物事に対する目が肥えているでしょう。

――ですが。

多くの者達は一つだけ勘違いをしていると、私は思っておりました。

恐らくですが、ミヅキは単独でもそれなりの功績を出せたでしょう。エルの過保護は『それを正しく認識させないため』でもあった。

勿論、エル本人に確かめたことなどありません。そもそも、懐いてくれたミヅキに対し、エルが過保護であることは事実ですので。

――ですが、そう思わせる要素はこれまでにも多々ありました。

何だかんだ言って、エルはミヅキに仕事を任せているのです。日頃は我々守護役か双子が同行し、時にはエル自身も他国に赴くこともありました。ですが――『全てではない』。

はっきり言えば、『時には部外者であるはずのミヅキに、仕事を任せてしまっている』。もしも過保護なだけだったならば、このようなことは起こらないでしょう。

そもそも、ミヅキはガニアの一件では完全に我々と別行動だったはず。

まあ、全くの助力なしとは言いませんが……『エルが傍に居なかったこと』は事実なのです。それでも問題がなかった以上、ミヅキは既に『単独で他者と遣り合える強さを有している』と見て間違いはないでしょう。

あの当時のエルの心配とて、当初こそ自分を庇って飛ばされたことについてのものではありましたが……その後は『ミヅキの言動』（意訳）を案じてのもの。

もしもただの過保護であったならば、何を置いても、絶対にミヅキをイルフェナへと帰還させるはず。間違っても、そのままガニアに留めることなど考えません。

このあたりから、我々の予想は確信となりました。『エルが過保護であることは事実だが、そんな姿もまた、ミヅキの才覚を隠すためのものである』と。


素晴らしい才能を有していようとも、身分のない者は『弱者』なのです。


後ろ盾を得られれば良いのでしょうが、そういった存在が居ない場合、利用される未来しかありません。いえ、それでもまだ利用されるならばマシな方でしょうか。最悪、その才能を妬《ねた》まれ、消されることもありえるのです。

これは『実力者の国』と謳われ、功績次第では貴族籍さえも望める我が国でも同じこと。言い方は悪いですが、他者からの妨害や悪意を制することもまた、『実力でその地位を得た』と証明する手段ですので。

そういったものが苦手な方は早々に誰かの庇護を求め、いずこかの派閥に属する道を選んでおります。派閥の頂点に立つ方とて、その才覚を惜しむならば何らかの手を打ち、派閥に属する者を守るでしょう。

エルは王族ですが、王族だからこそ柵も多い。いくら理想の庇護者であろうとも、その守りが万全であるはずはないのです。

ですから……アルスター侯爵は今回、行動に出たのだと思っております。

今回のアルスター侯爵の行動は、こういったものの一環なのです。自分の利を得ることとて考えてはいるのでしょうが、同時にミヅキの才覚を惜しみ、庇護すべき存在と認めてもいる。

エルとて、そういった者達が居ることは理解しているのでしょうが……それを許してしまえば、自動的にミヅキはどこかの派閥に取り込まれることになってしまいます。

だからこそ、エルは『過保護な親猫』と認識されることを厭いませんし、隠そうともしない。

あくまでも庇護対象——庇護対象として『うちの子』呼ばわりすることはあれど、『自身の派閥に属する者』とは一度も言ってはおりません——としながらも、『子猫』の自由を己が目の届く範囲に留めているのです。

迂闊に手を出せば親猫たる己が牙を剥くと、そう認識させるために。『魔王殿下の配下』という言葉とて、ミヅキが勝手に自称しているだけですしね。

それらを知った者達は挙ってエルの過保護っぷりに呆れ、あまりの変わりように唖然としておりました。こういったことには興味なさそうな双子達でさえ『殿下は子猫を腹の下に仕舞い込む勢いで守る親猫』と称するのですから、相当です。

そこまで考えた後、改めてミヅキ達に意識を向けると——案の定、アルスター侯爵が顔を引きつらせておりました。

「魔王様の庇護下にある私に、何故、貴方との繋がりが必要だと？　暗に、魔王様に私を守る力がないと、馬鹿にしてます？」

「そもそも、魔王様の配下たる騎士寮面子の半数は貴族ですけど。筆頭は勿論、バシュレ公爵家とブロンデル公爵家ですね！　ああ、アルやクラウスだけでなく、其々のご家族とも懇意にさせていただいておりますが……それ以上の繋がりって、この国で必要ですかね？」

「第一、魔王様の力になるなら、他国の王族に動いてもらった方が無視できないじゃないですか！　ああ、取引材料は私個人の労働なので、イルフェナが借りを作ることにはなりません」

「と言いますか……そんな事態になったとしても、魔王様は私の助力を求めては来ないと思いますよ？　保護者としてのプライドもありますし、基本的に、自分とその配下達だけで何とかするでしょう。動くとしたら、アル達ですね」

「お忘れのようですが、私は【庇護されている存在】です。この国の王族としてのプライドがあるなら、この世界に来て一年足らずの異世界人に縋る真似はしないかと。これ、他の方も同じですよ？　あまりにも情けないでしょう」

「本当に必要ならば、仕事として依頼しますって。国のためなら、私如きに頭を下げることでも厭いませんもの、魔王様は」

「……で？　今更、貴方との繋がりが必要に思えます？　教えてくれませんかね？　無知で、常識すら違う異世界人なもので、私にはさっぱり！　その必要性が判らないのですよ。それ以前に、魔王様が倒れている今が好機とばかりな態度が、殺意を抱くほど気に食わないので、機嫌の悪さも納得していただけると助かります」

相手に反論の余地を与えず、一息に言い切ったミヅキは最後にそう締め括りました。表情こそ笑みを浮かべていますが、その目は明らかに笑っていません。

……。

黒い子猫は大変、不機嫌なようです。完全に目が据わっています。

だからと言って、私も助けようとは思いません。暴力沙汰はさすがに拙いですが、今回ばかりはアルスター侯爵に非があるでしょう。

ミヅキが保護者に懐いていることは有名です。そして、もう一人の当事者であるルドルフ様とも姉弟のように仲が良いということも。

その二人が襲撃を受けたことを好機と捉え、行動するなど、ミヅキに対して最悪の一手です。いくら悪意がなかろうと、好意的な対応などするはずがないじゃないですか。

「う……。し……しかしだね、君がこの国で暮らす以上、貴族との繋がりは大事ではないかね？」

「いえ、全く必要ありませんけど。そもそも、今とて基本的には騎士寮での隔離生活ですよ？　何の不満もありませんし、必要ならば、他国の友人達が国を通して正式に依頼してくるでしょう」

「だが！　君自身の安全のためには、いくら伝手があっても惜しくはないはずだ。知っているだろう……『異世界人の持つ知識は価値あるものと認識され、狙われる』と！」

「はっ！　それを本気で言っているなら、大した侮辱ですね」

言い募るアルスター侯爵の言い分を鼻で笑うと、ミヅキは不敵な笑みを浮かべました。

「私は『この国』で、『魔導師を名乗ることを認められている』のに？　返り討ちにできる強さがなければ、不可能でしょう？　第一、私自身もそういった輩を無傷で帰す気なんてありませんよ。生憎《あいにく》と、私は博愛主義者でも、慈悲深い性格でもないのでね」


――だから、もっともらしいことを言って私の枷になろうとする、貴方も嫌いです。


仮にも、侯爵相手にこの言いよう。通常ならば不敬と言われても不思議はない状況ですが、今回ばかりはミヅキに軍配が上がるでしょう。

アルスター侯爵の提案は『ミヅキを取り込もうとしている』とも、『【ミヅキ自身に自衛する力がない】と侮辱している』とも受け取れますが、それ以上に彼は傲慢過ぎるのです。……自身の価値を、過剰に捉えていると言いますか。

それらは先ほど、ミヅキに嫌というほど突き付けられたはず。

庇護者としてのエルが不十分と思っている、とか。

共に騎士寮で暮らし、護衛と監視を担っている我々の力を過小評価している、とか。

侯爵自ら、魔導師に国への干渉を促すような言葉を向けた、とか。

アルスター侯爵の言い分は、このような意味に捉えられても不思議はありません。悪意を持って捉え過ぎと言われればそれまでですが、そういった見方もできてしまうのです。ミヅキが隔離されているのは、国の政への干渉を防ぐ意味もあるというのに。

そもそも、ミヅキは『世界の災厄』と呼ばれる魔導師なのですが。大人しく（?）しているのは偏に、エルの存在が大きいと思いますよ?

これはミヅキの所業を知る者達、共通の認識だと思います。エルが叱らなければどこまでも暴走し、完膚《かんぷ》なきまでに『敵』を叩きのめそうとする、その姿――『狩り』と称されているのは、決して過剰な表現ではありません。

『狩られた獲物』に『次』なんて、ないでしょう?　そういうことです。

知らず、私は満足げな笑みを浮かべておりました。そのままアルスター侯爵に視線を向ければ、彼はじりっと一歩後退《あとじさ》りします。

私のような若造に対し、そのような態度を取ることは屈辱でしょう。ですが、今はミヅキとの会話もあったせいか、あまり精神的な余裕がないようでした。

ちらりとミヅキに視線を向ければ、まだ不機嫌である様が見て取れます。ですが、それ以上に侯爵との会話に対する関心がないことも窺えました。そろそろ頃合いでしょう。

「アルスター侯爵。あまりミヅキや我らを侮らない方が宜しいですよ？　貴方とて、この国で侯爵という地位に相応しいと認められた方……それは当然、私達にも当て嵌まるのです。それをお忘れなく。……ミヅキ、そろそろ行きましょう。ルドルフ様も待っていますよ」

「……。そうね、アル。それでは失礼します。……ああ、そうだ。息子さんを、私や黒騎士達と同列扱いできない理由ですけどね、『忠誠を誓う主が居ないから』ですよ」

「『は？』」

意味が判らなかったのか、侯爵親子は揃って声を上げました。

「魔術師は研究職ゆえか、自分の研究……もっと言うなら、自分の意志を最優先にする人が多い。だけど、私は魔王様のお願いなら聞くし、黒騎士達は魔術師としての矜持よりも忠誠心を優先する。……判る？　いくら素晴らしい成果だろうとも、主がその危険性を指摘したら、破棄しなければならないのよ。貴方は多分、それができないでしょう？　だから『良くも、悪くも、魔術師らしい方だから』って言ったの」

「それ……は」

ミヅキの指摘に、ご子息は言葉に詰まり……けれど、反論することもできないようでした。彼女の言い分は的を射ていると、自覚があるのでしょう。

私自身は魔法が使えませんが、幼い頃より、クラウスの魔術好きを目にしております。傾倒どころか、遥かに重いそれは非情に根深く、騎士寮に暮らす黒騎士達も大半がその傾向にありました。ですが……魔導師であるはずのミヅキは、己が成した魔術が将来的に災厄とも呼べる事態を引き起こすならば、たやすく破棄してしまうのです。

これはクラウス達にとっても衝撃的なことだったと思います。けれど、ミヅキが己が世界の失敗――素晴らしい技術であろうとも、時には最悪の事態を引き起こすといったもの――を踏まえて理由を話すと、其々が納得しておりました。

黒騎士達は魔導師であるミヅキの選択を受け、好奇心と探求心に歯止めをかける重要さに気付いたのでしょう。魔術師だからこそ、その選択の重さが理解できたのかもしれません。

何より、彼らの主であるエルが止めれば、黒騎士達は絶対に従います。それはエルの憂いとならないためでもありますが、それ以上に己が立場を理解しているからでもありました。

彼らは魔術師である以上に、『エルの騎士』なのです。

どうして、主の言葉よりも己を優先させることができようか。

必要な苦言ならばともかく、個人的な好奇心を優先すべきではない。彼らはきちんとその分別ができているのです。

ですから、ミヅキは黒騎士達に相談を持ち掛けますし、共同で何かを作ったりすることもある。『黒騎士達は主たるエルの言葉に従う』――その確信がある以上、どんなものを作り出そうとも、『破棄』という選択肢があるのですから。

ミヅキはエルの善良な性格を嫌というほど知っていますから、研究の破棄を望む理由を話せば、納得してくれると確信しているのでしょう。何だかんだ言って、ミヅキもエルに甘えているのです。

「貴方の好奇心は好ましい。だけど、自分が成したことに責任を持てないなら、破棄することも必要だよ。何かを成したとしても、それが世間に与える影響も考えた上で公表しなさい。魔法がたやすく悲劇を引き起こすことなんて、貴方も知ってるでしょ」

――忠告はしたからね？

それだけ告げると、ミヅキは私を促しました。侯爵親子はその場に立ち竦んだまま、動こうともしません。その表情から察するに、ミヅキの本性を垣間見たことと、突き付けられた言葉に脅えているのでしょう。

そんな二人の姿に、私はミヅキ曰くの『素敵な騎士にあるまじき、黒い微笑み』を浮かべておりました。つい浮かんでしまった、と言った方がいいのかもしれません。

いかがでしたか、アルスター侯爵？　我らの仲間たる黒猫、そのお手並みは。『魔王殿下』と呼ばれた我らの主が手を焼くほどのプライドの高さ、傲慢さ、自分勝手さを兼ね備えた頼もしき存在なればこそ、貴方の……貴方程度の手には負えないのですよ。

これまでエルが貴方とミヅキを会わせなかったのは、貴方の心を圧《へ》し折る可能性も考慮されていたのです。それさえも察することができない貴方だからこそ、自己中心的なミヅキの手綱を取ることは不可能でしょう。

理解できましたか？　アルスター侯爵殿。

エピローグ

——イルフェナ王城・騎士団長の執務室にて

「お邪魔しまーす！　頼んでおいた料理の解毒と確認は終わってますか？」

ノックもそこそこに扉を開ければ、そこには団長さんやクラレンスさんを含む、近衛騎士の皆様方。そんな彼らが囲んでいるのは、様々な料理を詰め込まれた大きなバスケット数個。

ルドルフと一緒に食事をする以上、当然、確認が必要になる。勿論、解毒その他も必須。友好国の王ですからねー、ルドルフ。正規の手順は必要事項です。

「ああ、何も問題はないぞ。しいて言うなら……随分と量が多い、ということが疑問点だな」

微笑んで頷いてくれた団長さんだが、量の多さが気になるらしい。勿論、それにも意味があるので、胸を張って答えさせていただきます！

「一応、現時点で判明している情報を伝えることになっているので、毒見と称してアル、あちらの相談役兼会話の相手として、クレスト家出身であり、守護役の一人でもあるセイルを巻き込みます。

気心が知れた相手ですし、同じテーブルに着いてもらっての会話なので、多少はその場での相談などができるかもしれません」

「まあ、そうだろうな」

「そして、最重要事項ですか……とりあえずルドルフに食べさせることが目的ですね。料理の種類が多ければ、少しずつでも結構な量になりますし。ゼブレストに戻った時にやつれていたら、あちらの人達を心配させますよ」


ルドルフは『自分のために親しい者が傷つく』という状況を、極端に嫌っている。その原因は勿論、かつて父王に疎まれていた時のことだ。トラウマになっているみたいなんだよね、ルドルフ。

今回はその相手が魔王様だったので、最悪の状況とも言える。当然、ゼブレストの皆様――エリザとか宰相様といった、親しい面々――にもそれは伝わっているだろうから、絶対に彼らはルドルフを案じていることだろう。


人を殺すのは怪我や病気、寿命だけではない。精神的なダメージとて、無視はできない。


団長さん達もルドルフの状況やら、魔王様との交友関係を知っているため、痛ましそうな表情をしているもの。それもあって、私との面会を許されたんじゃないのかね？

「しかし、意外ですね。私としてはミヅキも心配のあまり、元気がないと思っていましたが……意外と平気そうで安堵しました」

「あらら、そう見えます？　これでも心配してますし、怒っているんですけどねぇ」

「それは疑っていませんよ。ですが……あまりにも『静か過ぎる』と思いまして。貴女の日頃を知っていると、少々、不自然に思えてしまうのですよ」

クラレンスさんの疑問は当然だ。私は魔王様に牙を剥く者を許さないと公言しているし、実際にそう動いてきたのだから。それが今回は大人しいとくれば、何か理由があると思うのが普通。

……。

クラレンスさん、大・正・解！　うん、めっちゃ理由あります。

「だって、『今は』イルフェナに譲ってあげるべき時間でしょう？」

にこりと笑ってそう返すと、クラレンスさんは微笑んだまま、視線で続きを問うてきた。

「魔王様は『イルフェナの第二王子』なので。国として動く前に魔導師が動けば、魔王様の存在が軽んじられているように見えてしまう。それに……いい加減、自国にも大事に思ってくれる人が沢山いるって、自覚すべきだと思うのですよ。目覚めた時が見ものですね」

「おやおや」

呆れたような口調ながら、クラレンスさんは私の答えが気に入ったのだろう。『よくできました』とばかりに、頭を撫でてくる。他の騎士達も微笑ましげな表情だ。

でもね、クラレンスさん。私はこのまま済ませるつもりなんて、欠片もないの。

「あちらが誠実さを見せて、イルフェナが大人の対応をするならば良し。ですが……もしも、この期に及んでくだらない言い訳をするならば。『とてつもない災厄』に見舞われるかもしれませんね？　それだけのことをしたのですから、『国』として覚悟してもらいましょう」

——だって、私は一度も『許す』なんて言っていないのですから。

うふふ！　と上機嫌に笑う私の目は、間違いなく笑っていない。アルもそれを判っていながら宥めないので、心境的にアルは……いや、騎士寮面子は皆、同じ心境なのだろう。


報復は後でもいい。重要なのは、イルフェナや魔王様に泥を被らせないこと。


そのためならば、個人的な感情など些細なこと。なに、時間が経てば経つだけ、その報復が悪質なものになっていくだけだ。『時間がある』ということは『できることの幅が広がる』ということとイコールなのだから。

「ルドルフもね、きっととても怒っていると思うんですよ！　私だけさっさと行動しちゃったら、皆に恨まれちゃうじゃないですか」

「ふふ、そうですね。ミヅキは魔導師……『世界の災厄』ですからね。並みの一手で済ませるわけにはいかないでしょう。貴女自身の価値にも関わってきますし」

「ですよね。これに便乗して魔王様への悪意が再燃するかもしれませんし、そちらのことも考えると、炙《あぶ》り出しをする期間も重要だと思います」

互いに微笑んだまま交わされる会話は、かなり物騒だ。だが、聞こえているはずのアルは『その通りです！』とばかりに頷いているし、団長さんも止める気配がない。それが彼らの答えなのだ。

「エルへの攻撃はそのまま、ミヅキや我々への宣戦布告に等しい。あちらの出方次第ではありますが、泣き寝入りはいたしません。ご安心を、義兄上《あにうえ》」

「アルも言いますね。そのように言われては、私も止める言葉を持ちません」

アルの言葉に、クラレンスさんは苦笑する。そんな姿と言葉に、アルは笑みを深めた。

「はい。我ら、『唯一の主を持つ騎士』です。この国において、白と黒の色を纏うことを許された我々が腑抜けるなど、あってはならないこと。ミヅキが魔導師としての一手を見せなければならないというのならば、それは我らも同じなのです。さて、あちらはどのように動くのでしょうか」

「きっと、踊ってくれるわよ。……自主的に踊らなければ、躍らせればいいの。私達が気にするのはあちらの対応じゃなく、『イルフェナがどういった態度を取るか』だもの。穏便な解決を選ぶならば、何もしないし」

「それもそうですね」

「まったく、悪ガキどもが……。まあ、仲が良いようで何よりだ」

私とアルの遣り取りに、呆れたように溜息を吐くのは団長さん。二人揃っていい笑顔を向ければ、団長さんの口元にも薄ら笑みが浮かんだ。他の騎士達も似たような表情だ。

ええ、我ら悪ガキです。特に私はお貴族様でもないので、庶民らしく『遣られたら殺り返せ！』とばかりに、物理的十倍返しに挑もうと思います。

だって、権力皆無の魔導師だもん。『話し合いのテーブルに着く』なんて選択肢はねぇよ。

それでも、全てはイルフェナ次第。平和な選択をするなら、些細な嫌がらせ（注・私基準）で済ませますとも。魔王様からはお説教されそうだけどね……！

「それじゃあ、そろそろ行きますね。……ああ、そちらのバスケットは差し入れ分です。皆さんでどうぞ。ゆっくり食事をする暇もないでしょうから、手軽に食べれるものばかりですよ」

中身は、忙しい時のお友達・片手で食べられる総菜パン各種。本当はきちんと食事した方がいいだろうけど、現状ではとても無理だろう。普通のパンと水で済ませたり、携帯食よりはマシよね。

「そうか、これは我らの……感謝する。皆で貰うとしよう」

「アル、荷物をお願い。それじゃ、お邪魔しましたー」

どことなく嬉しそうな団長さんの声に見送られ、私とアルは部屋を後にした。ちゃっかりアルを荷物持ちにした私に、クラレンスさんが「有効活用してますね」と言っていた気がするけど、気のせいということでいいと思う。お互い様だもんね！

魔導師は平凡を望む　25

*本作は「小説家になろう」（https://syosetu.com/）に掲載されていた作品を、大幅に加筆修正したものとなります。
*この作品はフィクションです。実在の人物・団体・事件・地名・名称等とは一切関係ありません。

2020年2月20日　第一刷発行

著者 …… 広瀬 煉

イラスト …… ⑪
発行者 …… 辻 政英
発行所 …… 株式会社フロンティアワークス
〒170-0013　東京都豊島区東池袋3-22-17
東池袋セントラルプレイス5F
営業　TEL 03-5957-1030　FAX 03-5957-1533
アリアンローズ公式サイト　http://arianrose.jp
編集 …… 大原康平・今井遼介
装丁デザイン …… ウエダデザイン室
印刷所 …… シナノ書籍印刷株式会社